사색 판매원

ようこそ地球さん

Book #2 Yôkoso Chikyû-san
by Shinichi Hoshi

"Derakkusu na Kenjû", "Ame", "Jakuten", "Uchû Tsûshin",
"Tôgenkyô", "Shônin", "Kanja", "Tanoshimi", "Tenshikô", "Fuman",
"Kamigami no Sahô", "Subarashii Tentai", "Sekisutora",
"Uchû kara no Kyaku", "Taiki", "Seibu ni Ikiru Otoko",
"Sora e no Mon", "Shisaku Hanbaigyô", "Kiri no Hoshi de",
"Mizuoto", "Sôshun no Tsuchi", "Yûkôshisetsu", "Hotaru", "Zure",
"Ai no Kagi", "Chîsana Jûjika", "Miushinatta Hyôjô",
"Aku wo Noroô", "Gôman na Kyaku", "Tankentai",
"Saikô no Sakusen", "Tsûshin Hanbai", "Terebi Shô",
"Kaitakusha-tachi", "Fukushû", "Saigo no Jigyô", "Shibutoi Yatsu",
"Shokei", "Shokuji mae no Jugyô", "Shinyô aru Seihin", "Haikyo",
and "Junkyô" were written by Shinichi Hoshi, originally published in
Yôkoso Chikyû-san in 1961 and republished in 1972 by Shinchosha,
Tokyo

사색 판매원

ようこそ地球さん

호시 신이치 지음

이영미 옮김

하빌리스

목차

디럭스 권총

젊은 날의 도락이라고 해 봤자 그 정도랄 게 빤하지만, 중년 이후의 도락은 감당이 안 된다고들 한다. 아무래도 이 말은 내 경우에도 들어맞는 것 같다.

여하튼 나는 이 권총을 만들기 위해 십오 년이나 다닌 회사를 그만뒀고, 살던 집은 저당 잡히다 급기야 남의 손에 넘어가고 말았다. 물론 아내는 이런 나에게 질려서 집을 나가 버렸다.

그러나 나는 이렇듯 모든 걸 잃었어도 후회 따윈 전혀 하지 않는다. 세상에서 가장 멋진 권총을 완성했고, 이렇게 소유할 수 있으니까. 목숨 다음으로 소중하다는 표현이 딱 들어맞는다.

권총이긴 하지만, 요즘 젊은이들이 의기양양하게 자랑해 대는 것들과 동일시하면 곤란하다. 애당초 비교 자체가 불가능한 물건이다.

굳이 빗대어 말하자면, 택시용 자동차와 영국 왕실에서 사용하는 자동차 정도의 차이랄까. 아니, 그 이상이다. 연못의 보트와 호화로운 요트 정도의 차이다.

그런 권총이기에 나는 모든 걸 잃었어도 아무렇지 않을 수 있다. 실제로 현재, 가구 몇 가지가 딸린 다세대주택에 살고 있다. 집이 넘어가 버렸으니 당연한 결과다.

노크 소리가 들렸다.

"들어오세요."

내가 대답하자, 건물 관리인이 들어왔다. 그러더니 탐탁잖은 표정으로 입을 열었다.

"실은 임대료가 좀 밀렸는데, 정산 좀 해 주실 수 있을까요?"

나는 그 말에는 대답하지 않고, 애용하는 권총을 천천히 집어 들었다.

크고 묵직한 권총은 창으로 들이비치는 오후 햇살

을 받아 눈부신 황금색으로 반짝였다.

물론 이 자리에서 총을 발사할 생각은 추호도 없다. 나는 권총을 오른손 검지에 걸고 방아쇠 옆에 있는 제 1버튼을 살며시 눌렀다.

그러자 내부에 설치한 모터가 작동하며 권총이 빙글빙글 돌기 시작했다. 관리인 녀석은 눈을 휘둥그레 뜨고 권총을 바라보았다. 내가 대단한 권총 명수로 보였을 게 틀림없다. 이 정도면 됐겠지. 다시 조금 전 버튼을 누르자, 회전이 멈췄다.

"실력이 대단하시네요….'

녀석은 무슨 말이든 해야겠다고 느꼈는지 벌벌 떨면서 말했다.

"내 실력보다는 이 권총을 칭찬해 줬으면 하는데."

녀석은 머뭇머뭇 권총을 들여다봤다.

"황금빛으로 번쩍이고, 정말 호화로운 물건이군요. 그런데 여기 달린 택시 미터기처럼 생긴 장치는 뭔가요?"

"이거? 이건 방아쇠를 당길 때마다 숫자가 하나씩 늘어. 다시 말해 지금까지 몇 발을 쐈는지 알 수 있는 장치지."

"아하, 그럼 560발을 쏘셨다는 거네요. 그럼, 그 옆에 25라고 표시된 미터기 숫자는 무엇인가요?"

대답하기 곤란한 질문이다. 왜냐면 그건 지금까지 죽인 사람 수를 기록한 숫자였으니까.

"으음, 이건 말이지. 그거랑 마찬가지야. 그 뭐냐, 날짜가 표시되는 시계 같은 거. 오늘이 25일인 걸 이걸로 알 수 있지."

"정말 정교한 물건이군요. 그럼, 이왕 이렇게까지 궁리하셨으니, 요일까지 나오게 하면 좋았을 텐데요."

"그건 좋은 의견이군. 다음에 그렇게 개조하지. 그러면 일요일인지도 모르고 사람을 죽이는 일은 없을 테니까."

죽인다는 말에 놀랐는지, 녀석이 벌벌 떨면서 말했다.

"진귀한 물건을 보여 주신 덕분에 눈 호강을 했습니다. 그럼, 이만 실례⋯."

녀석이 부리나케 돌아가려 했다. 그런 그를 불러 세웠다.

"잠깐, 기다려."

"아, 네. 무슨 일이신지?"

"임대료 받으러 온 거 아니었나?"

"그건 그렇습니다만….."

돈은 안 줘도 될 것 같았지만, 나는 하숙비나 떼어먹는 치사한 짓은 하지 않는다.

"집세는 주지. 이 집도 이젠 싫증 났고, 그쪽도 내가 여기 더 살면 기분이 안 좋을 거 아닌가? 다 정산하고 여길 뜨기로 하지."

가진 돈을 긁어모았다. 다행히 임대료는 낼 수 있었다.

"그럼, 잘 있으라고."

"짐은….."

"이 권총 말고는 아무것도 없어."

나는 권총을 안주머니에 넣으며 중얼거렸다.

"오늘은 비 올 염려도 없겠고."

그러고는 방에서 나왔다.

권총 손잡이 왼쪽에 있는 눈금 표시는 풍우계고, 그 옆에 있는 게 온도계다. 발사 시 발생하는 충격에도 망가지지 않는 온도계를 만드느라 꽤나 고심했다. 그 밑에 있는 동그란 것은 길을 헤맬 때 도움이 되는 나침반이다.

그러나 생각해 보면 풍우계는 별 필요가 없었다. 나침반 옆에 있는 작은 구멍에 이어폰을 꽂으면 언제든지 라디오에서 나오는 일기예보를 들을 수 있으니까.

집에서 나온 나는 이어폰을 귀에 꽂았다. 흘러나오는 음악의 리듬이 발걸음을 경쾌하게 해 주었다. 그러나 이렇게 마냥 무사태평한 기분에 젖어 있을 수는 없었다. 지갑에 더 이상 돈이 없었으므로 어떻게든 돈을 마련해야 했다.

길가에 있는 공중전화 박스가 눈에 들어와서 그 안으로 들어갔다. 그러나 전화를 걸기 위해서는 아니다. 무엇보다 전화 걸 돈도 없지 않은가. 나는 전화박스 안에서 안주머니에 든 권총을 살며시 꺼내 제2버튼을 눌렀다. 그러면 손잡이 끝으로 만능열쇠가 툭 튀어나온다.

이 열쇠를 사용하면 공중전화 요금 통쯤은 바로 열린다. 펼쳐 놓은 손수건 위로 동전이 좌르르 쏟아져 내렸다. 의외로 많았다. 자 그럼, 이걸 밑천으로 경마권이라도 사 볼까.

나는 수북이 쌓인 동전을 하나만 남기고 손수건으로 싸서 주머니에 넣었다. 그러고는 남겨 둔 동전 한

개를 전화기에 넣고 다이얼을 돌렸다. 무면허로 불법 마권 중개업을 하는 녀석의 사무실이다. 그러나 아무리 기다려도 전화기에서는 계속 단조로운 호출음만 울릴 뿐이었다.

아하, 사무실이 비었군. 그렇다면 더욱 잘됐지. 지금 바로 가 볼까. 쇠뿔도 단김에 빼라고 하지 않았는가. 나는 택시를 타고 땅거미가 지기 시작한 밤길을 달려 그 사무실이 있는 건물로 향했다.

나는 다시 권총의 제2버튼을 눌러 만능열쇠를 사용해 문을 열었다. 안은 캄캄했고, 아무도 없는 게 틀림없었다. 제3버튼을 누르자, 총구 옆에서 작은 조명이 켜졌다. 그 조명 빛으로 내부를 둘러보자, 커다란 금고가 모습을 드러냈다.

이거야, 이거! 저 안에 든 것만 챙겨 갈 수 있다면 사람이 있든 없든 전혀 문제될 게 없다. 금고로 다가가 권총을 겨눴다. 제4버튼을 누르자, 총신 밑에서 드릴이 튀어나와 다이얼 중심에 구멍을 뚫기 시작했다. 쇳조각이 사방으로 튀었고, 마침내 구멍이 뚫렸다. 이젠 그 구멍에 제2버튼의 만능열쇠만 꽂으면 끝난다.

눈 깜짝할 사이에 금고가 열렸다. 어마어마한 돈다

발이 나왔다. 그것을 주머니란 주머니에 모두 욱여넣자, 옷과 함께 내 몸도 부풀어 올랐다. 이렇게 돈을 몸에 지니자, 말로 표현할 수 없을 만큼 기분이 좋았다. 나는 주머니를 손으로 탁탁 두드리며 홀로 기쁨에 빠져들었다.

바로 그때, 문 여는 소리가 들리면서 불이 환하게 켜졌다.

"앗, 도둑이다!"

부하 한 놈이 돌아온 것이다. 그건 그렇고, 도둑이라니, 이 무슨 막말인가! 이 돈도 남에게 도둑질 비슷한 짓으로 가로챈 돈이 아니던가.

그러나 그런 논쟁을 벌일 상황이 아니었다. 나는 이미 얼굴이 드러났고, 녀석은 주머니에 손을 넣어 권총을 꺼내고 있었다. 이제는 단 일 초도 망설일 여유가 없었다.

단숨에 권총을 겨누며 방아쇠를 당겼다. 나지막한 소리와 함께 탄환이 발사되었고, 그것은 녀석의 가슴을 관통했다. 관통하는 게 당연했다.

이 권총에는 소형 레이더 장치가 있으니까. 이 장치로 말할 것 같으면, 아직 그 어떤 최신형 카메라에도 설치되지 않은 것으로, 나의 큰 자랑거리다. 이게 설치되지 않았다면 권총 자체의 가치는 다른 총들과 큰 차이가 없었을 것이다.

녀석은 무너져 내리듯 바닥에 쓰러졌다. 그와 동시에 방아쇠와 연동하도록 장치해 둔 오르골에서 슬픔이 가득한 멜로디가 조용히 흘러나오기 시작했다. 장송행진곡이다. 나는 잠시 눈을 감고 녀석의 명복을 빌어 주었다.

그런데 그게 잘못이었다.

"야, 꼼짝 마!"

귓가에 들려오는 낮은 목소리. 깜짝 놀라 눈을 뜨니, 언제 왔는지 옆에 또 한 놈이 서 있었다. 이 녀석도 부하 중 한 놈일 게 틀림없었다. 그리고 이놈이 내 등 뒤에 칼을 갖다 대고 있는 듯했다.

"권총 이리 내!"

이렇게 되면 어쩔 수가 없다. 이 권총이 제아무리 소중하다 해도 역시 목숨과 비교하면 두 번째다. 결국 울고 싶은 심정으로 권총을 넘겨주었다. 그것을 받아든 녀석은 그 권총을 나에게 겨누며 말했다.

"다음은 주머니 속에 든 돈을 모조리 꺼내!"

"권총을 가로챈 데다 돈까지 내놓으라는 거요? 그건 너무 심하잖소."

"무슨 말 같잖은 소리야! 빨리 꺼내. 허튼짓하면 바로 방아쇠를 당긴다!"

그 말을 들은 나는 문 방향으로 냅다 뛰기 시작했다. 뒤에서 바로 굉음이 울려 퍼졌다. 당연히 예상했던 굉음이다. 권총을 넘길 때 제5버튼을 눌러 놓았으니까. 그 버튼은 방아쇠가 당겨지자마자 권총이 폭발해서 그걸 들고 있던 놈을 날려 버리는 장치였다.

비

"아, 왜 하필 이런 시대에 태어났는지, 정말 마음에 안 들어."

남자는 책에서 눈을 떼고 나지막이 중얼거리며 단열 플라스틱으로 된 창문 너머로 밖을 내다보았다. 기원후 4000년의 지상은 낮게 드리운 구름 아래로 시선이 닿는 곳은 온통 푸르께한 빙하가 뒤덮고 있었고, 곳곳에 비슷비슷한 모양의 집들이 듬성듬성 흩어져 있었다.

3000년 무렵부터 시작된 빙하기는 육지와 바다 할것 없이, 지구를 북쪽과 남쪽부터 서서히 얼음으로 뒤덮어 버렸다. 남자의 아내가 말했다.

"아직 얼지 않은 지역이 남아 있을까?"

"적도 바로 아래에 있는 아우레 화산섬 하나는 아직 얼지 않았다고 하더군."

"날 좀 데려가 줘."

"말도 안 되는 소리. 그곳은 전 세계의 부자들이 모이는 곳이라 우리 같은 사람은 엄두도 못 내."

"여보, 어떻게든 묘안을 짜내 봐. 제발 정신 좀 차리라고…."

남자는 또 그 소린가 하고 진절머리를 내며 다시 원자 난방장치가 된 침대로 파고들었지만, 아내의 잔소리는 가차 없이 이어졌다.

"요즘 들어 밥 한번 배불리 먹어 본 적이 없잖아!"

"그게 내 책임이야? 옛날 사람들 잘못이지. 그들은 자기들만 배불리 먹어 대고 아무런 대책도 안 세웠어. 그런 주제에 미래 사람들은 클로렐라(녹조 식물류 클로렐라과에 속한 담수 조류藻類의 일종-옮긴이)나 먹으라고 지껄였다지. 못된 인간들이야. 그 클로렐라조차도 햇볕이 안 드는 이런 추위 속에서는 인공 태양 조명으로 근근이 재배할 수밖에 없잖아. 정말 어처구니가 없군. 마음 같아서는 옛날 사람들에게 오물이라도 끼얹고 싶다고!"

남자는 교묘하게 비난의 화살을 다른 방향으로 돌리려 했다.

"그렇지만 당신한테 직업이 있으면, 우주 스테이션 온실에서 재배한 과일을 살 수 있잖아."

"잔소리 좀 그만해. 그보다 오늘 저녁은 뭐야?"

"배급받은 심해어야."

"에이, 또 그 생선인가."

"그런 소리 하지 마. 그 심해어도 이제 곧 바닥난대."

"정말 한심한 얘기군. 그럼, 되도록 배나 안 꺼지게 침대에서 책이나 읽는 게 최고지."

"그렇게 지식만 집어넣어서 뭘 어쩌겠다는 거야? 당신은 좋을지 몰라도 난 싫어. 당신은 이론만 번지르르하게 늘어놓고 아무것도 못 하는 쓸모없는 사람이라고! 빙하라도 좀 파 보란 말이야."

"빙하를 파서 뭐 하게?"

"빙하 속에서 옛날 목장을 발견해 냉동소를 800마리나 손에 넣은 사람도 있잖아."

"멍청하긴, 내가 어떻게 그런 광부 같은 일을 해?"

"그럼, 어떤 일이면 할 수 있는데? 어쨌든 이대로

가만있다가는 우리 둘 다 굶어 죽어!"

가시 돋친 아내의 잔소리에 남자가 침대에서 벌떡 일어나며 소리쳤다.

"좋아. 그렇게 닦달을 해 대니, 내 실력을 한번 보여 주지. 싫다고 할 때까지 질리도록 고기를 먹여 주겠어."

"어머, 정말? 어디서 구할 건데?"

아내는 반신반의하면서도 존경스러운 눈빛을 반짝였다.

"타임머신을 만들어서 과거로 돌아갈 거야. 지금까지 그저 재미로만 열심히 책을 읽은 건 아니라고."

"그런 거였어? 하긴 결혼한 후로 매일 드러누워서 책만 읽었으니, 이젠 슬슬 그 정도는 만들 때도 됐지."

"그럼, 나가서 재료를 구해 올게. 정말이지 음식 이외의 물건은 뭐든 다 거저나 다름없이 살 수 있는 시대니까. 금방 다녀올게."

두 사람은 힘을 합해 커다란 타임머신을 만들었다.

"이걸로 얼마나 먼 과거로 돌아갈 수 있어?"

"대략 1억 5천만 년 전으로는 갈 수 있지."

"조금 더 발전된 시대로는 못 가? 식량이 풍부했던

2~3000년 정도로."

"그건 제트기로 옆집에 가는 거나 다름없어서 무리야. 하지만 먼 대신 고기는 충분히 구할 수 있지."

"소? 아니면 돼지…?"

"1억 5천만 년 전이면 그런 건 없어. 공룡밖에는."

"어머, 그래서 이렇게 큰 타임머신을 만들었구나."

"그렇지. 자, 이제 슬슬 출발하자고. 우리 싣는 것 좀 도와줘."

두 사람은 바퀴가 달린 우리를 싣고 타임머신을 출발시켰다. 타임머신은 공중으로 날아올라 일단 정지했고, 그러고 나서 시간 여행을 시작했다.

"왜 공중으로 먼저 떠올랐어?"

"만약 도중에 높은 산이 있는 시대가 있으면, 거기 부딪쳐서 사고가 날 테니까."

"아하, 그런 거구나."

"자, 이제 곧 도착해. 착륙한다."

타임머신의 문을 열자, 따뜻한 공기가 흘러들었다. 아내가 그 온기를 향해 정신없이 뛰어나갔다.

"세상에, 정말 멋져. 따뜻하고 푸르고 강렬한 햇빛까지…. 게다가 파란 하늘과 하얀 구름도 있고."

"그렇게 감격만 하지 말고, 빨리 우리부터 꺼내자고. 에너지가 바닥나면 타임머신은 우리 둘만 남겨 두고 미래로 돌아가 버려."

우리를 끄집어낸 남자는 그 앞에 서서 빨간 천을 휘둘렀다. 그러자 뿔이 달린 공룡이 그 천을 향해 무섭게 돌진해 왔다. 하지만 그는 노련하게 몸을 피하며 우리 속으로 공룡을 유인했다.

"봤지? 잡았다!"

두 사람은 우리를 싣고, 타임머신을 출발시켰다. 타임머신은 다시 공중으로 떠올라 기아와 추위가 기다리는 4000년으로 돌아가기 시작했다.

"일이 순조롭게 잘 풀렸네. 이제 배불리 먹을 수 있겠어. 당신, 완전히 다시 봤어."

"우리는 마음까지 차갑진 않아. 인색하게 굴지 말고, 돌아가면 모두에게 나눠 주자고. 고기가 떨어지면 다시 가지러 가면 되니까."

"그래, 여보. 그럼, 우리는 인류를 멸망에서 구원해 낸 구세주가 되겠네."

포획물을 실은 시간 여행이 거의 끝나 갈 무렵, 아

내가 별안간 소리를 질렀다.

"어머, 큰일 났어!"

"어이쿠, 물이 엄청나군. 그렇다면 공룡 녀석이 소변을 본 건데."

"어떡해?"

"걱정 마. 이런 일도 있겠다 싶어서 바닥에 미리 배수장치를 해 놨어. 기내 밖으로 쏟아 버리면 돼."

"비가 오나?"

때는 바야흐로 2000년 무렵. 레스토랑에서 나온 남녀 한 쌍 중, 여자가 말했다. 남자가 하늘을 올려다봤다.

"이상하네, 구름도 없는데."

"여우 시집가는 날인가 봐, 로맨틱하다."

"응. 저기 봐, 무지개도 떴어."

두 사람은 다정하게 바짝 붙어서 걷기 시작했다.

약점

"이런 걸 주웠는데….."

어부 몇 명이 커다란 하얀 알을 연구소로 들고 왔다. 진지하기 이를 데 없는 중년의 박사가 그것을 바라보며 물었다.

"어디서 발견했지?"

"항구로 들어오기 직전에 바다에 둥둥 떠 있는 걸 발견했죠. 가까이 가 보니 하얀 알이 아니겠어요? 그래서 그물을 던져 크레인으로 끌어 올려서 배에 싣고 온 거예요."

그 말을 들은 박사는 화들짝 놀랐다.

"어리석긴, 어느 나라의 최신형 기뢰(적의 함선을 파괴하기 위해 물속이나 물 위에 설치한 폭탄-옮긴이)일지도 모르잖나. 자네들은 하는 짓이 대담하다고 해야 할지 무모하다고 해야 할지… 도무지 이해할 수가 없군."

기뢰라는 말을 듣자, 알을 안고 있던 남자가 허둥지둥 내팽개치려 했다. 박사가 황급히 달려들며 제지한 덕분에 바닥에 떨어지는 불상사는 가까스로 막아낼 수 있었다.

"정신 차려! 떨어져서 폭발이라도 하면 어쩌려고 그래!"

그들은 고개를 갸웃거렸고, 그제야 생각이 났다는 듯이 말했다.

"그런데 지금까지 두세 번은 떨어뜨렸는데, 아무 일도 없었어요."

"허어 참, 자네들의 무모함에는 정말 간담이 서늘해지는군. 하지만 떨어졌는데 폭발하지 않았다고 해서 기뢰가 아니라고 장담할 순 없어. 시한 기뢰일지도 모르잖나."

"선생님은 아무래도 기뢰를 좋아하시나 봅니다. 계속 기뢰라고 주장하고 싶으신가 본데, 그렇게 무겁진 않아요. 자, 보세요."

남자가 지름이 50센티미터쯤 되는 그 하얀 알을 박사에게 건넸다.

"과연, 그렇게 무겁진 않군. 금속은 아닌 것 같은데."

"대체 뭘까요?"

"그건 지금부터 조사해 봐야 알지. 지금까지 본 적도 들은 적도, 아직 읽어 본 적조차 없는 물건이야. 그렇다면 비밀 병기라는 말인데."

"역시 기뢰일까요?"

"아니, 비밀 병기라고 해서 꼭 폭발하는 기뢰라고 한정할 순 없지. 이걸 깨면 하얀 연기가 자욱하게 피어올라서…."

"순식간에 백발 할아버지가 되나요?"

"그렇게 무사태평한 일일 리가 있나. 그 독가스를 마시면… 으음 뭐, 죽는 건 확실하겠지."

어부들은 폭발이든 독가스든 빨리 물러나는 게 최고라고 생각했다.

"그럼, 저희는 이만 가 보겠습니다. 우리는 물고기를 잡는 게 일이고, 박사님은 기묘한 일을 연구하는 게 일이니까요. 잘 부탁드립니다. 나중에 정체가 밝혀지면 알려 주십시오."

그들이 돌아간 후, 박사는 조수와 함께 문제의 알을 조사하기 시작했다. 그 하얀 알은 엄중하게 밀폐된 지하실 한가운데에 조심스럽게 놓였다.

"박사님, 뭐부터 시작할까요?"

"흐음, 글쎄. 뭐, 폭발할 것 같진 않네만… 정말 독가스라도 나올 것 같군. 일단 우주복부터 입지."

두 사람은 우주복으로 몸을 보호하고 확대경을 가까이 댔다.

"이건 한 번도 본 적이 없는 물질이야. 배율을 좀 더 높여 보게."

그러나 배율을 아무리 높여도 해결의 실마리는 전혀 찾을 수가 없었다.

"X선 촬영을 해 볼까요?"

"좋아, 조심해서 해 보게."

촬영을 해 봤지만, 그 물질은 X선을 통과시키지 않아서 내부를 투시할 수 없었다.

"박사님, 이렇게 된 이상 깨뜨려 보는 방법밖에 없습니다."

조수가 끌(망치로 한쪽 끝을 때려서 나무에 구멍을 뚫거나 겉면을 깎고 다듬는 데 쓰는 연장-옮긴이)을 대고 망치로 내리치려 했다.

"아, 잠깐! 그런 짓을 했다간 무슨 일이 벌어질지 몰라. 여기서 알을 깨는 건 위험해."

박사가 관청에 예산을 신청해서 드넓은 토지 한가운데에 원격 조정으로 뭐든 할 수 있는 장치를 완성시켰다. 출장을 나온 관청 공무원이 물었다.

"문제의 하얀 알은 대체 정체가 뭐요?"

"도통 정체를 알 수 없는 물건입니다. 그래서 일단 이 버튼을 눌러서 구멍을 뚫어 보기로 했습니다. 그 후의 양상은 이 모니터 화면으로 확인해 주십시오."

드넓은 토지 한가운데에 구멍을 파고, 거기에 강화유리로 만든 오두막을 지었다. 모든 작업은 그곳에서 이뤄지고, 그 광경은 안전한 장소에서 관찰할 수 있었다.

"3, 2, 1, 제로!"

박사가 짐짓 위엄을 부리며 초읽기를 끝내고 버튼을 눌렀다. 모두가 주시하는 화면 속에서는 드릴이 하얀 알로 육박해 들어갔다. 그러나 알은 꿈쩍도 하지 않았고, 구멍은 전혀 뚫리지 않았다.

"이상하군. 기계를 잘 살펴봐."

박사는 조수에게 장치를 점검하라고 지시하고 이 번에는 드릴 강도를 두 배로 높였다. 그러나 아무리 힘을 가해도 알은 드릴을 받아 주지 않았다.

"그렇다면 이번에는 열을 가해 보게!"

"네."

조수는 박사의 지시에 따라 하얀 알에 버너를 조준하고 강렬한 불꽃을 내뿜었다. 그러나 가스 종류를 바꿔 가며 아무리 고열을 가해도 하얀 알에는 아무런 변화도 나타나지 않았다. 박사는 관청 공무원에게 고개를 숙였다.

"이건 너무 놀라운 일입니다. 아무래도 지구의 물건 같지 않아요. 정말 면목이 없습니다."

"아니, 사과할 것까진 없네. 예산을 좀 더 할당해 줄 테니 철저하게 조사해 주길 바라네."

관청 공무원은 외려 더 흥미를 품은 것 같았다.

"그렇게 말씀해 주시니 정말 고맙습니다."

"다만 예산 지출 절차에는 시간이 좀 걸려. 그동안 계속 면밀하게 관찰하고, 무슨 변화가 생기거든 바로 보고 부탁하겠네."

예산이 나올 때까지 박사와 조수는 서로 교대하며 화면으로 하얀 알을 계속 관찰했다.

두 달쯤 지난 어느 날.

"박사님, 이것 좀 보세요."

"무슨 일이지?"

"하얀 알에 금이 생겼어요. 그렇게 애를 써도 꿈쩍도 안 하더니."

두 사람이 지켜보는 가운데, 그 금이 알의 표면 전체로 퍼져 갔다.

"그렇다면…."

두 사람은 동시에 소리쳤고, 지금까지 너무 바보 같은 가정이라 입 밖에 내지 않았던 말을 꺼냈다.

"저것은 우주 생물의 알이었군. 어디선가 날아온, 다른 행성 생물의 알이 틀림없어. 대체 저기서 뭐가 나올까?"

숨을 들이마신 두 사람 앞의 화면 속에서 그것이 서서히 모습을 드러냈고, 그에 따라 두 사람의 얼굴도 차츰 일그러지기 시작했다.

"어떻게 저렇게 생길 수가…."

그것은 추악하기 이를 데 없는 모습이었다. 굳이 표

현하자면 뱀과 비슷했지만, 뱀이 훨씬 귀여워서 끌어 안을 수 있을 정도였다.

회색과 갈색이 뒤섞인 듯한 색깔에 군데군데 샛노란 점들이 보였다. 한쪽에는 커다란 입이 달려 있었는데, 이는 흡사 하수관이 흐물흐물 움직이는 모양새였다. 가까스로 정신을 차린 박사가 관청에 전화를 걸었다.

"예의 그 알이 깨졌습니다."

"그런가? 예산은 오늘내일 결정 날 상황이었는데. 뭐 그건 됐고, 바로 보러 가지. 기대가 되는군."

"브랜디를 갖고 오십시오."

부랴부랴 달려온 관청 공무원도 그것을 보더니, 간이 떨어질 정도로 기겁했다. 브랜디를 마시고 가까스로 기력을 되찾은 그가 입을 열었다.

"정말 끔찍하군. 대체 뭔가, 저건…?"

"하얀 알은 아마도 어느 행성 생물의 알이겠죠. 그것이 부화한 겁니다."

"마침 예산 지출이 결정 난 때라 다행이야. 저걸 당장 죽여 주게. 저런 게 번식하기 시작하면, 쳐다만 봐도 미쳐 버리는 사람이 생길 테니까."

"그렇지만 좀처럼 구할 수 없는 우주 생물이니, 조금 더 연구한 후에…."

"안 돼. 학문도 중요하지만, 이건 인도적인 차원의 문제야. 저런 게 사람들 눈에 띄면 소화불량, 고혈압, 심장마비, 알코올중독, 발광, 자살이 급증할 걸세. 예산이란 자고로 국민의 세금으로 책정되는 거니 국민을 위해 사용해야 해. 자, 어서 죽이게."

직무에 충실한 공무원이 눈을 가리며 소리쳤다.

"알겠습니다. 이봐, 열을 쏘게!"

박사가 조수에게 명령했고, 알일 때와 마찬가지로 버너 불꽃을 가했다. 그러나 아무런 효과도 없었다. 열을 높일수록 그것은 조금 부푸는 것 같긴 했지만, 죽을 기미는 보이지 않았다. 열을 점점 더 높이 올리자, 그것이 빛나기 시작했다.

"소용없습니다. 죽지 않아요."

조수가 말했고, 박사는 고개를 끄덕였다.

"일정 정도 이상의 에너지를 가하면, 빛으로 변환해 내뿜어 버리는군."

"뭐야, 그럼 전구 같다는 얘기 아닌가? 그렇다면 어서 다른 방법을 써 보란 말이오."

공무원은 살짝 짜증이 났다. 방사선을 쬐어도 미지의 우주 생물은 약해지지 않았다. 진공상태를 만들고 절대 영도 가까이 온도를 낮추자, 그제서야 크기가 조금 줄어들며 움직임이 멎었다.

"됐다! 죽었어."

가슴을 쓸어내리며 기압과 온도를 다시 정상으로 되돌렸다. 그러자 그것은 다시 생기를 되찾더니 추하기 이를 데 없는 칙칙한 색채의 꿈틀대는 하수관으로 돌아왔다.

"소용없군. 하지만 생물인 이상, 분명 어딘가에는 급소가 있을 거요. 무슨 좋은 방법이 없을까? 예산은 걱정하지 말고."

"그럼, 앞으로 다양한 방법들을 시도해 보겠습니다."

"부탁 좀 하겠네."

공무원은 일단 물러났다. 다음 날부터 박사는 조수를 독려하며 흐물흐물 움직이는 하수관을 퇴치하는 데 온 노력을 쏟았다. 그 추악함은 아무리 시간이 지나도 익숙해지지 않았지만, 박사는 그것을 잘 참고 견뎌 냈다.

절단해 보려는 시도도 헛수고로 끝났다. 트랙터로

양쪽 끝을 잡아당겨 봤지만, 끝도 없이 늘어날 뿐, 멈추면 다시 원래대로 돌아갔다. 커다란 망치로 내리쳐 짓이기면 그 한순간은 얇게 펴졌지만, 망치를 다시 들어 올리면 순식간에 본래 형태를 되찾았다. 고무보다 완벽한 탄성체인 것이다. 모든 약품들을 시도해 봤고, 급기야 독충까지 먹여 보았다.

그러나 절대 죽지 않았다.

"아직이오?"

공무원은 매일같이 전화를 걸었다.

"아직 안 죽었습니다."

"그럼, 예산을 대폭 확대해 볼 테니 최후의 수단을 쓰는 게 어떤가?"

"어떻게 하시려고요?"

"무인 우주선에 처넣어서 저 멀리 내다 버리는 거지. 그 괴물이 흘러든 어느 별에는 피해가 될지 모르지만, 지금 상황에서는 그런 걸 신경 쓸 여력이 없어. 당장 설계를 시작하려는데, 그놈의 크기는 얼마나 되지?"

"성장은 했어도 심하게 거대해지진 않았습니다. 하지만…."

박사가 말을 머뭇거렸다.

"하지만, 뭔가?"

"알을 열 개 낳았습니다."

"뭐라고?"

"보나마나 몇 개월 안에 알을 깨고 나오겠죠."

공무원이 머릿속으로 재빨리 계산했다.

"그건 곤란해. 우주선을 만들려면 최소 일 년은 걸려. 저 녀석이 그 기세로 불어나기 시작하면, 우주선 제작은 영원히 늦어질 뿐이야."

"아무래도 계산상으로는 그렇겠군요."

"그렇게 되면 정말 큰일인데. 무슨 수를 써서든 저걸 죽일 수 있는 방법을 찾아내게."

"흐음…."

박사의 대답은 미덥지 못했다.

박사는 공무원의 호된 독촉에 시달리며 추악한 불사신인 움직이는 하수관과 맞서 씨름하다가 차츰 반미치광이가 되어 갔다. 그리고 세 달이 지나자, 알 열 개가 부화해서 자랐다. 그 각각이 다시 열 개씩 알을 낳아 총 백 개의 알들이 늘어선 밤, 박사는 결국 자살하고 말았다. 광기로 치달은 끝에, 움직이는 하수관 한 마리의 입속으로 뛰어들었던 것이다.

다음 날 아침. 여느 때처럼 공무원에게 전화가 왔다.

"아직 안 죽었나?"

"죽었습니다."

조수가 참담한 심정으로 대답했다.

"그렇군. 드디어 죽었어! 정말 대단한 실적이야. 박사에게 감사 인사를 하고 싶으니 전화를 바꿔 주게."

"박사님은 돌아가셨습니다."

"뭐? 박사가 죽었다고? 대체 어느 쪽이 죽은 거야? 제대로 설명 좀 해 보게."

조수가 힘없는 목소리로 설명했다.

"드디어 괴물의 약점을 알아냈습니다. 저 괴물은 무슨 수를 써도 안 죽지만, 살아 있는 인간을 먹이면 중독을 일으켜서 죽습니다."

우주통신

높은 산 위에 건설된, 지름 1킬로미터에 이르는 거대한 파라볼라안테나는 우주 저 너머를 향해 끊임없이 전파를 보냈다.

"벌써 오십 년째 전파를 계속 보내는데, 반응이 전혀 없군."

"으음, 너무 조급해하지 마. 오십 년이라고 해 봐야 우주의 시간에 비하면 찰나일 뿐이야. 아가씨한테 윙크 한번 보내고, 상대가 반응을 안 보인다고 자포자기 하듯이 하면 안 돼. 느긋한 마음으로 계속 기다려 보자고."

또다시 오십 년이 흘렀다.

"왔어! 이것 좀 봐."

드디어 반응이 왔다. 우주 어딘가에 분명히 존재할 지적 생물과의 교신을 추구하며 끈기 있게 전파를 보내온 인류의 소망이 마침내 이루어졌다. 두 별 사이에, 문명을 이어 줄 전파의 끈이 맞닿은 것이다.

"그런데 이쪽과 똑같은 전파만 보내오면, 문명의 수준이 어느 정도 되는지 가늠할 수가 없어. 굳이 의심을 해 보자면, 어딘가에 전리층電離層(지상에서 발사한 전파를 흡수·반사하며 무선통신에 중요한 역할을 한다—옮긴이) 같은 게 있어서 단지 반사됐을 뿐일지도 모르고."

"그럼, 전문을 하나 보내 보자."

그래서 이런 문장을 발신했다.

—문명이 있는 별의 존재를 알게 돼서 매우 기쁘다.

상대가 판독해 줄 가능성은 일단 없다. 그러나 진심을 담아 송출한 전파는 우주 저 너머로 간절한 기도를 실어 날랐다.

오랜 세월이 지난 후, 그에 대한 답장이 왔다.

"도통 영문을 알 수 없는 전문이군."

"아니, 이건 그쪽 언어일 게 틀림없어. 아마 우리랑

마찬가지로 문명의 존재를 기뻐한다는 의미겠지. 어쨌든 이건 분명 그들 특유의 문명일 거야."

이로써 용기를 얻은 과학자들은 우선 첫 시작으로 숫자를 치기 시작했다.

1, 2, 3… 9, 10.

이것을 반복해서 보냈다. 지구에서는 십진법을 쓰고 있음을 알리려는 의도였다. 그러자 다시 오랜 세월이 지난 후, 답장이 왔다.

1, 2. 1, 2.

"과연, 저쪽 행성의 주민들은 이진법을 쓰는 모양이군. 손가락이 두 개뿐일지도 모르지."

"하지만 이렇게 오랜 시간이 걸려서 겨우 그 정도 차이만 알아냈다면, 도저히 더는 못 하겠군."

"그건 그렇지. 이번에는 큰맘 먹고 우주선을 보내볼까. 인간이 탈 수 있는 우주선은 엄청난 비용이 들지만, 인쇄물만 보내는 작은 우주선이면 적은 비용으로도 가능할 거야. 그걸로 모스부호의 의미를 전달하면 그 다음부터는 간단해."

"좋아, 그렇게 하자."

사진과 그림, 모스부호가 빽빽이 적힌 서류는 이집

트문자 해독의 실마리가 되었던 로제타석의 역할을
떠안고 은색 소형 우주선에 실려 우주로 보내졌다. 우
주선은 상대가 보내는 전파 방향으로 앞머리를 돌리
며 자동으로 방향을 수정해 날아가기 때문에 반드시
목적지에 도착할 터였다.

"이번에는 틀림없이 우리의 선의가 전해질 거야."

"그러면 서로의 문명을 더욱 발전시킬 수 있겠지."

지구에서는 그 계획과 더불어 다음과 같은 전문을
찍어 보냈다.

─선물을 보냈다. 언젠가 방문할 수 있는 날을 고
대하며.

서류를 실은 작은 우주선은 무사히 광대한 공간을
지나 상대의 별에 도착했다. 그곳 주민들이 우주선을
발견했다.

"뭘 보낸 것 같은데."

"저쪽 문명을 알려 주는 물건이 실려 있을 게 틀림
없어."

"빨리 열어 보자."

기대에 찬 주민들이 우주선을 열었다. 그러나 그

모습을 지켜보던 이들의 표정은 순식간에 공포로 가득 찼다.

"아악!"

"이걸 봐…."

"응, 정말 잔혹하기 이를 데 없는 녀석들이군."

"이런 녀석들이 제멋대로 날뛰기 시작하면 우주 전체가 험한 꼴을 당할 거야. 한시라도 빨리 손을 쓰자고."

"맞아. 이건 우리에 대한 도전임에 틀림없어."

그들은 그 즉시 지구를 향해 전파를 보냈다.

—선물은 확인했다. 감사 인사는 곧 보내겠다.

그리고 행성 전체의 방사성 물질을 모아 초대형 핵폭탄을 만들어 우주선에 실었다.

"이게 명중하면, 저 별은 산산조각이 나겠지."

"잘 됐으면 좋겠군."

이 우주 미사일은 지구에서 계속 보내는 "선물의 의미는 알았나?"라는 전파를 향해 쏜살같이 날아갔다.

주민들은 오랫동안 긴장감 속에서 결과를 기다렸다. 그리고 결국 지구에서 보내는 전파는 끊어졌다.

"만세! 제대로 명중했어!"

"이젠 안심하고 살 수 있겠군."

"누가 아니래. 그나저나 몸을 갈기갈기 찢어서 얇게 펼치다니, 정말 끔찍한 풍습이 있는 별이야."

그들은 가슴을 쓸어내리며 대화를 나눴다. 소나무에서 진화한 식물성 인간들은 지구에서 보내온 펄프로 만든 종이를 가리키며 몸을 부들부들 떨었고, 초록빛 얼굴을 마주 보며 안도의 한숨을 내쉬었다.

유토피아

"여러분. 드디어 인류가 간절히 기다려 온 프로그램을 시작하겠습니다. 우주 저 멀리 날아갔던 텔레비전 카메라를 탑재한 탐사기, 일명 스타비전이 마침내 팰 행성에 접근하기 시작했습니다. 그럼, 지금부터 광활한 우주 공간을 가로질러 온 전파를 통해 팰 행성으로의 접근과 도착 상황을 시청하시겠습니다."

아나운서의 목소리와 표정이 전파를 타고 모든 가정으로 흘러들었다.

"잠시 후면, 화면 조정이 끝나겠습니다만, 그때까지 스튜디오에 나와 계신 천체 연구소 주임 교수님의 말씀을 들어 보겠습니다."

아나운서의 소개를 받고, 은색으로 빛나는 스타비
전 모형을 손에 든 교수가 모습을 드러냈다. 아나운서
가 교수에게 말을 건넸다.

"잠시 후면 저희가 펠 행성의 상황을 볼 수 있게
되는데, 스타비전의 성능은 정말 대단한 것 같네요."

"꽤 오래전에 발사할 때도 말씀드렸습니다만, 스타
비전은 이렇듯 정교한 컬러텔레비전 카메라를 탑재한
소형 무인 우주선입니다. 인간이 탈 수 있는 우주선이
라면 장비 설비가 상당히 까다롭겠으나, 스타비전은
이 정도면 충분합니다. 우리는 스타비전에 달린 바로
이 카메라를 통해 그 별의 상황을 면밀히 살펴볼 수 있
습니다. 인간이 방문할 만한 별이라 판단될 경우, 뒤이
어 인간이 탄 우주선이 출발하게 됩니다. 요컨대 스타
비전은 은하계로 진출한 우리의 눈인 셈이죠."

교수가 모형의 이곳저곳을 가리키며 간단히 설명
을 마치자, 아나운서가 가볍게 고개를 숙였다.

"드디어 화면 조정이 끝났습니다. 그럼, 바로 시청
하시겠습니다."

화면은 곧바로 바뀌었다. 정적에 휩싸인 드넓은 우

주 공간. 그 한가운데에 푸른색으로 희미하게 빛나는 팰 행성이 떠올랐고, 그것은 조금씩 커져 갔다.

"상당히 많이 가까워졌군요."

아나운서가 감격에 겨운 목소리로 말했다.

"과연 어떤 광경이 펼쳐질지 기대됩니다."

교수의 목소리도 흥분한 기색이 역력했다. 아나운서가 시청자를 대신해서 교수에게 질문을 던졌다.

"그런데 스타비전이 왜 하필 수많은 별들 중에 팰 행성으로 발사되었는지, 또 왜 이토록 많은 사람들이 기대를 품고 있는지에 관해 잠깐 말씀해 주실 수 있나요?"

"저 팰 행성은 그 위치로 보아, 지구와 거의 같은 상태일 거라고 추정되고 있습니다. 요컨대 온도, 산소, 물 등이 지구와 별 차이가 없어서 인류가 가더라도 큰 어려움 없이 생활할 수 있을 거라는 말이죠."

"그렇다면 미래의 지구 식민지로 매우 유망한 곳이겠군요."

"네, 어쩌면 우리 지구보다 훨씬 훌륭할지도 모릅니다. 식민지라는 말은 타지로 돈벌이를 하러 가는 느낌을 주지만, 만약 예상을 뛰어넘는 좋은 환경으로 밝혀지면 오히려 선택된 사람들이나 갈 수 있는 휴양지가 될지도 모르죠."

"우주의 유토피아라는 말이군요."

"네. 그런 상태라는 게 확인되면, 인간이 탄 우주선이 바로 출발할 겁니다."

"그렇게 되길 기대해 보죠."

스타비전이 팰 행성에 가까이 다가갈수록 행성의 모습이 화면 가득 펼쳐졌다.

"저 하얀 것은 구름일까요?"

"그렇습니다. 보세요, 구름 아래로 파란 바다가 보입니다. 물도 풍부하죠."

스타비전은 구름을 뚫고 대지를 향해 날아갔다. 화면으로도 바다에 일렁이는 하얀 물마루를 어렴풋하게 알아볼 수 있게 되었다.

"해안에 착륙할 것 같네요."

"네. 하지만 걱정 마세요. 기체機體에는 이동 장치가 설치되어 있어서 자동으로 움직일 테니, 이제 곧 육지쪽 광경도 볼 수 있을 겁니다."

팰 행성의 대지가 화면을 향해 성큼성큼 다가왔다. 그러다 갑자기 화면이 꺼졌다.

"앗! 화면이 꺼져 버렸는데요."

"걱정하실 거 없습니다. 착륙 시, 완충장치가 작동해서 일시적으로 전원이 꺼지게 되어 있습니다. 잠시 후면 원래대로 돌아올 테니, 머지않아 지상의 모습을 보실 수 있을 겁니다."

교수의 설명대로 얼마쯤 지나자 끊겼던 전원이 들어왔다. 그런데 화면은 뭔가에 뒤덮이기라도 한 듯이 새하얬다.

"어떻게 된 걸까요?"

"그럴 리가 없는데…."

교수도 살짝 당황한 목소리였다.

"착륙 충격으로 무슨 고장이라도…."

"아뇨, 정밀하게 공들여 제작했기 때문에 고장은 있을 수 없습니다."

"그럼, 이쪽의 수신 상태가 좋지 않을지도 모르겠군요. 잠깐 문의해 보겠습니다."

아나운서의 말이 채 끝나기도 전에 모든 수신 회로에 대한 조사가 급속도로 이뤄졌다. 그리고 그에 관한 보고가 스튜디오에도 전달되었다.

"이쪽 수신 상태는 매우 양호하다고 합니다."

"이런 사태가 발생할 줄은 꿈에도 몰랐습니다."

"다른 계측기는 작동하는 것 같네요."

"네. 지금 하얀 화면 오른쪽 위에 표시된 숫자를 봐 주십시오. 산소는 지구보다 얼마간 많고, 기온은 약 20도. 아주 적절한 온도입니다."

"인간이 가도 그럭저럭 살 만하겠네요."

"그건 문제없을 겁니다. 그나저나 지상 상황을 볼 수 없는 게 안타깝군요."

여전히 새하얀 화면을 놔둔 채 아나운서와 교수의 대화가 이어졌다.

"그러네요. 스타비전이 어렵게 팰 행성에 도착했는데….'

"다음 우주선을 보낸다고 해도 또다시 긴 세월이 걸릴 테니, 참으로 안타까운 일입니다."

그러나 어쩔 도리가 없었다.

"하는 수 없군요. 방송은 일단 이쯤에서….'

그렇게 방송이 막 중단되려던 찰나였다.

그 순간 갑자기 화면을 덮고 있던 하얀 뭔가가 베일이 벗겨지듯 사라지고, 팰 행성의 광경이 모습을 드러냈다.

"아, 우리의 기도가 통했을까요? 스타비전이 제 기능을 되찾은 것 같네요."

"정말 다행입니다. 그런데 팰 행성의 지상이 저런 모습일 줄은 꿈에도 몰랐습니다."

교수의 설명을 기다릴 필요도 없이, 화면에는 상상을 초월하는 광경이 나타났다. 끝없이 펼쳐지는 황폐하기 이를 데 없는 땅. 그리고 그 땅 곳곳에 메마른 식물처럼 생긴 것들이 쓸쓸히 서 있었다.

돌연 미친 듯이 끽끽거리는 소리가 들렸다.

"저 소리는…."

"가이거관(방사선 검출기의 한 종류-옮긴이) 소리인데, 이렇게 클 줄은 몰랐습니다. 방사능 수치가 매우 높은 것 같군요."

"그렇다면 인간은 도저히 살 수 없겠네요."

"저런 상태라면 인간뿐만 아니라, 지구의 어떤 생물도 도저히…."

바로 그때, 화면에 움직이는 물체가 잡혔다.

"앗, 생명체가 있는 것 같은데요."

그것은 화면 왼쪽에서 모습을 드러냈다.

"인간과 비슷하지 않나요?"

"겉모습은 그래 보이네요. 저렇게 심한 방사능 속에서 용케 살아남았군요. 그런데 몹시 고통스러워 보입니다."

인간과 비슷해 보이는 그 생명체는 걷는다기보다 오히려 휘청거리는 몸짓으로 움직였고, 이따금 넘어지며 화면을 향해 다가왔다.

"얼굴이 너무 끔찍해요. 켈로이드(피부의 결합 조직이 이상증식하여 단단하게 융기한 형태-옮긴이) 아닌가요?"

"그런 것 같군요. 그렇다면 팰 행성에서는 최근 핵전쟁이 일어났다고 보는 게 맞을 것 같군요."

그 생명체는 피부에서 고름을 흘리며 고통스럽게 피를 토했다. 어깨 주변이 미세하게 떨렸다.

"저건 정말 끔찍하군요. 아니면 치료법이 없는 세균 병기나 독가스를 사용했을지도 모릅니다. 인간이 방문할 별은 아닙니다."

"유토피아 같은 곳은 아니었네요."

"우리는 가까이 가지 않는 게 좋겠어요."

"앗, 저건 용암일까요?"

쓰러지듯 화면에서 사라진 생명체 뒤쪽으로 용암 비슷한 새빨간 물질이 밀려왔다. 온도를 표시하는 숫자가 화면 오른쪽 위에서 눈이 핑핑 돌 정도로 급격하게 높아졌다.

"그렇습니다. 강력한 핵무기로 인해 지각변동이 일어났을지도 모릅니다."

"스타비전도 삼켜지겠어요."

"네. 그래도 팰 행성이 인류에게는 맞지 않는 별이라는 걸 확실히 알게 됐으니, 자기 사명은 훌륭하게 마친 셈입니다. 우리는 이번 일로 낙담하지 말고 계속해서 다른 별로 스타비전 2호, 3호를 보내야 합니다. 희망을 버리지 말고 끈기 있게 노력합시다."

용암이 화면을 뒤덮으며 가이거관이 한 차례 격렬하게 울렸고, 결국 스타비전의 송신은 모두 끊겼다.

"수고했어…."

팰 생성의 주민들은 그들의 말로 이런 뜻이 담긴 대화를 주고받았다.

"휘청거리는 너의 그 걸음걸이는 대단한 열연이었어."

"고마워. 솔직히 웃음 참느라고 너무 힘들었다."

그는 그렇게 말하며 켈로이드 같은 가면을 벗었다.

"용암은 잘 나왔을까?"

"진짜 정면으로 육박해 와서 우리까지 세트장 안이란 걸 잊을 정도였다니까."

"이번 건 대체 어느 별에서 왔을까?"

"알 게 뭐야. 어쨌든 이걸 보낸 별의 사람들은 이젠 두 번 다시 우리 별로 접근할 생각은 안 하겠지."

그중 하나가 그렇게 말하며 막 깨부순 스타비전을 걷어찼고, 가이거관 소리를 방출시키던 우라늄을 용기 안에 조심스럽게 집어넣었다.

카메라를 덮었던 하얀 천을 비롯해 자질구레한 세트까지 모두 정리한 팰 행성의 아름다운 주민들은 꽃향기 가득하고 잔잔한 산들바람이 부는 들판으로 흩어졌다. 지금까지 오랫동안 고요한 평화만이 있어 왔고, 앞으로도 계속 평화가 이어질 팰 행성의 들판으로.

증인

나는 형사다. 닳아빠진 몸에 닳아빠진 옷과 닳아빠진 구두를 신고 뚜벅뚜벅 걸어 다니며 범인을 검거하는, 노력에 비해 보답은 시원치 않은 일을 한다.

그러나 세금을 내는 수많은 선량한 사람들이 그 덕분에 마음 놓고 일상을 살아간다고 생각하면, 피로도 씻은 듯 사라지고 새로운 힘이 샘솟는다.

어느 날, 나는 상사에게 명령을 받았다.

"이봐, 자네. 후지 가즈코가 죽었어. 어떻게 된 일인지 한번 알아봐."

"후지 가즈코라면 텔레비전에 나오는 그 배우 말

입니까?"

"맞아. 지금 인기 절정인 탤런트지. 교통사고가 안 나는 날은 있어도 브라운관에 후지 가즈코 얼굴이 안 나오는 날은 없다는 말이 돌 정도로 최고 인기를 누리는 배우야."

"인기가 있어도 불사신은 아니니, 죽기야 하겠죠. 그런데 대체 왜 죽었답니까?"

"자살이야. 술에 청산가리를 타 마셨어."

그 말에는 나도 적잖이 놀랐다.

"자살이라고요? 뭐가 부족해서 죽을 생각을 했을까요? 후지 가즈코 같은 여자가 세상살이에 절망한다면, 저 같은 놈이 이렇게 살아 있는 게 이상하잖아요."

"자네 생각도 그렇지? 이번 죽음은 누구라도 의문을 품을 거야."

"그런데 자살로 인정되었다면, 무슨 증거가 있었을 텐데요."

"유서가 나왔지."

"무슨 내용인데요?"

"좋아하는 사람이 자기를 냉정하게 대했고, 거기에 예술적으로도 한계를 느껴서 살아갈 힘을 잃었다. 뭐,

대충 그런 의미더군."

내 얼굴에 미소가 번졌다.

"저는 텔레비전을 별로 안 봐서 잘 모르지만, 후지 가즈코라는 여자, 구애하는 남자에게 매정하게 대하면 대했지 차여서 슬퍼할 일은 없는 여자 같던데요. 게다가 예술적인 한계라뇨? 다른 무엇보다 그 여자는 섹시함과 덜렁대는 '허당' 이미지로 인기를 끌었던 거 아닌가요? 그게 아니면, 사생활 면에서는 겉모습과는 완전히 정반대였던 걸까요?"

"당치 않아. 사생활은 배역으로 보는 모습보다 훨씬 심했던 모양이야."

"그럼, 사건은 간단하겠군요. 유서가 가짜인 게 분명해요."

"당연히 그렇게 생각하겠지. 그런데 누구에게 감정을 의뢰해도 후지 가즈코 본인의 필적이라는 거야. 이렇게 된 이상, 자살이라고 인정할 수밖에 없어. 사건 개요는 대충 그런 상황이야."

"제가 한번 조사해 보겠습니다. 그런데 혹시 의심스러운 용의자는…."

"으음, 아무래도 마쓰키라는 남자 매니저가 수상해.

출연료도 빼돌려서 쓴 것 같고, 후지한테 고백했다 늘 매몰차게 거절당했다는 소문도 돌더군. 동기가 있고, 알리바이도 의심쩍어. 유서가 없었다면 무조건 범인이었을 놈이지. 수고스럽겠지만, 자네가 그 유서의 수수께끼를 풀어 줘야겠어."

"알겠습니다. 바로 수사에 착수하겠습니다."

그리하여 나의 철저한 수사가 시작됐다. 먼저 마쓰키라는 남자를 만나 보았다. 젊고 마른 남자였다.

"경찰은 저를 수상하게 여기는 것 같은데, 말도 안 됩니다. 유서가 버젓이 있잖습니까? 만약 유서가 없었다면, 정말 큰일 날 뻔했어요. 하마터면 살인범으로 체포될 지경이었으니까요."

몸을 비비 꼬며 새된 목소리로 연신 "유서"를 연발했다. 만만찮은 상대인 건 분명했지만, 체력은 약해 보였다.

나는 마쓰키가 후지 가즈코를 위협해서 억지로 유서를 쓰게 만들고, 독을 마시게 했을지도 모른다는 가정이 잘못되었다는 걸 알았다. 위협은커녕 외려 마쓰키 쪽이 얻어맞았다고 해도 이상할 게 없어 보일 정도였으니까.

나는 방침을 바꿔서 후지의 교우 관계를 알아보러 다녔다.

"어때요? 후지 가즈코 씨는 평소 유머 감각이 있지 않았나요?"

그녀가 생전에 친한 친구에게 농담 삼아 "차였어. 이젠 한계야. 죽고 싶어"라는 편지를 썼고, 그것이 우연히 마쓰키의 손에 들어가서 유서로 탈바꿈하게 된 건 아닐까 의심했기 때문이다. 그러나 그런 예상도 보기 좋게 빗나갔다.

"말도 안 돼요. 그 사람에게 유머가 있다니요. 시트콤 드라마에 출연하긴 했지만, 그건 그냥 말괄량이처럼 덜렁대는 거였지, 형사님이 생각하시는 유머랑은 다르잖아요? 우리랑 하는 대화도 출연료에 관한 거랑 바쁘다는 얘기, 두 가지뿐이었어요. 그걸 자랑하듯 떠들어 댔을 뿐이라고요."

"맞아요, 그 사람은 유머 같은 건 몰라요. 다른 무엇보다 이쪽에서 하는 말을 못 알아들어요. 통하는 거라곤 저급한 섹스 관련 농담뿐이었죠."

꽤나 신랄한 평가였다. 유서에 쓰인 문구처럼 진지한 심경은 흔적조차 찾아볼 수 없었다. 도대체 왜 그런 유서를 썼을까?

안타깝기만 한 죽음은 아니었으나, 그렇다고 그녀가 살해당한 걸 모른 척할 수는 없었다. 살인을 방치하면 우리를 믿고 세금을 낸 국민들에게 면목이 없다. 무슨 수를 써서든 궁지로 내몰린 수사의 돌파구를 찾아내야 했다.

나는 상사에게 중간보고를 했다.

"지금까지 조사해 본 바로는 아무래도 그녀 스스로 그런 유서를 썼다고 보긴 어렵습니다. 정말 본인이 그 유서를 쓴 게 틀림없나요?"

상사는 문제의 유서를 꺼내며 대답했다.

"그 점에는 전혀 문제가 없어. 확실해."

"흐음⋯."

나는 신음을 흘릴 수밖에 없었다. 그럼에도 이제부터 어떻게든 실마리든 찾아내야 했다.

"이 종이를 조사해 보면 어떨까요? 흔히 볼 수 있는 편지지는 아닌 듯한데⋯."

"알았네, 바로 조사하라고 하지."

가로막힌 거대한 벽에 아주 작은 균열이 생긴 기분이었다. 머지않아 종이 질이 밝혀지고 제조사와 도매

상이 어딘지까지 알 수 있게 되었다. 그리고 그것이 방송국에 납품된 종이라는 사실까지도.

누군가가 방송국 로고가 인쇄된 부분을 교묘하게 오려 냈지만, 이는 분명했다.

수사의 목표는 정해졌다. 나는 방송국으로 향했다.

"후지 가즈코에게 이 방송국의 편지지를 건넨 적이 있습니까?"

젊은 PD는 바쁜 시간에 방해하는 내가 탐탁지 않은지, 무뚝뚝하게 대답했다.

"글쎄요, 없었을 겁니다. 후지 가즈코가 죽은 지 한 달이나 지난 지금에 와서 그런 걸 물으시면 대답할 수 있겠습니까? 우리에게 한 달 전 일은 십 년 전 일이나 다름없어요. 게다가 후지 가즈코가 뭐 하러 편지지 같은 걸 가져가겠습니까?"

"그런데 후지 가즈코가 쓴 편지지가 있단 말이죠."

"그래요? 어쩌면 대본 리딩 때 심심풀이 삼아 책상 위에 있던 편지지에 몇 자 끄적였겠죠. 아, 시간이 벌써 이렇게 됐네. 이만 실례하겠습니다."

그가 시계를 보고 뛰어나갔다. 그러나 나는 물러서지 않았다. 수수께끼의 실마리는 분명 이 방송국 안에 있으리라는 생각에 그대로 모니터실로 갔다. 그곳에는 전파가 정상적으로 송신되는지 확인하기 위해 하루 종일 방송 화면을 지켜보는 담당자가 있었다.

"잠깐 말씀 좀 여쭙겠습니다. 일전에 방영된 드라마 중에 후지 가즈코가 유서를 쓰는 장면이 포함된 게 있을까요?"

스스로 생각하기에도 대단한 추리였다. 일 때문이라면 그런 유서를 쓸 수도 있겠지.

"있었던 것 같은데요. 아, 맞다. 〈끝없는 함정〉이라는 저속한 스릴러 드라마였어요. 우리 방송국에서는 최고의 시청률을 올린 드라마죠. 그러고 보니 거기서 후지 가즈코 씨가 분명 자살광을 연기했었죠. 다들 엄청 웃었을 겁니다."

"어떤 문구의 유서였는지, 혹시 기억나십니까?"

이 남자가 문구를 기억한다면, 문제는 해결된다.

"아무래도 거기까지는… 제가 맡은 일은 드라마 내용을 기억하는 게 아니라, 전파가 제대로 송출되는지 지켜보는 거니까요. 그런 거라면 PD한테 한번 물어보시죠."

그가 조금 전에 만난 PD를 언급했다. 나는 리허설

과 본 방송이 끝날 때까지 화려하면서도 뒤숭숭한 공기가 떠도는 방송국 복도의 의자에 앉아 시간을 때우다, 조금 전 PD를 다시 붙들었다.

"여쭤보고 싶은 게 아직 좀 남아 있어서요."

"참 나, 아직도 안 갔어요? 대체 뭡니까?"

"당신이 연출한 드라마에서 후지 가즈코가 유서를 쓰는 장면이 있었던 것 같은데요."

"그러고 보니 있었던 것 같군요."

나는 말투가 거칠어질 뻔했지만, 가까스로 참았다.

"본인이 연출하셨잖습니까."

"그런 말씀 마세요. 우리 같은 제작자들은 이미 끝난 방송은 바로바로 잊어버려요. 그러지 않으면, 도저히 감당해 낼 수가 없어요. 실제로 지금 막 끝난 방송 내용도 내 머릿속에는 전혀 남아 있질 않아요. 머릿속에는 오로지 다음 방송 생각뿐이란 말입니다."

"그러시군요. 그럼, 옛날 대본을 좀 보여 주시죠."

"대본이요? 그런 것도 프로그램이 방송되고 나면, 곧바로 쓰레기통으로 직행이에요. 일일이 챙겨 뒀다간 순식간에 방이 가득 차 버릴 테니까."

지금 내 얼굴은 극도로 낙담한 표정으로 일그러졌

을 게 틀림없다. 그 매몰찬 감독조차도 집으로 돌아가는 탤런트들을 불러 세워 〈끝없는 함정〉의 대본을 모두 갖고 있는 사람이 있는지 물어봐 줄 정도였으니까. 그러나 그 역시 나의 낙담을 해소해 줄 수는 없었다.

"대본이요? 그런 걸 일일이 챙겨 뒀다간 생활할 공간까지 사라져 버릴걸요."

"보세요. 지금 막 끝난 프로그램 대본조차 갖고 나온 사람이 없잖습니까."

개중에는 문제의 유서를 쓴 장면에 같이 출연했던 사람도 있었지만, 도움이 될 만한 기억은 전혀 남아 있지 않았다.

"유감이군요. 하지만 방송 일이란 게, 그런 걸 일일이 기억하다 보면 도저히 감당이 안 돼요. 바로 외우고, 바로 잊어버린다. 그게 우리의 습관이에요."

그러나 여기서 포기할 수는 없었다. 나는 광고대행사를 찾아갔다. 그러자 이런 대답이 돌아왔다.

"번지수를 잘못 짚으신 것 같은데요. 우리는 프로그램을 팔아 수수료만 챙기면 그만이라, 프로그램 내용이 어땠는지까지는 일일이 기록하지 않아요."

그 프로그램의 후원사는 이렇게 말했다.

"그날 어떤 광고를 냈는지에 관한 기록은 물론 있지만, 내용까지는 전혀⋯. 그렇지만 경쟁 업체 제품이 화면에 나온 실수는 기록해 뒀어요. 방송국에 이의를 제기하고 가격을 깎기 위해서죠."

이제 기댈 곳이라곤 각본가 하나뿐이었다. 그러나 여기도 마찬가지였다.

"그런 건 보관하지 않아요. 흐음, 대본을 갖고 있는 사람이 아무도 없어서 여기까지 찾아오셨다? 그건 참 다행스러운 일이군요. 그런 얼토당토않은 대본을 누군가가 보관한다 생각하면 부끄러워서 글이 안 써질 지경이니까. 어쩐지 기운이 좀 나네요. 앞으로는 속도감을 더 높여서 줄줄 써 내려가야겠어요."

유서를 쓰는 부분의 스토리를 물어봤지만, 그는 자기가 쓴 대본인데도 전혀 기억하지 못했다. 그뿐인가. 방송이 나간 방송국 이름조차 기억하지 못했다. 하긴, 일주일에 네 편이나 쓰는 작가이니 그것도 무리는 아니다.

나는 경찰서로 돌아가서 상사에게 경과를 보고했다.

"뭐, 대충 그런 상황입니다. 예의 그 유서는 후지 가즈코가 드라마 속에서 쓴 게 분명합니다. 방송이 끝난 후에 마쓰키라는 놈이 그걸 몰래 빼내서 이용한 게 틀림없습니다."

"하지만 그걸 입증하려면 증인이 필요해. 적당한 증인으로는 누가 좋을까?"

"바로 그게 문제죠. 방송국 관계자들이 그런 인간들일 줄은 꿈에도 몰랐습니다. 그자들에게는 어제의 기억도 없습니다. 너무 심하지 않습니까? 그런 장면이 있었던 건 어렴풋이 기억해도 어떤 문구였는지 기억하는 사람은 단 한명도 없었어요. 무리하게 증언을 시키더라도, 그래서는 변호사 반대신문에서 금세 뒤집힐 겁니다."

나는 여태껏 추적한 게 아쉬워서 속으로 이를 갈았다. 그리고 이렇게 건의했다.

"이렇게 된 이상, 대중들에게 호소해서 협력을 구할 수밖에 없습니다. 시청률로 계산해 보면, 500만 명 정도가 확실하게 본 장면입니다. 그들의 협력이 있으면, 마쓰키를 잡아들이는 건 식은 죽 먹기죠."

결국 나의 건의는 받아들여졌고, 그 덕에 방송국에 수사 협조를 요청할 수 있었다. 그렇게 안내 방송이 전파를 타고 500만 명의 목격자에게 전달되었다.

―지난달 10일에 방송된 〈끝없는 함정〉에 후지 가즈코가 유서를 쓰는 장면이 있었는데, 어떤 내용이었을까요? 혹시 아시는 분은….

　"거참, 심술궂은 퀴즈로군."

　"그런 걸 기억할 사람이 과연 있을까? 상품은 크지만 말이야."

　"오호, 상품까지 걸었어? 어이가 없군. 방금 들은 상품명이 뭔지도 기억이 안 나는 판국인데, 하물며 지난달 이야기는 말해 뭐 하겠나."

　그렇게 30초만 지나면, 이런 안내 방송조차 금세 잊어버리고는 하나같이 입을 헤벌린 채 다음 프로그램에 빠져들기 시작한다.

　아마 모든 시청자가 그랬겠지. 회신은 단 한 통도 오지 않았다. 나는 대중이란 세금을 내기 위해서만 존재한다는 걸 그때 처음 알았다.

환자

"자, 당신은 점점 성장할 겁니다. 스물다섯 살이 되었어요…."

어스름한 방. 그곳 소파 위에 누워 있는 환자는 그런대로 꽃미남이었다. 그런데 어떤 이유로 최근 여성에 대한 콤플렉스가 유난히 심해진 상태였다. 그는 그런 성격을 고치기 위해 이 의사를 찾아왔다.

의사는 환자에게 최면을 걸어 잠재의식 속에 감춰져 있던 열 살 무렵의 정신적 충격을 끌어냈고, 여성은 그렇게 무서워할 필요가 없는 존재라는 암시를 심은 후 치료를 끝내고 환자를 원래대로 되돌리려던 참이었다.

"자…."

눈을 뜨세요, 라고 말하려던 의사는 살짝 머뭇거렸다. 청년이 완치되어 버리는 데 대한 질투 때문은 아니었다. 의사에게는 아름다운 아내가 있고, 많은 환자들 덕분에 상당한 재산도 모았다.

그가 질투를 느끼는 대상은 새로운 연구를 발표하는 동종 업계 사람들이었다. 무슨 멋진 연구 주제가 없을까. 숙제처럼 늘 안고 있던 고민이 바로 지금, 돌연 결실을 맺은 것이다.

"자, 당신은 스물여섯 살이 되었습니다."

의사는 청년을 현실 나이보다 한 살 위인 미래로 데리고 갔다. 이 새로운 시도에 그는 가슴이 두근거렸다.

"뭐가 보입니까?"

"글쎄요…."

환자가 머뭇머뭇 말했다.

"분명하게 말씀해 보세요."

"여자가 있어요."

"당신은 자신감을 가져도 됩니다. 당신이 원하는 여성에게는 주저 없이 손을 내밀 수 있어요."

의사가 환자를 격려했다.

"하지만 옆에 남자가 있는데요."

"그런 건 신경 쓸 거 없어요. 쫓아 버리세요."

한동안 침묵이 이어졌다. 환자가 양손을 한참 움직이다가 동작을 멈춘 후 말했다.

"제가 너무 세게 때린 탓인지, 상대가 머리를 바닥에 부딪쳐서 기절해 버렸어요."

"여자는 어때요? 기뻐하죠?"

"아 네, 굉장히 기뻐하는 것 같아요. 제 품으로 달려들어 믿음직스럽다는 듯이 올려다보는군요. 아….."

환자의 말끝이 기쁨 가득한 어조로 변했다.

"그것 봐요, 당신에게는 그만한 매력이 있어요. 키스라도 한번 해 주세요."

환자는 그 말에는 대답하지 않고, 입술을 움직였다.

"여자가 뭐라고 합니까?"

"남편과 헤어지고, 저랑 같이 살겠다고 하네요."

"그래, 그거야. 아주 좋아요. 그럼, 이제 슬슬 끝냅시다."

환자를 다시 스물다섯 살로 되돌리려던 의사가 별생각 없이 물었다.

"여자에게 이름을 물어보세요."

환자는 잠시 말이 없었다. 이름을 묻고 있는 듯했다. 그리고 어떤 이름을 입 밖에 냈다. 이번에는 의사가 입을 다물었다. 그 이름이 자기 아내의 이름과 똑같았기 때문이다.

"이제 어떻게 할까요?"

환자가 물었지만, 의사는 여전히 침묵을 지켰다. 맞아서 바닥에 뻗어 버린 남자의 이름을 확인하고 싶었지만, 그걸 물어볼 엄두가 나지 않았다. 환자는 눈을 감은 채, 똑바로 누워서 황홀한 듯이 손으로 허공을 어루만졌다. 그러나 그것은 허공이 아니라 남편과 헤어질 결심을 한 여성의 몸이다.

의사는 간신히 입을 열었다.

"자, 이제 그 정도로 끝내세요. 당신은 스물다섯 살로 돌아옵니다."

"그렇지만⋯."

"빨리 돌아오세요!"

환자는 아쉬운 듯이 손을 내렸고, 의사가 명령했다.

"그리고 열 살로 돌아가는 겁니다⋯."

"자… 눈을 뜨세요."

환자가 눈을 떴다.

"뭔가 기억나는 게 있습니까?"

"아니, 전혀요. 제 성격은 고쳐졌나요?"

환자가 의사의 얼굴을 바라보며 물었다. 그러나 의사는 서글픈 듯한, 그러면서도 괴로운 듯한 표정을 지었다.

"이런저런 방법을 시도해 봤지만, 저로서는 도저히 고칠 수가 없군요. 치료비는 받지 않겠습니다."

"안타깝네요."

환자는 병원을 찾았을 때와 전혀 달라지지 않은, 겁먹은 듯 주뼛거리는 모습으로 돌아갔다.

낙樂

어느 도시에서도 멀리 떨어진 첩첩산중에 작은 마을이 있었다. 그 마을 한가운데를 가로지르며 작은 강이 흘렀다. 강물은 차고 맑았으며, 곳곳에 곤들매기(연어과의 민물고기. 몸길이가 30센티미터 정도 된다-옮긴이)가 숨어 있었다. 아이들은 첨벙첨벙 물보라를 일으키며 물고기를 쫓았다.

군데군데 펼쳐진 밭에서는 그 아이들의 부모 형제들이 무성하게 자란 여름 잡초를 묵묵히 뽑고 있었다. 하늘에는 소나기구름이 떠 있었고, 깊은 숲속은 매미의 화음으로 희미하게 흔들렸다. 어디선가 소 울음소리가 울렸다 사라져 갔다.

이 마을의 여름은 풍족하지는 않지만, 더할 나위 없이 평화로웠다. 밭과 씨름하며 평생을 지내 온 사람들이 사는 마을이었다. 우체국에 가려면, 산 하나를 넘어 이웃마을까지 3리(일본의 거리 단위로 1리는 약 3.9킬로미터이다-옮긴이)를 걸어가야 했고, 파출소는 그곳을 지나 또다시 다음 마을까지 가야 했다.

도시의 유희에 지친 사람들이 이따금 불쑥 머릿속에 떠올리는 풍경과 비슷했지만, 정작 그 마을에 사는 사람들에게는 낙이랄 게 없는 듯했다.

강가의 오솔길을 따라, 산기슭에서 한 남자가 지친 발걸음으로 걸어왔다. 등산복 차림에 손에는 작은 보스턴백을 들고 있었다. 눈매는 어딘지 모르게 날카로워 보였지만, 그것은 주변 풍경이 한없이 한가롭기 때문이고, 도시에 사는 사람들에게는 평범한 눈매일지도 모른다.

"엇, 누가 온다!"

아이들이 물고기를 쫓던 손길을 멈추고 남자 쪽을 쳐다봤다. 이곳 아이들은 낯선 사람을 경계했다. 자기들만의 조화로운 세계를 흐뜨리는 게 싫어서일까. 아이들은 매미 소리와 백합꽃 향기가 자욱한 숲속으로 뛰어들며 몸을 숨겼다.

잠시 후 변덕쟁이 아이들은 곤들매기도, 낯선 남자도 까맣게 잊고 누군가가 찾아낸 자벌레에 푹 빠져 넋을 놓고 바라보았다.

도시에서 온 남자는 조금 전까지 아이들이 놀고 있던 언저리까지 와서 무너지듯 주저앉았다. 오랫동안 먼 길을 걸어왔는지, 햇볕에 붉게 그을린 채 옷은 땀으로 흥건했다. 그는 강물에 손을 담그고 깊은 한숨을 몰아쉬었다. 그러고는 가방을 열어 그 속에서 꺼낸 수건을 강물에 적셔 얼굴을 닦았다. 열린 가방 틈새로 돈다발 같은 것이 언뜻 보였다.

한동안 휴식을 취하던 남자가 꾸물꾸물 일어서더니 다리를 끌며 걷기 시작했다. 그러나 더는 못 걷겠는지, 옥수수 밭 뒤쪽의 한 농가를 향해 고꾸라질 듯이 다가갔다.

"실례합니다."

그러나 허물어져 가는 그 초가집에서는 아무런 대답도 들리지 않았다. 닭 냄새와 여름 수풀이 흔들리는 소리만 희미하게 떠다닐 뿐이었다. 툇마루에 드러누운 남자는 어느새 스르르 잠이 들었다. 그러면서도 자물쇠를 채운 가방만은 꽉 움켜쥐고 있었다.

해가 기울고 쓰르라미 울음소리가 한층 높아졌다.

"어머, 저 사람은 누구지?"

밭일을 마치고 돌아온 그 집의 아내가 툇마루에서 자고 있는 남자를 발견했다.

"어디 보자."

목덜미가 검붉게 그을린 농부 남편도 가까이 다가와 들여다봤지만, 전혀 본 적이 없는 낯선 얼굴이었다. 우편배달부가 오는 일은 일주일에 두 번, 파출소 순경이 순찰을 도는 것은 두 달에 한 번, 관청 공무원도 두세 달에 한 번 온다. 외부에서 방문하는 사람이라곤 이들뿐이었다. 그런데 남자는 이들 중 어디에도 해당되지 않는 것 같았다. 농부가 남자를 투박한 손길로 흔들어 깨웠다. 남자는 흠칫 놀라 가방을 끌어안으며 일어났다.

"어디서 오셨는가?"

"도시에서."

인사 대신 주고받은 말이었다. 그 도시가 어디고, 남자의 이름이 뭐냐고 물어본들 아무런 의미도 없다.

농부는 묻지 않았다. 남자 또한 말하지 않았다.

"어디를 가려고?"

"여행 중이오."

말주변이 없어 보이는 농부가 마지막 질문을 했다.

"그런데 여긴 무슨 일로?"

"아침부터 계속 걸었더니 너무 지치는군. 하룻밤만 재워 줄 수 있겠소?"

이젠 더 이상 물을 게 없었다.

"들어오쇼."

부부는 소박한 저녁상을 차려서 내왔다. 두 사람 다 말주변이 없어서 거의 말을 하지 않았고, 남자도 거의 말을 하려 들지 않았다. 고요한 시간 속에 벌레 소리만 이어졌다. 조금 늦게 들어온 이 집의 사내아이는 낯선 남자와 반딧불을 넣은 종이 봉지를 번갈아 쳐다보며 이가 나간 밥그릇에 담긴 밥을 입안에 욱여넣었다.

"손님은 거기서 주무시게."

식사가 끝나자, 농부가 중얼거리듯 불쑥 말했다.

"우리는 오늘 밤에 마을 모임에 나가야 해서."

"무슨 모임이지?"

남자가 신경이 쓰이는 듯한 말투로 물었다.

"마을 축제 이야기를 좀 하려고."

"신문이 있으면, 좀 볼 수 없겠나?"

"신문은 일주일에 한 번 몰아서 오기 때문에 앞으로 사흘 후에나 올 거요."

"라디오는 없나?"

"이 주변에 그런 걸 갖고 있는 사람은 아무도 없을 거요."

남자는 마음이 놓인 탓인지 또다시 한꺼번에 피로가 몰려와 자리에 스르르 누웠다. 농가 부부는 남자에게 푹 쉬라고 말하고 밖으로 나갔다.

긴 여름 해는 완전히 저물고 은하수가 하늘을 가로지르며 반짝이기 시작했다. 아이는 한쪽에서 잠이 들었다. 그 옆에서 반딧불을 넣은 종이 봉지가 푸르께하게 빛났다.

하나둘 모여든 마을 사람들을 앞에 두고, 늙은 무녀가 주름이 자글거리는 얼굴에 어스름한 램프 불빛을 받으며 입을 열었다.

"그 남자는 살인자야. 두 사람을 죽였어. 나쁜 남자지."

무녀가 하는 말이니, 이를 의심하는 사람은 없었다.

"돈은 갖고 있을까요?"

불빛이 닿지 않는 어둠 속에서 누군가가 물었다.

"그건 모르지."

이젠 더 물을 말이 없었다.

"자, 그럼⋯."

무녀가 쉰 목소리로 말했다.

또다시 뜨거운 여름날이 시작되었다. 매미 소리가 높이 치솟기 시작했고, 쏟아지는 햇살은 점점 더 강해졌다.

잠에서 깬 남자는 자기 몸이 밧줄에 묶인 걸 알아챘다. 그는 반사적으로 가방 쪽으로 시선을 돌렸다. 가방은 그 옆에 그대로 놓여 있었다.

"이봐, 이게 대체 어떻게 된 거야?"

그가 외치는 소리를 듣고, 마당에 있던 농부 셋이 안을 들여다봤다. 그중 한 사람은 이 집의 주인인 농부였다.

"도대체 나한테 왜 이런 짓을 하는 거지?"

남자가 더 크게 소리치며 호소했지만, 농부들은 모두 입을 열었다 이내 다시 닫아 버렸다. 어떻게 설명할까 생각해 보니, 의외로 어려워서 입을 닫은 것처럼 보였다. 그 대신 밧줄을 힘껏 잡아당겼다.

"어디로 데려가는 거야? 난 아무 짓도 안 했어. 당장 멈춰!"

남자는 끌려가면서 도시에서라면 분명 꽤나 위협적이었을 목소리로 소리쳤다. 농부는 아랑곳 않고 밭 한가운데로 난 길로 남자를 끌고 갔고, 얼마쯤 지나 한 사람이 입을 열었다.

"당신은 두 사람이나 죽였잖아."

남자는 한순간 말문이 막혔지만, 곧바로 쏜살같이 말을 쏟아 냈다. 하지만 그렇게 빠르게 말해 봤자, 농부들에게 통할 리가 없었다.

"대체 날 어디로 끌고 가는 거냐고?"

몇 번이나 외치고 났을 때, 남자는 깨달았다. 높다란 삼나무, 거기에 비스듬히 세워 놓은 사다리, 나뭇가지에 걸려 있는 밧줄. 남자는 무슨 말을 하려고 했지만 좀처럼 입을 뗄 수가 없었다. 그러다 간신히 말했다.

"돈은 다 줄게. 제발 살려 줘."

농부들은 아주 살짝 눈빛을 반짝였지만, 역시나 아무런 대꾸도 하지 않았다. 대답 없는 그들을 참을 수 없었던 남자가 또다시 소리쳤다.

"그래. 당신들 말대로 난 두 사람을 죽였어. 그러니, 어서 날 경찰서로 데려가!"

그러나 농부들은 밧줄을 힘껏 끌어당기는 것으로 대답을 대신했다. 이제 남자가 제아무리 소리치고 몸부림을 쳐도 흘러가는 상황을 바꿀 수는 없었다.

손짓으로 명령을 받은 병들고 목이 쉰 젊은이가, 알몸이 된 사체를 짊어지고 깊은 숲속으로 들어갔다. 자물쇠가 채워진 가방과 옷은 무녀의 집으로 가지고 갔고, 사체는 기름종이로 몇 겹이나 칭칭 싸맸다. 뒤뜰 대나무 숲에 구멍을 파고, 그 속에 칭칭 싸맨 시체를 묻었다. 흙으로 다 덮어 버린 땅 위에는 숫자를 새긴 작은 돌을 내려놓았다. 무녀가 말했다.

"자, 이제 십 년이 지나면, 저걸 꺼내 축제를 열자꾸나."

"그러고 보니, 내년은 분명 어떤 녀석의 십 년째가 아닌가?"

줄줄이 늘어서 있는, 엇비슷한 돌 숫자를 살펴보며 누군가가 입을 열었다.

"아 그래, 맞아."

"기대되는군."

아주 잠깐 즐거운 술렁거림이 일었지만, 그것도 이내 사그라졌다.

"자, 이제 들로 나가 볼까."

그러고는 저마다 그날 할 밭일을 마치러 뿔뿔이 흩어졌다.

아이들은 여름 햇살을 받으며 작은 강물에 조릿대로 만든 장난감 배를 띄워 놓고 있었다.

"내년에 축제가 열린대."

아이들 중 하나가 어른들의 얘기를 엿듣고 와서 소리쳤다. 그러나 아이들의 흥미는 언제나 내년 일이 아니라, 현재 속에 있는 법이다.

"벌집 찾으러 가자!"

새로운 놀이를 떠올린 아이의 뒤를 쫓아 모두 뛰어가 버렸다. 아이들이 사라지고, 조릿대 배도 다 떠내려가 버린 강물 위에는 여름 하늘이 드리워져 있었다. 그 하늘에 뜬 소나기구름이 점점 더 부풀어 올랐다. 오늘은 시원한 소나기가 내려서 이 마을을 상쾌한 공기로 가득 채울지도 모르겠다.

천사 고과^{考課}

천국은 줄곧 독점사업이었기 때문에 천사들은 차츰 매너리즘에 빠져 공무원 티를 내기 시작했다.

그도 그럴 수밖에 없는 게, 죽은 사람의 영혼은 가만 놔둬도 저절로 천국으로 오게 마련이니까. 천사의 일이란, 주뼛거리며 지상에서 올라오는 영혼들에게 잡담이나 건네고 장난이나 좀 치면서 실컷 거들먹거리면 그만이었다.

사정이 그렇다 보니 천사들은 점점 더 뻔뻔해져서 태양 조각으로 만든 훈장을 받고 싶다느니, 다른 별의 천국으로 출장을 가 보고 싶다느니, 별별 소리를 다 하기 시작했다.

그때까지는 천지창조 때 함께 일한 천사들이라 하느님도 너그럽게 눈감아 주고 있었지만, 도저히 더는 봐줄 수 없는 지경에 이르렀다.

"너희는 대체 뭐 하는 것이냐. 천사의 임무를 잊었느냐? 지상에서 고뇌에 찬 인생을 끝낸 영혼들을 따뜻하게 맞아 주는 것이 너희의 직무가 아니더냐. 처음에는 친절하게 승천하는 영혼을 중간까지 마중하러 나갔지. 그런데 얼마 후부터 점점 게으름을 피우기 시작하더니, 지금은 누구 하나 그 영혼들에게 말도 건네지 않더구나. 그뿐이냐? 지상의 경력이 잘못됐느니 어쩌니, 턱 버티고 거만이나 떨면서 서류를 퇴짜 놓질 않나…. 그러면서 이번에는 게으름을 피워도 화내지 않겠다는 약속을 해 달라고? 더 이상은 용납할 수 없다. 나는 지금 지상으로 내려가서 세상을 멸망시키겠다. 그렇게 되면 너희가 어떻게 되는지는 잘알고 있겠지?"

천사들은 그 말을 듣고 허둥거렸다. 세상 사람들이 멸종해서 새로운 영혼들이 오지 않게 되면 실업자가 된다. 실업자가 된 천사들은 하느님의 감독하에 오랫동안 은하수 토목공사를 하며 새로운 세상을 만들어 내야 한다. 그것이 우주의 규칙이었다.

"제발 그것만은 참아 주세요. 이제부터 저희가 마음을 고쳐먹고 열심히 일하겠습니다."

"아니, 너희들의 게으른 습관은 쉽게 고쳐질 리가 없어. 저길 봐라, 핵무기가 저렇게나 많이 만들어졌어. 저것은 너희에게 정나미가 떨어진 인간들이 더 이상 자손을 천국에 보내지 않기 위해 만든 거야. 내가 가서 한마디만 하면, 지상은 순식간에 끝난다. 모든 걸 처음부터 다시 시작할 수밖에 없어."

하느님은 보란 듯이 지상으로 내려갔다. 천사들이 눈을 비비며 내려다보니, 때마침 지상에서는 핵실험이 실시되고 있었다. 평소의 거만한 기세는 어디로 갔는지, 천사들은 눈물을 흘리거나 하느님의 옷자락을 부여잡고 매달렸다.

"앞으로 무슨 일이든 다 할 테니, 제발 그것만은 참아 주세요."

하느님이 빙긋이 웃었다.

"그럼, 이렇게 하자. 너희가 이렇게 된 원인은 경쟁 상대가 없었기 때문이다. 앞으로는 너희를 두 개 조로

나누겠다. 천국까지 더 많은 영혼을 안내한 조는 살아
남고, 영혼이 오지 않게 된 조는 은하수 공사를 시키
겠다. 이 계획에 따르겠다면, 세상을 멸망시키는 것은
한동안 보류하지."

그리하여 천사들은 싫든 좋든 두 개 조로 나뉘게
되었다.

"한쪽은 가브리엘이 사장이다. 가브리엘 쪽 입구는
여기에 만들어라. 다른 한쪽은 미카엘이 사장을 맡기
로 하지. 미카엘 쪽 문은 저쪽에 만들어라. 부정한 짓
은 하지 말고, 정정당당히 경쟁하도록."

이렇게 되니, 천사들도 경쟁의식이 싹트기 시작했
다. 패배하면 큰일이다. 가브리엘 회사는 천국에 흐드
러지게 핀 꽃들을 모아 문을 아름답게 장식했고, 미카
엘 회사는 깨알처럼 빛나는 무수한 별들을 모아 휘황
찬란하게 장식해서 영혼을 불러들이려 했다.

"으음, 저 정도면 됐어. 천사들의 불평을 막으려면
일을 시키는 게 최고야."

천사들의 모습을 본 하느님은 혼잣말을 흘리며 신
전 안으로 돌아갔다.

"잘 오셨습니다. 기다리고 있었어요. 자, 어서 들어

오시죠."

문 위에 달린 마이크에서 상냥한 목소리가 흘러나왔지만, 어둡고 긴 허공을 여행해 간신히 천국에 도달한 영혼들 중에는 '뭐야, 입구만 번지르르하게 꾸며놓고 자, 우리 회사로 오세요, 라니… 이게 말이 돼?'라는 의견도 없지 않았다. 그렇다 보니 상대를 앞지르기 위해서는 중간까지 마중을 나가는 서비스가 필요했고, 그러기 위해서는 먼저 대공사를 시작해야 했다.

가브리엘 회사는 무지개를 길게 펼쳐 일곱 빛깔의 강물을 만들고, 거기에 은색 보트를 띄웠다. 미카엘 회사는 혜성의 꼬리를 모아 케이블을 설치하고, 거기에 금으로 된 곤돌라를 매달았다. 그리고 이 공사의 진척 속도가 바로 승부의 관건이었다. 추위 속 여행에 지칠대로 지친 영혼들은 보트든 곤돌라든 그저 가까이에 보이는 걸 앞다투어 올라타는 법이니까.

어쨌든 지상과 조금이라도 가까운 곳에서 영혼을 낚아채는 것이 무엇보다 중요했다. 천사들은 필사적으로 공사를 진행했고, 예전의 게으른 습관은 완전히 사라졌다. 그러다 마침내 지상까지 진출했다.

그들은 물론 살아 있는 인간에게는 보이지 않는다.

사랑하는 이들의 애도 속에서 죽음을 맞은 고인은 득달같이 달려드는 천사들에게 둘러싸여 어리둥절해했다.

"어서 오세요, 천국까지는 가브리엘 회사의 배로 모시겠습니다. 꽃향기로 가득한 배입니다."

"황금빛으로 떠 있는 저 곤돌라는 저희 미카엘 회사가 운영하고 있습니다. 하프 연주를 감상하면서 함께 가시죠."

앞다투어 불러 대는 천사들 소리에 고인은 어리둥절해하기 마련이다. 차디찬 허공을 지나야 하는, 혼자만의 쓸쓸한 여행을 예상하고 이 세상과의 작별을 애석해하던 영혼은 이게 꿈인가 생시인가 하며 기뻐한다. 그러니 당연히 환하게 웃으며 흔쾌히 대답한다.

"저는 어느 쪽이든 좋습니다."

하지만 이래서는 그 자리에 있는 천사 중 더 강하게 밀어붙이는 쪽이 이기기 마련이다. 그렇게 되면 영혼 쟁탈전은 천사들의 주먹다짐으로까지 이어지기도 한다.

애가 탄 천사 하나가 생사의 경계를 넘어 활시위에 화살을 메기고, 한 남자의 가슴을 향해 쏘았다. 그 모습을 본 다른 천사들이 허겁지겁 그 천사를 원래 자리로 데려왔다.

"지금 뭐 하는 짓이야? 저걸 좀 보라고!"

한 남자가 적당한 핑계를 대고 인연을 끊으려던 여성에게 돌연 정열을 되찾은 듯, 사랑을 고백하기 시작했다. 천국의 봄 안개 에센스로 만든 화살을 맞았기 때문이다.

"가만 놔뒀으면 여자가 자살했을 텐데. 아까운 고객 하나를 놓쳤네."

천사가 인간에게 영향력을 미칠 수 있는 유일한 수단, 즉 화살을 쏘는 것은 아무래도 효과를 거둘 수 없을 것 같았다. 양쪽 회사는 각각 활과 화살 사용을 금지하고, 협약을 맺었다. 이들은 그저 한 가지만 명심하면 되었다. 영혼을 더 빨리 잡는 쪽이 승리다. 카드 집기 게임과 비슷했다.

양쪽 회사의 천사들은 날개에 마크를 붙였다. 가브리엘 회사는 꽃과 무지개, 미카엘 회사는 별과 하프. 천사들은 날갯짓을 하며 각지로 흩어졌고, 각자의 성향에 따라 각자의 방법대로 영혼을 잡으려고 애쓰기 시작했다.

사형이 집행되는 장소가 제일 좋을 듯했지만, 꼭 그렇지도 않았다. 사형장은 머리가 나쁜, 그러나 힘이 조금 더 센 천사들만 모이는 곳이었기 때문이다. 죽을 게 확실하기 때문에 양쪽 회사의 천사는 끈질기게 기다리며 기회를 노렸다. 사형수가 13개의 계단을 다 올라가 처형당하고 영혼이 육체를 벗어나게 되면, 그 즉시 우르르 몰려드는 천사들 때문에 사형장은 난장판이 되었다. 그러나 영혼에게 이는 결코 좋은 일이 아니다.

"이건 미카엘 회사 거야!"

"아니야, 우리 거야!"

그렇게 실랑이를 벌인 끝에, 영혼은 갈기갈기 찢겨 하늘 높이 날아올랐다가 끝도 없는 어둠 속으로 추락해서 천국에 가지 못할 때도 있었다. 그러니 인간은 무슨 수를 써서든 사형만은 피해야 한다.

머리가 좋은 천사는 살인 청부업자와 같이 다닌다. 살인 청부업자는 무슨 까닭인지 늘 모자를 쓰고 다니는데, 그 모자에는 언제나 천사가 걸터앉아 있다.

"나는 '천사'라는 별명이 붙은 살인 청부업자다…."

그의 중얼거림에 천사는 '혹시 들켰나?' 긴장하지

만, 그런 건 아니었다.

"…여하튼 상대를 늘 편안하게 천국으로 보내 주
니 말이야."

솜씨 좋은 살인 청부업자를 손에 넣은 천사는 동료
들 사이에서 부러움의 대상이 되었다. 살인 청부업자
가 죽인 상대의 영혼이 손쉽게 들어오기 때문이다. 살
인 청부업자가 일하러 나갈 때면, 한껏 신이 난 천사는
모자 위에 앉아 노래를 흥얼거렸다.

—가브리엘, 가브리엘, 반짝이는 무지개 물결에 실
려 모두 함께 즐겁게 가브리엘로 갑시다….

그런 노랫말이 담긴 주제가였다. 그러나 때로는 살
인 청부업자끼리 결투가 벌어지기도 한다. 게다가 상
대 머리 위에는 다른 회사의 천사가 걸터앉아 있다.

—미-미-미카엘, 룰루랄라….

응원가를 소리 높여 부르기라도 하면, 경쟁심은 더
욱 고양된다. 패배한 쪽의 천사는 "꼴좋다"고 놀려 대
는 비웃음을 감내하며 살인 청부업자의 영혼을 데리
고 맥없이 물러나야 했다.

"지금까지 열심히 일해 줘서 고마워."

천사가 영혼을 손에 넣고도 떨떠름한 표정을 짓는

경우는 이런 때에 한해서이다.

"이렇게 훌륭한 살인 청부업자를 다시 구할 수 있을까?"

그 천사는 명마를 잃은 마주처럼 중얼거리고, 번화가를 바쁘게 날아다니며 머지않아 살인 청부업자의 거물이 될 만한 사람을 또다시 찾기 시작한다.

성격이 쾌활한 천사들은 몇몇이 모여 갱단에 붙어지냈다. 인상 험악한 젊은이들이 기관총을 손질하기 시작하면 뛸 듯이 기뻐하면서 이런 대화를 주고받았다.

"이봐, 오늘 밤은 풍년일 것 같은데."

"혹시 도움이 필요할지 모르니, 동료들을 좀 더 부를까?"

총구가 불꽃을 내뿜고, 육체들이 픽픽 쓰러져 가면 영혼들이 줄줄이 손에 들어온다.

"다섯 분이군요. 자, 이쪽으로 오시죠."

안내를 맡은 천사는 선두에서 깃발을 들고 영혼들을 거느리면서 의기양양하게 역으로 향한다. 이들의 가장 큰 대목은 경찰과 총격전을 벌일 때다. 경찰 부대를 따라온 천사가 같은 회사면 "저쪽이다, 내친김에 한 명 더 죽여"라고 느긋하게 구경하며 일할 수 있지만, 그게 아니라면 여유 부리고 있을 틈 같은 건 없다.

잠깐 한눈을 판 사이에 자기가 올라탄 영혼을 상대 회사에 빼앗기는 경우도 생긴다. 그런 불상사를 조심하고, 그러는 동시에 상대측 영혼도 몰래 가로채야 한다. 수많은 공으로 럭비를 하는 것처럼 그야말로 아수라장이 펼쳐진다.

이처럼 자기가 붙어 있는 인물에 숙연한 애정을 갖지 못한다는 점에서, 갱이나 경찰 부대에 붙은 천사는 살인 청부업자에게 붙은 천사와는 얼마쯤 다르다.

말주변이 좋은 천사는 주로 병원으로 몰려든다. 육체에서 벗어날지 말지 망설이는 영혼을 설득하기 위해서다.

"미카엘 회사의 곤돌라를 타면 경치가 좋고, 게다가 배보다 훨씬 빠릅니다. 저희 회사를 이용하시면 먼저 죽은 사람을 앞질러서 천국에 갈 수 있어요. 곧 출발하는데, 지금은 다행히 아직 남은 자리가 있네요."

속사포처럼 정신없이 떠들어 대면, 대부분의 영혼은 엉겁결에 감언이설에 넘어가 버린다. 그러나 의학의 진보는 어렵사리 육체를 벗어나기 시작한 영혼을 다시 제자리로 되돌려 놓는 경우도 있었다.

"안타깝습니다. 아직 그쪽 사정이 좋지 않은 모양이군요. 가까운 시일 안에 꼭 다시 찾아뵙겠습니다. 미카엘 회사가 기다리고 있겠습니다."

버거운 상대는 생명에 대한 집착이 강한 사람이다.

"자, 제가 좀 도와드릴까요?"

그렇게 말하며 영혼을 끄집어내려 하면,

"뭐라고? 재수 없는 소리 하지 마. 천사 따위한테 볼일 없어! 난 아직 안 죽어. 미카엘이고 나발이고 당장 꺼져! 설령 죽는다고 해도 너희에게 부탁하진 않아."

그러면서 돌아가 버리는 것이다. 영혼이 천사를 만났던 기억을 육체까지 갖고 갈 수는 없지만, 이럴 때는 아무래도 조마조마해진다. 그런 말을 적당히 흘려 넘기고, 교묘하게 설득해 영혼을 굴복시키면 그때부터는 '권유자'로서 일류 천사로 인정받는다.

교통기관을 선호하는 천사도 있는데, 이들은 두 종류로 나뉜다. 조용히 지켜보는 쪽과 직접 타는 걸 좋아하는 쪽이다.

가만히 지켜보기를 좋아하는 천사는 열심히 통계를 내서, 사고 확률이 가장 높은 도로 옆 전신주 위에 앉아 하루 종일 싫증도 안 내고 달리는 자동차 행렬만 하염없이 지켜본다. 그렇게 사고가 일어나길 기다렸다 영혼을 낚아 올리는 것이다. 인내심이 강한 천사가 아니면 불가능한 일이다. 이따금 길을 지나는 천사가 말을 건넨다.

"어때요? 좀 잡힙니까?"

"아니, 너무 아까웠어요. 거의 잡힐 뻔했는데, 놓쳐 버렸지 뭡니까."

자동차를 쫓아다니는 쪽은 스피드를 즐기는 천사들이다. 자동차 위에 앉아 지상에 내려와서 배운 〈달려라 꽃마차야〉*라는 노래를 목이 터져라 불러 대며, 차에 세차게 채찍질을 해 댄다. 운전하는 사람이 주정뱅이나 스피드광이면, 인디언처럼 괴성을 지르며 야단법석을 떤다. 그리고 이내 귀청을 찢는 '끼이익! 콰광쾅쾅!'. 천사에게는 그 무엇과도 견줄 수 없는 즐거

---

*   쇼와 시대의 가수 마쓰다이라 아키라松平晃가 부른 노래. 춥고 삭막한 해질녘 황야를 마차로 달리는 방랑자의 쓸쓸함과 헤어진 연인에 대한 그리움을 노래함.

운 소리다.

그러나 그보다 더 멋진 것은 버스 추락 사고다. 좀처럼 일어나지 않는 대신, 이걸로 영혼을 한꺼번에 왕창 거둬들였을 때의 기분은 뭐라 형용할 길이 없다. 그렇기 때문에 나들이 철이 되면 자동차를 좋아하는 천사는 모두 버스를 노린다. 아예 출발지부터 걸터앉는 경우도 있을 정도다. 술 취한 사람들이 차 안에서 소란을 피우면 피울수록 차 위에 앉은 천사의 얼굴에는 웃음꽃이 핀다.

이런 천사들에게 가장 안타까운 것은 자기가 타고 있는 버스를 피하려다 상대 회사의 천사가 붙어 있는 버스가 추락해 버리는 경우다. 신나게 날갯짓을 하며 계곡 밑으로 훨훨 날아가는 상대를 멍하니 손가락만 빨며 바라볼 수밖에 없다. 그러나 이런 경우는 그 딱함을 인정해 주는 분위기가 있는 까닭으로 영혼의 10퍼센트를 상대에게 양보해 준다.

능률이 좋을 것 같은데, 꼭 그렇지도 않은 경우가 공장 폭발이나 광산 사고다. 혼자서는 도저히 영혼을 다 안내할 수 없기 때문에, 소문을 듣고 달려온 다른 회사 천사들에게 영혼을 가로채이고 만다.

그렇다고 해서 언제 사고가 날지도 모르는 장소에 많은 천사들을 묶어 둘 수도 없는 노릇이다. 조심성이 없는 경영자나 직원이 많은 회사를 특히 주의 깊게 관찰하면서, 순찰 담당 천사에게 연락이 오면 바로 날아갈 수 있는 태세를 늘 갖추는 것 말고는 달리 방법이 없다.

성실하게 꾸준히 일하는 것이 기질에 맞는 대부분의 천사는 주택가의 한 구획을 배정받아 매일매일 순찰을 도는 고지식한 방식으로 일한다.

인간은 천사를 볼 수 없지만, 민감한 사람은 천사의 시선을 느끼는지 "뭔지 잘 모르겠지만, 아무래도 늘 누가 날 지켜보는 것 같아요"라고 정신과 의사에게 호소하는 사람도 있다. 이런 환자가 많다는 것은 그곳을 담당하는 천사가 그만큼 열심히 일하고 있음을 의미했다.

하지만 이는 분명 지루한 일이기도 하다. 그래서 천사들은 때때로 사람들의 어깨에 걸터앉아 같이 텔레비전을 보기도 했다. 그리고 인간에게는 안 들린다는 걸 알면서도, "앗, 간발의 차이로 아웃! 게임 세트!"라는 야구 중계방송 해설에 이어, "여러분, 인생이 게임 세트일 때는 부디 저희 가브리엘 회사의 배를 이용해 주세요"라는 말을 덧붙이기도 한다. 또한 스릴러 프로그램을 보는 동안에는 "그런데 저 피해자도 지금쯤은 미카엘 회사의 곤돌라를 타고 천국으로 향하고 있겠죠. 다음 천국행의 행운은 누가 거머쥘까요? 자, 편안히 감상해 주세요"라고 외치고 싶어진다.

사람들이 잠들면, 천사는 그 꿈속으로 숨어들어 나중에 조금이라도 도움이 되도록 광고를 읊조리며 돌아다닌다. 그러나 안타깝게도 천사가 보여 준 꿈은 잠이 깸과 동시에 완전히 사라져 버린다.

분명 무슨 꿈을 꿨을 텐데, 전혀 기억이 나지 않는 경험. 이런 경험을 하는 사람들만 계속 늘어 갔다. 그러나 양쪽 회사 모두 착실하게 노력한 까닭에 서로 큰 격차를 벌리지는 못했다.

천국과 지상을 왕복하는 배나 곤돌라를 운전하는 천사의 경우는 어떨까. 이들은 그 정도로 경쟁심이 심하지는 않았다. 특히 지상으로 내려갈 때는 여유롭게 대화를 주고받았다.

"어이, 요즘 경기는 좀 어때?"

"뭐, 그냥 그렇지."

"이대로 가면, 어느 쪽도 실직을 안 할 것 같은데."

"으응. 그런데 막상 이렇게 열심히 일을 해 보니, 일도 의외로 즐겁군."

경쟁이 덜해지면 비교적 냉정한 판단도 내릴 수 있다.

"우리의 기도가 통했는지, 요즘 인간들은 드디어 자기들의 역할을 깨달은 것 같아."

"핵전쟁으로 인한 파멸을 방지하려는 움직임 말인가?"

"그것도 그렇지만, 인생의 목적이 자손을 낳는 것과 죽는 것뿐이라는 걸 이제야 깨달은 것 같단 말이지."

"그러고 보니, 소설이나 영화도 섹스와 살인만 다룬다고 하더군."

"모두 긍정적인 경향 아닌가."

하행 길에 말상대가 없는 천사는 다음과 같은 말을 혼자 중얼거렸다.

"그나저나 우리는 뭣 때문에 이런 일을 하는 걸까…?"

하느님은 이따금 신전에서 나와 지상을 내려다보며 다정하게 말을 건네곤 했다.

"어떠냐? 어느 쪽이 이길 것 같으냐? 열심히들 해 보거라."

그러고는 만족스럽게 신전으로 돌아가 천사들의 눈이 닿지 않는 곳에서 명령을 내렸다.

"자자, 게으름 피우지 말고 어서들 가라. 인간들이 너희가 오길 기다리고 있어."

그러면 천사들에게는 보이지 않게끔 만들어진 황새가 일제히 날갯짓을 하며 새로운 생명을 옮기기 위해 무리 지어 지상으로 날아간다.

불만

나는 이런 일을 당해야만 하는 상황을 더는 견딜 수가 없다. 다른 무엇보다 왜 이런 하찮은 일을 해야 하는지 도무지 이해가 안 된다.

그러나 나는 패기가 없고, 반항해 본들 별수 없다는 것을 지금까지의 경험으로 익히 알고 있다. 이 모든 게 운명이다. 운명을 거슬러 봐야 소용없다.

그리고 결국에는 비좁은 장소에 실리고 말았다. 문이 닫히기 전, 나는 나를 여기로 데려온 녀석들의 잔혹한 얼굴을 노려보았다.

'나를 이 꼴로 만들어 놓고, 뭐가 그리 재밌지?'

입 밖에 내지는 않았지만 그런 의미를 담아, 온 힘을 다해 증오로 가득한 눈빛을 쏘아 댔다. 그러나 녀석들은 아랑곳도 않고, 히죽히죽 웃으며 밖에서 조용히 문을 걸어 잠갔다. 이젠 어쩔 수가 없다.

뜻대로 되지 않더라도 저항이라도 한번 해 봤어야 했나, 후회가 불현듯 머릿속을 스쳤다. 하지만 이미 엎질러진 물이다. 아무리 발버둥을 쳐도 이 문은 안쪽에서는 절대 열리지 않는다. 어떻게 이런 끔찍한 일이 벌어질 수 있단 말인가. 아마도 여기서 두 번 다시 살아나갈 수는 없을 것이다.

별안간 밑에서 굉음이 들렸다. 바닥에서 밀어 올리는 압박감이 느껴졌다. 로켓 발사로 선체가 상승하기 시작한 게 틀림없다. 왠지 섬뜩하고 불쾌한 이 기분은 앞으로 어떻게 될지 모른다는 불안감 때문에 몇 배로 더 증폭되었다. 내가 왜 이런 꼴을 당해야 하지. 나는 억울함에 이를 갈면서 그 고통을 이겨 내려 애썼다.

그렇게 참고 견디다 보니, 얼마 안 가 그 고통은 사라졌다. 하지만 뒤이어 더욱 불쾌한 기분이 엄습해 왔다. 이번에는 몸이 위로 붕 떠오르는 느낌이었다.

고통은 그나마 견딜 만하다. 하지만 허공에 붕 떠

있는 듯한, 바보 취급을 당하는 듯한 감각에는 대항할 방법이 없다. 속이 메슥거려 토했다. 술이 약한 걸 뻔히 알면서도 녀석들이 나에게 강제로 술을 먹이고 웃음거리로 만들었던 옛날 기억이 떠올랐다.

나는 목이 터져라 소리를 지르며 울부짖었다. 그만해, 살려 줘! 그러나 이제 와 내려 줄 리가 없다. 여하튼 녀석들은 냉혹하기 그지없으니까. 처절한 나의 울부짖음은 좁은 실내에 덧없이 메아리칠 뿐이다. 나는 얼마 안 가 비명을 지르는 것도 포기했다. 이젠 어쩔수가 없다. 될 대로 되라지.

그러나 얼마쯤 지나 나는 또다시 비명을 질렀다. 훨씬 더 끔찍한 상태가 발생하기 시작했음을 알았기 때문이다. 냉기가 슬금슬금 내부로 스며들었다. 내부 온도를 일정하게 유지해 주는 장치가 고장 났겠지.

빌어먹을. 이젠 끝났어. 손을 죽어라 비벼 봤지만, 냉기는 그런 몸부림은 아랑곳도 않고 슬금슬금 주위를 잠식해 갔다.

머리가 약간 멍해진 것 같았다. 추위도 별로 안 느껴졌다. 이제 곧 죽음이 찾아오겠지. 이것으로 내 인생은 끝나는 것이다. 뭘 위해 태어났는지, 도무지 알 수가 없다.

나는 나를 이런 죽음으로 내몬 놈들에게 복수하고 싶었다. 지금까지 지나치게 순종적으로 살아온 내 인생이 안타깝고 억울했다. 그러나 이젠 돌이킬 수 없다. 만약 살아서 돌아간다면, 그놈들을 절대 용서하지 않겠지만…. 몽롱해져 가는 의식 속에서 나는 부질없는 후회만 했다.

그러다 퍼뜩 정신이 들었다. 나는 주위를 둘러보며 사후 세계에 와 있나 생각했다.

낯선 방이었다. 벽은 황금빛으로 반짝였다. 주위에서 나를 들여다보고 있는 자들은 몸에 딱 달라붙는 빨간색 옷을 입고 있었다. 그런 광경은 난생처음이었기 때문에 사후 세계에 온 줄로만 알았다. 상반신을 일으킨 나는 주변 광경을 둘러보며 무심코 중얼거렸다.

"사후 세계도 의외로 괜찮네. 이럴 줄 알았으면 그런 험한 꼴을 당하지 말고 차라리 빨리 죽어버릴걸."

그러자 빨간 옷을 입은 무리 중 하나가 대답했다.

"이곳은 사후 세계가 아닙니다. 당신은 죽지 않았습니다."

세상에, 이런 놀라운 일이 있나! 사후 세계고 아니

고를 떠나서, 이렇게 쉽게 말이 통할 줄은 꿈에도 몰랐다.

"말이 통하네."

"너무 신기해할 거 없습니다. 우리 문명이 당신들보다 훨씬 앞섰기 때문이죠. 당신의 머리에 붙어 있는 장치가 당신 생각을 우리에게 전해 주고, 또한 우리 생각도 당신에게 전해 주는 겁니다."

그 말을 듣고 나서야 나는 내 머리 위에 뭔가가 얹혀 있음을 알아차렸다. 손으로 짚어 보자, 금속성 물체가 만져졌다.

"흐음, 과연. 이건 꽤 편리한 물건이군. 이렇게 훌륭한 물건은 난생처음이야. 그렇다면 여기는 지구는 아니겠군. 그런데 사후 세계도 아니라면, 대체 어디라는 거지?"

빨간 옷 무리는 모두 품위가 있었다. 나의 난폭한 말투에도 정중하게 대답해 주었다.

"우리는 우주 공간을 떠다니는 원시적인 형태의 우주선을 발견했습니다. 그 안을 조사하다 냉동 상태가 된 당신을 발견했고요. 그래서 우리 별로 옮겨 와 치료한 겁니다. 당신을 살려 낼 수 있어서 우리도 매우 기쁩니다."

"그런 거였군."

"자, 이제 편히 쉬십시오. 당신을 구조할 수 있었던 것도 다 무슨 인연이 있어서겠죠. 원하는 게 있다면 말씀하십시오. 우리 문명은 많이 발전했습니다. 도움을 드릴 수 있을 겁니다."

나는 그들의 신사적인 태도가 기뻤다. 그런 반면에 지구 놈들은….

생각에 잠긴 나를 다정한 눈길로 바라보면서 그들이 물었다.

"당신은 그런 물체를 만들어서 혼자 우주로 나왔습니다. 우리는 그 용기에 존경을 표합니다."

아무래도 좀 쑥스러웠다.

"아니, 뭐 딱히 용기가 있었던 건 아니야. 패기가 없어서 이런 꼴을 당한 거지."

상대는 영문을 알 수 없다는 분위기로 다시 질문을 던졌다.

"그건 그렇고, 무슨 목적으로 우주로 나오셨습니까? 도와드릴 일이 있을까요?"

나는 아까부터 머릿속에서 조금씩 형태를 완성해

간 생각을 말했다.

"나는 잘 몰라. 하지만 우주에 이렇게 멋진 별이 있을 줄은 몰랐어. 하지만 놈들의 진정한 목적은 언젠가 이런 별을 점령하는 걸 테지."

상대가 불쾌한 표정을 드러내는 것 같았다.

"그건 곤란하군요. 하지만 보시다시피 우리에게는 고도로 발전된 문명이 있습니다. 당신들 문명 수준으로는 우릴 점령할 수 없어요. 포기하시는 게 좋을 겁니다. 우리는 당신을 환영합니다. 환영의 인사로 이곳저곳을 안내해 드리죠. 그리고 그 지구라는 별로 보내 드리겠습니다. 당신은 돌아가서 이곳의 경험을 전하고, 이곳을 점령하려는 생각이 무모하다는 것을 잘 설명해 그 계획을 포기하도록 노력해 주십시오."

그들은 대단히 신사적이었다. 그러나 나는 고개를 저었다.

"싫어! 두 번 다시 그 별로 돌아가고 싶지 않아!"

지구에서 겪은 끔찍한 기억들이 주마등처럼 머릿속을 스쳐 갔다. 고개를 끄덕이는 상대를 보고 용기를 얻은 나는, 기회는 이때다 싶어 열변을 쏟아 놓기 시작했다.

"자기가 살던 별을 나쁘게 얘기한다는 게 이상하게 보일지는 모르지만, 세상에 그토록 어리석은 별은 없다고 생각해. 첫째, 싫다는 나를 이토록 끔찍한 상태로 내몬 것만 봐도 알 수 있잖아? 좋든 싫든 막무가내로 밀어붙인다니까. 그런 별을 그냥 놔두면 언제 무슨 짓을 저지를지 몰라. 지금 당장 무슨 수를 써 두는 게 당신들의 미래를 위해서도 좋을걸."

나는 장황하게 이야기를 늘어놓았다. 지구에서는 이렇게 자유롭게 발언한 적이 없었다.

"그럴 수는 없습니다."

처음에는 품위 있게 손을 내젓던 그들도 차츰 내 얘기에 귀를 기울였다. 진심으로 부르짖는 나의 호소가 통한 게 틀림없다.

"그럼, 지구라는 별을 산산조각 내도 상관없다는 말씀인가요?"

"상관없을 뿐만 아니라, 그거야말로 수많은 별들을 위해, 우주 평화를 위해 도움이 되는 일이라고 생각해."

나는 진심으로 그렇게 생각했기 때문에 그런 말을 하고도 전혀 후회하지 않았다.

"그토록 진지하게 말씀하신다면… 알겠습니다. 준비하도록 하죠. 당신이 탔던 우주선을 발견한 위치와 속도를 기록해 뒀으니, 지구라는 별의 위치를 계산할 수 있습니다. 그곳을 향해 방어 불능 장치를 부착한 강력한 미사일을 발사하죠. 그러나 우리는 준비만 할 겁니다. 발사 버튼은 당신이 직접 눌러 주세요."

나는 망설임 없이 안내된 방으로 가 벽에 붙어 있는 버튼을 눌렀다. 이제 얼마 후면 지구는 산산조각이 난다고 한다. 꼴좋다. 지금까지 나를 원숭이라고 멋대로 학대해 온 못된 인간 놈들.

신들의 예법

두 개의 달이 잇따라 빛을 잃었고, 지평선에서는 태양이 솟아오르기 시작했다. 불그스름한 초원 위로 아침이 찾아와 이 행성, 아니 이 지방에 고루 빛을 퍼뜨렸다.

그 초원 안에 우뚝 서 있는 성. 그 성의 맨 꼭대기 탑 위가 왕의 방이었다.

"전하, 편안히 주무셨나이까. 어제도 무사히 잘 지나가서 참으로 다행이옵니다. 오늘도 역시 아무 일 없는 편안한 날이 될 것이옵니다."

신하 하나가 꼬리를 세우고 힘차게 휘두르며 왕에

게 아침 문안 인사를 올렸다. 왕은 긴 소파 위에서 그 커다란 꼬리를 살짝만 흔들며 대답했다.

"으음, 아마도 계속 무탈한 날들이 이어지겠지. 하지만 그와 관련해서 신경이 쓰이는 게 좀 있구나."

"무슨 일이시옵니까?"

신하가 조심스럽게 되물었다.

"생각해 보면 내가 왕이 된 후로는 줄곧 아무 일도 없었지. 그게 문제야. 이래서야 나에게 왕의 역량이 있는지 없는지 알 수가 없지 않느냐. 백성들 중에 그런 의심을 하기 시작하는 자가 나오지 않았을까 걱정이구나."

"당치 않사옵니다. 아무 일도 없는 것은 더할 나위 없이 좋은 상태 아니겠사옵니까. 게다가 설령 무슨 일이 생긴다 해도, 왕께서 훌륭하게 처리할 능력을 갖고 계시다는 걸 의심하는 자는 아무도 없습니다."

신하는 꼬리를 획획 휘두르며 그렇게 대답했다.

"그런가? 그렇다면 다행이지. 허나 나는 뜻밖의 사건에 직면해서 그것을 멋지게 처리해 보고 싶구나. 스스로 납득하고 싶달까. 무슨 사건이라도 일어나 주면 좋으련만."

"그러시옵니까?"

신하는 흔들어 대던 꼬리를 멈추고 당황한 기색을 드러냈다. 사건을 기대하든, 일어나지도 않을 일을 기대하든, 적잖이 당황스러웠기 때문이다. 인자하기 이를 데 없는 왕은 자기가 신하를 곤란하게 만든 걸 알아차리고 "그만 됐다. 신경 쓸 것 없다"라고 다독이며, 탑의 창밖으로 시선을 돌렸다. 탑 아래에는 백성들이 사는 마을이 옹기종기 모여 있었고, 마을을 에워싼 성벽 주위에는 저 멀리까지 불그스름한 초원이 펼쳐져 있었다. 왕은 마을부터 초원까지 한 차례 휙 둘러보았다. 그러나 어느 창에서 봐도 사건이 일어날 기미는 전혀 없었다.

"그만 물러가거라."

왕은 그렇게 말하며 긴 소파에 누웠다. 신물이 날 정도로 익숙한 초원을 바라볼 바에는 차라리 누워서 하늘이라도 올려다보는 게 훨씬 낫겠다 싶었다.

"그럼, 이만…."

신하가 막 자리에서 물러나려는데, 왕이 갑자기 신하를 불러 세웠다.

"잠깐! 이리 다시 오너라."

신하가 놀란 듯이 뒤를 돌아보았다. 뭔가 심상치 않은 분위기를 감지했기 때문이다.

"무슨 일이시옵니까?"

"이리 와 보거라. 지금 눕다가 알아챘는데, 하늘에서 뭔가 반짝이는 것이 보이는구나. 저것이 무엇인고?"

왕이 천천히 하늘 한쪽을 손으로 가리켰다.

"어디 말씀이신지…. 아, 저기 은색으로 반짝이는 것 말이옵니까? 소인은 도무지 모르겠사옵니다만…."

신하가 고개를 갸웃거리며 말했다.

"아무래도 조금씩 내려오는 것처럼 보이는구나."

"아, 혹시 별이라도 떨어지는 게 아닐는지요."

"아니, 그럴 리가 없어. 하늘에서 별이 저렇게 천천히 떨어졌다는 기록은 없지 않느냐."

왕은 드디어 어느 정도 관록을 과시할 수 있었다.

"황공하옵니다."

신하를 송구스럽게 만들기는 했지만, 왕도 그 빛나는 물체의 정체까지는 알 수가 없었다. 그 사이, 그것은 점점 더 고도를 낮춰 내려왔다. 그러다 보니 아래쪽에서 뿜어내는 불꽃이 보였고, 그것이 내는 소리가 사방에 울려 퍼졌다.

"은색으로 빛나고, 불꽃과 소리를 내고 있지 않느냐."

"그러하옵니다. 그런데 저것이 별이 떨어지는 게 아니라면, 과연 무엇일까요?"

왕은 대답이 궁했다. 그러나 왕의 신분인 이상, 대답을 해야만 했다.

"흐음 저것은, 짐이 생각하기에는⋯."

잠시 말을 머뭇거렸지만, 머릿속에 뭔가가 떠오른 듯이 자세를 고쳤다.

"⋯저것은 신이 타고 온 마차 같은 게 분명해. 신이 하늘에서 불꽃을 타고 이 지상을 방문하신 게지. 이건 대단한 사건이야. 지금 이러고 있을 때가 아니다."

"전하의 능력을 보여 줄 수 있는 사건이 드디어 일어났습니다. 하물며 그것이 신의 강림이라니, 이보다 기쁜 일이 또 있겠습니까. 그럼 이제 어떻게 할까요?"

"우리 모두는 진심을 다해 환영해야 한다. 그대는 서둘러 배웅을 나가도록. 실례가 없도록 각별히 주의하고!"

신이 타고 온 것으로 추정되는, 불꽃과 소리를 뿜어내던 물체는 초원 끝자락에서 조용히 반짝이며 정지해 있었다.

"이 얼마나 엄숙한 광경인가. 그럼, 차를 준비해서 당장 마중을 나가야겠군."

왕은 탑 위에서 팔륜차가 천천히 초원 위를 달려가는 모습을 만족스럽게 내려다보았다. 유사 이래로 엄청난 사건이 일어나는 중이었다. 이제야 비로소 왕으로서의 능력을 드러낼 기회를 얻었다. 이 얼마나 멋진 일인가.

그러나 왕은 자기가 힘든 상황에 처했다는 사실도 알았다. 지금까지의 기록을 꼼꼼히 살펴 모든 걸 외우고 몸에 익히기는 했으나, 유사 이래 최초의 일인 만큼 참고할 자료가 하나도 없었다. 모든 것을 자신의 현명한 추리와 판단으로 처리해야 했다. 왕은 옆에 있는 작은 종을 울려서 다른 신하를 불렀다.

"서둘러 성벽 옆에 신전을 만들라. 신을 우리와 같은 공간에서 맞이할 수는 없다."

그 추리와 판단은 올바른 것처럼 여겨졌다.

곧바로 신전 공사가 시작되었다. 왕은 탑 위에서 공사의 진척 상황을 내려다보고 있었는데, 팔륜차가 신을 태우고 천천히 돌아올 때까지는 완성할 수 있을 것 같아 일단 안심했다.

그런데 그다음에는 훨씬 더 큰 문제가 기다리고 있었다. 신을 어떤 식으로 환영하느냐는 문제였다. 그것은 왕으로서도 도무지 추리할 방법이 없는 문제였다.

지금까지 신을 맞이해 본 적이 없기 때문에 어떻게 대접해야 그들이 기뻐할지 알 도리가 없었다. 그러나 왕은 이 문제에 관해 올바르게 판단하고 명령을 내려야 했다.

"신전은 완성됐습니다. 신도 가까이 오고 계십니다. 이제 어떻게 할까요?"

신하가 왕의 명령을 받기 위해 꼬리를 곧추세우고 찾아왔다. 왕은 내심 곤란했지만, 겉으로는 전혀 내색하지 않고 침착한 모습으로 대답했다.

"신께서도 여기까지 팔륜차를 타고 오시느라 몹시 피곤하실 것이다. 일단 신전 안으로 모시고, 한동안 편히 쉬게 해 드려라."

왕은 가까스로 해결을 조금 뒤로 미뤘다. 그러고는 팔륜차를 타고 가까이 다가오는 신을 탑의 창으로 가만히 내다보다 깜짝 놀랐다. 신에게는 꼬리가 없는 게 아닌가. 이래서는 꼬리를 움직여서 존경의 뜻을 표하는 이쪽의 예법이 제 역할을 할 수 없을 터였다. 판단의 실마리를 완전히 잃어버린 왕은 더더욱 난처해졌다. 그때 신하가 돌아왔다.

"신은 신전 안으로 모셨습니다. 신이 무슨 말씀을 하시는 것 같은데, 저희로서는 무슨 뜻인지 도통 알 수가 없습니다. 몸짓으로 안내해서 일단 신전에 모셨습니다. 신의 언어는 전하가 아니면 누구도 알아들을 수 없을 것 같습니다."

"물론이지."

"그럼, 이어서 환영 준비는 어떻게 할까요?"

"먼저 백성들을 불러 모아라. 명령은 그 다음에 내리겠다."

신하들은 명령을 받들고 물러났고, 왕은 또다시 해결할 시간을 조금 더 벌었다. 그러나 잠시 후면 파국이 찾아올 것이다. 까딱 하나만 잘못돼도 신의 노여움을 사서 백성들의 존경을 잃게 된다. 신의 예법에 관해서는 다만 우리와는 상당히 다른 것 같다는 추측밖에 할 수가 없었다.

시시각각 육박해 오는 그 순간을 코앞에 두고, 왕은 안절부절못하며 방 안을 이리저리 걸어 다녔다. 그러나 걸어 다닌다고 해서 좋은 생각이 떠오르는 것도 아니었다. 게다가 너무 초조한 나머지, 머리는 평소의 절반도 돌아가지 않았다.

탑으로 올라오는 신하의 발소리가 들렸다. 보나마나 명령을 받으러 오는 거겠지. 왕은 모든 게 막다른 벽에 부딪혔음을 느끼며 자신이 왕으로서 적임자가 아님을 깨달았다. 이래서는 죽는 방법밖에 없었다. 왕은 탑의 창으로 달려가 뛰어내리려고 몸을 내밀었다.

그런데 바로 그때 뜻밖의 물체를 발견했다. 하늘에서 또다시 신이 탄 물체가 내려오는 게 아닌가. 신 하나로도 이렇게 곤란한데, 또 다른 신이 나타나다니! 도저히 감당할 수 없는 부담감에 왕은 절망에 휩싸였다. 바로 그 순간, 기가 막힌 영감이 머릿속에 떠올랐다. 곧이어 안으로 들어온 신하를 향해 왕이 침착한 목소리로 명령을 내렸다.

"신이 또 한 분 나타나셨다. 그대는 서둘러 마중을 다녀오라. 두 분이 모이면, 바로 성대한 환영식을 열 것이다."

왕은 완전히 편안한 표정을 되찾았다. 평소의 관록과 자신감을 되찾은 것이다.

얼마쯤 지나 왕은 모여든 백성들 앞에 모습을 드러냈다. 확신에 차서 환영식에 관한 지시를 내렸다. 그것은 모두에게 뜻밖의 내용이었다.

백성들은 술렁거리며 입을 모아 물었다.

"정말 그렇게 해도 괜찮을까요?"

"그것이 신들의 예법이다. 신을 대접하는 법을 아는 사람은 오로지 짐 하나뿐이다. 그러니 짐이 하는 말은 틀림이 없도다!"

확신에 찬 왕의 말에 백성들도 입을 다물 수밖에 없었다. 왕을 선두로 신하와 백성들이 신전으로 우르르 몰려가 두 신을 흠씬 두들겨 팼다. 불시에 허를 찔려 방어할 틈도 없었던 신들은 싸늘하게 식어 바닥에 가로놓였다.

"신들이 죽어 버린 거 아닌가?"

백성 하나가 그렇게 말했다. 그러나 왕은 부정했다.

"아무것도 모르는 너희가 그렇게 생각하는 건 무리도 아니지만, 이거야말로 올바른 환영 예법이다. 신들은 우리의 환영을 무척 기뻐하셨을 게 틀림없다."

왕의 말이었기 때문에 백성들은 일제히 기쁨의 환호성을 질렀다.

그 환호성 속에서 왕은 다시 탑으로 돌아갔다. 그러고는 흡족한 마음으로 왕실에 대대로 내려오는 비밀 기록에 오늘 일을 써내려 가기 시작했다.

—나는 신전 안을 몰래 들여다보며 두 신들의 대면 장면을 지켜보았다. 두 신은 큰 소리를 지르며 서로를 때렸다. 그래서 나는 보기 흉한 꼬리 같은 게 없는 신들 사이의 예법을 알 수 있었다….

왕은 물론 신들이 큰 소리로 주고받은 말이 이런 의미라는 것은 알지 못했다.

"너는 A나라 놈이지? 네놈이 먼저 지구로 돌아가게 놔둘 순 없어!"

"그러는 너는 B나라 놈이군. 네놈이 먼저 가면, 어처구니없는 일이 벌어져!"

그러나 왕의 기록인 만큼 대화 내용을 적당히 지어내서 쓸 수는 없는 법이다. 왕은 자기가 모르는 부분은 생략하고 기록을 마쳤다. 빙그레 웃으며 올려다본 하늘에는 어느새 떠오른 두 개의 달이 빛나고 있었다. 여기에 신들을 환영하는 방법을 적어 놨으니, 앞으로는 아무도 당황하는 일이 없겠지.

멋진 천체

"대장님. 전방에 행성 같은 물체가 보입니다."

조종실에서 들어온 보고를 듣고, 우주선 안의 대원들 십여 명이 술렁거렸다. 대원들은 지금까지 우주여행 중에 수수께끼처럼 사라진 수많은 우주선들의 실종 원인을 조사하기 위해 지구를 출발했다.

"뭐? 행성이라고? 과연 실마리를 찾아낼 수 있을까?"

"난 오랜만에 땅 좀 밟아 보고 싶다!"

대원들이 저마다 큰 소리로 외쳐 댔지만, 역시나 대장은 신중하게 도면을 확인하며 고개를 갸웃거렸고, 잠시 후 천천히 입을 열었다.

"이상하군. 이 주변에 행성이 있다는 관측 기록은 아직까지 없었던 것 같은데. 대체 무슨 별이지? 좀 더 자세히 관찰해 봐."

한참이 지나, 다시 보고가 들어왔다.

"별이 확실합니다. 크기는 매우 작은 것 같고요. 아마 그래서 지금까지 관측에서 잡히지 않았겠죠."

"흠, 그럴 수도 있겠지. 좀 더 접근해서 조사해 보자고. 관찰은 계속해. 그리고 새로운 사실이 밝혀지면 바로 알리도록."

우주선은 진로를 살짝 틀어 그 별로 다가가기 시작했다.

"대장님. 놀랍습니다. 아무래도 저 별에는 공기와 물도 있는 것 같습니다. 어쩌면 식물도 있을지 모릅니다."

"그렇군. 작은 행성이라 현재까지 발견되지 않은 건 그렇다 쳐도, 발견되지 않은 그 별의 상태가 그토록 좋을 줄이야. 그래, 좀 더 접근해 봐. 예전에 실종된 우주선 중에 저곳에 불시착한 경우가 있을지도 모르지."

그 미지의 행성은 더욱 가까워졌고, 조종실에서 망원경을 들여다보던 한 대원이 크게 소리를 질렀다.

"이게 대체 무슨 일이지! 숲과 강이 있고, 호수까지 있어. 초원에는 꽃이 핀 것 같아."

"어때? 불시착한 것 같은 물체가 보이나?"

"숲속 곳곳에 은색으로 빛나는 물체가 보이긴 하는데, 과연 그것이 불시착한 우주선인지는 잘 모르겠습니다. 어찌 되었든 간에 기분 좋은 별인 듯하니, 빨리 착륙해 보죠."

그러나 대장은 여전히 신중했다.

"그럼, 일단 착륙해 보지. 하지만 어떤 주민이 살고, 어떤 공격을 해 올지 알 수 없다. 언제든 무기를 사용할 수 있도록 만반의 태세를 갖추도록!"

"그치만 저 별에 무서운 주민이 살 것 같진 않은데요."

"우리는 만일의 사태를 대비해서 언제나 만전을 기해 행동해야 한다. 알겠나?"

대원들은 그 명령에 따라 긴장감 속에서 각자의 임무로 돌아갔다. 그런데 고도가 내려갈수록 그 긴장감은 서서히 풀어졌고, 착륙을 끝내자 긴장을 하려고 해도 뜻대로 되지 않았다.

"멋진 별이야!"

"우주의 오아시스라고 불러야겠는데."

"저어, 대장님. 빨리 나가 보죠."

"기다려! 방심은 금물이다. 한껏 들떠서 뛰어나가는 건 좋지만, 밖에 뭐가 기다리고 있을지 모르지 않나. 대기, 방사능, 박테리아, 그 밖의 유해 성분을 각자 조사한 후에 나간다."

대원들은 작업을 시작했고, 잇달아 보고를 했다.

"방사능, 병원균은 없습니다."

"망원경으로 관찰한 범위 내에서는 주민으로 보이는 생명체는 확인되지 않습니다."

"대기는 호흡 가능하고, 유해 성분은 검출되지 않았습니다. 다만, 살짝 산성을 띠고 있어서 우주선 선체의 금속을 침식할 우려가 있습니다만, 200시간 정도는 괜찮습니다."

대장은 각각의 보고에 고개를 끄덕이고, 지시를 내렸다.

"그렇군. 50시간 정도면 대략적인 조사는 끝나겠지. 자, 나가자. 그러나 경솔하게 행동해선 안 돼. 한 사람은 우주선에 남고, 다른 대원들도 모두 무기를 들고 방탄복을 착용해. 또한 언제 대기가 변할지 모르니 우주 헬멧도 잊지 말고! 아 참, 주민들이 숨어서 밧줄이나 함정을 파 놓지 않았으리란 보장도 없다. 소형 무인차를 먼저 출발시켜!"

상정할 수 있는 그 어떤 사태에도 대응할 수 있도록 만반의 준비를 갖추었다.

"대장님. 그런 걱정은 필요 없어 보입니다. 이렇게 멋진 곳은 지구에도 없어요. 무슨 일이 생길 것 같진 않습니다."

"조사가 끝날 때까지는 아무것도 장담할 수 없어. 자, 아까 반짝였던 물체가 보였다던 숲으로 전진한다."

일동은 아름다운 꽃이 피어 있는 초원을 가로질러 숲으로 다가갔다. 숲속의 나무들은 모두 묵직한 열매를 매달고 있었다. 대원 중 하나가 무심코 그것을 비틀어 따서 입으로 가져가려 했다.

"멈춰! 무슨 경솔한 짓이야! 독이라도 들어 있으면 어쩌려고. 이봐, 검사관. 조사해 봐."

검사 결과, 유독 성분은 검출되지 않았다.

"맛있어, 진짜 맛있어. 지구에서도 이런 과일은 먹어 본 적이 없어."

"우주식도 지긋지긋했는데, 뜻밖의 진수성찬이군."

모두 열매를 먹으며 숲속으로 들어갔다. 누가 먼저 랄 것도 없이 경쾌한 노래를 흥얼거렸다.

"대장님, 정말 멋진 별이네요. 엄청난 발견 아닙니까?"

"으음, 여기에 못된 주민만 없다면 말이지."

선두에서 걸어가던 대장이 갑자기 소리를 질렀다.

"멈춰! 우주선의 잔해다!"

상공에서 본 숲속의 반짝이던 물체는 역시나 우주 선의 잔해였다.

"엉망이 됐군요. 대기 중의 산성 때문에 부식됐겠 죠. 그런데 대원들은 어떻게 된 거지?"

일동은 우주선의 잔해를 바라보며 한동안 우두커니 서 있었다.

그때 갑자기 모두의 뒤편에서 무슨 소리가 들렸다. 대원들은 무기를 거머쥐고 일제히 돌아보며 소리쳤다.

"뭐야! 누구냐? 밖으로 나와!"

그 말에 숲속에서 줄줄이 사람들이 나타났다. 대원 들은 이해할 수 없다는 듯한 표정을 지으며 물었다.

"뭐야, 지구인이잖아. 왜 여기에…?"

"저 우주선으로 왔어요."

주머니에서 황급히 서류를 꺼내 든 대장이 실종된 사람들의 사진을 조회해 봤다.

"과연, 그렇군. 이곳에 불시착해서 도움을 기다리고 있었겠구먼. 이젠 걱정할 거 없어."

"그게 아닙니다. 우리는 이 별을 발견하고 착륙한 겁니다. 대기 중에 금속을 부식시키는 산이 포함되어 있는 것도 알았습니다. 그런데도 일부러 이 별에 머물렀던 겁니다. 보시다시피 너무 멋진 별이니까요."

"그런 행동을 하면 곤란해. 일단 지구로 돌아갔다 다시 이곳으로 와도 되잖나."

"그럴 수는 없습니다. 이 사실을 보고하면, 우리는 두 번 다시 이곳에 올 수 없습니다. 높으신 분들의 전용 휴양지가 되어 버리겠죠. 그럴 바에는 지구로 돌아가는 걸 포기하더라도 이곳에 머무는 게 낫죠. 여기에는 우리 말고도 똑같은 생각을 한 우주선이 몇 대 더 착륙했어요."

대장은 고개를 끄덕이며 그 말을 들었지만, 이윽고 다시 고개를 가로저었다.

"그 심정은 이해한다. 하지만 지구에서는 실종 우주선들을 매우 걱정하고 있어. 우리도 그 조사 임무를 띠고 여기까지 왔지. 아무래도 이 건은 보고를 할 수밖에 없겠어."

그렇게 말하는 대장 또한 바로 돌아갈 마음은 들지 않았다.

"대장님. 어떻게 할까요? 우주선으로 돌아가서 출발하나요?"

어느 대원의 질문에 대장은 이렇게 대답했다.

"그래야겠지. 원인이 판명된 이상, 즉시 지구로 보고하러 돌아갈 의무가 있다. 하지만 새롭게 발견한 이 별도 조사해야겠지. 나는 한동안 여기 남아 조사하면서 상세한 보고서를 작성할 생각이다."

"대장님, 저도 돕겠습니다."

"저도 남겠습니다."

대원들은 모두 똑같은 마음이었다.

"아니, 누군가는 지구로 보고하러 돌아가야 해. 우물쭈물하다가는 대기 중의 산이 우주선을 부식시켜 버릴 테니까."

대장은 결국 제비뽑기로 정하기로 했다.

"다들 이 별에 남고 싶겠지? 나도 지명해서 명령하기는 마음이 편치 않아. 이 제비뽑기에서 걸린 두 사람이 지구로 돌아가 보고하기로 하지."

제비를 뽑았고, 거기에서 걸린 대원 두 명은 몹시 아쉬워하며 우주선으로 향했다. 우주선은 잠시 후 하늘로 치솟으며 허공 속으로 녹아들듯 사라졌다.

"드디어 갔나 보네. 지구 사람들이 이 꿈같은 별을 발견한 뉴스를 들으면 꽤나 술렁이겠지."

"난 저들이 지구에 도달하지 않았으면 좋겠어."

모두 저마다의 속내를 중얼거리며 꽃향기를 머금은 공기를 깊이 들이마셨고, 부드러운 풀밭에 누워 하늘을 올려다봤다. 그때 한 사람이 소리쳤다.

"앗, 저기 봐. 우주선이 돌아온 것 같은데!"

그러나 하늘에 나타난 것은 그들의 우주선이 아니었다. 그것은 지구의 우주선과는 확연히 달랐다. 모두 숨을 삼킨 채 올려다보는 그 우주선 안에서는 어느 행성의 생명체들이 다음과 같은 대화를 나누고 있었다.

"어때? 제법 많이 모인 것 같은데. 저 정도면 괜찮겠지?"

"으응. 사실은 좀 더 모으고 싶었지만, 서둘러야 하는 상황이니까. 이 정도로 해 두자고. 그럼, 작업을 시작할까?"

"이걸로 자연 동물원 위성이 또 하나 늘었어. 아이들이 무척 좋아하겠지? 저 봐, 저 동물들도 꽤 즐거워하는 것 같잖아."

우주선 안의 생명체들은 흐뭇한 표정으로 이 작은 별을 향해 사슬이 달린 커다란 작살을 발사했고, 자기들 별로 운반하는 작업을 시작했다.

섹스트라SEXTRA

다음은 섹스트라에 관한 자료를 순서대로 스크립한 것이다.

먼 옛날, 남미 오지에 잉카제국이라는 고도의 문명을 이룬 나라가 있었다. 하지만 그 문명은 서구의 식민지 쟁탈 경쟁 앞에서 비참한 멸망을 맞고 말았다.

그러나 잉카제국의 막대한 재화와 보물은 극히 일부만이 백인들 손에 넘어갔다. 이 재화와 보물을 둘러싼 수많은 이야기들이 전해진다.

동양인과 비슷한 얼굴을 한, 경계심을 띤 잉카 자손들의 무표정한 얼굴은 그 속을 알 방법이 없다. 문자가 없었던 이 나라의 역사도 어둠속으로 사라져서, 일찍이 이곳을 지배했다던 태양신의 후예의 행방 또한 누구도 알 수 없다.

어느 흥신소의 조사 보고

나스 간이치. 35세. 도쿄 시부야구 아사히초에 있는 고급 맨션 8층에 거주.

직업, 전기기기를 주요 품목으로 취급하는 무역 회사 경영. 본사는 지요다구 마루노우치에 위치함. 경영 상태는 매우 양호. 용모 단정하고 품위 있음.

학력, 가족 관계 일체 불명. 소년 시절 기억상실증으로 인해 어느 자산가의 손에 키워졌고 그의 뒤를 이었다는 소문이 있으나, 확실치 않다.

그는 세계정세에 밝고, 자연과학과 어학에도 능통해서 화제가 풍부하며, 인품도 온화하다. 그를 아는 사람 중에서 그를 칭찬하지 않는 이가 없다. 집 안의 서가에는 양서들이 가득하고, 호화로운 가구를 비롯해 최고급품들로만 채워져 있다.

최근, 미국 쪽 무역 회사 직원이 자주 방문함.

그가 거래하는 은행의 지점장을 만나 조사한 바에 따르면, 최근 대규모 수출 계약이 체결될 것으로 보인다고 한다.

"일본은 자원이 부족한 대신 기술이 있으니, 전기기구의 수출로 나라를 부강하게 하는 방법밖에 없습니다. 조만간 자세한 사항이 밝혀지겠죠"라고만 말할 뿐, 상세한 얘기는 얼버무렸다고 한다. 그 밖에 지점장의 의견을 종합해 보면, 예금도 상당한 액수일 것으로 추측된다. 따라서 거래와 관련해서는 걱정할 필요가 없어 보인다.

어느 신문의 외신

(워싱턴발) 미국 정부는 전후 무서운 속도로 급증하는 청소년 불량화 문제를 더는 간과하지 않겠다는 입장을 표명했다. 이에 따라 오늘 미 대통령은 앞서 하원에서 제안한 청

소년 대책위원회 설치 법안을 승인했다.

(워싱턴발) 청소년 대책위원회가 몇 차례에 걸쳐 개최되었음에도 여전히 적절한 대책이 서질 않아, 민간에게 널리 의견을 구하기 위해 공청회를 상설하기로 결정했다.

미국에서 나스 씨의 주거지로 보낸 항공우편의 일부

지난번 의뢰에 따라, 귀국 후 상하 양원에 맹렬한 로비를 시작했습니다. 위원회로 깊이 파고들었으니 전망은 충분히 밝습니다. 오늘까지의 로비 비용 명세서를 동봉합니다.

어느 주간지의 기사

무궤도로 치닫는 청소년 불량화에 골머리를 앓던 미국 정부는 위원회를 설치하고 검토를 거듭해 왔으나, 이렇다 할 결론을 내지 못한 채 오늘에 이르렀다.

그런데 최근 한 업자가 들여온 어떤 종류의 기계 사용을 공

인해야 하느냐 마느냐를 두고 공론화가 일었다. 이 기계는 일종의 약한 전류를 발생시키는 장치로, 인체의 일부에 부착하고 스위치를 켜면 엄청난 성적 흥분을 일으켜서 성행위와 같은, 또는 그 이상의 만족감을 준다. 약품이 아니라는 점도 긍정적이었다.

업자의 설명에 따르면, 청소년은 성 문제와 관련해 적절한 분출구가 없기 때문에 폭력적으로 변하는 경향이 있고, 그럴 때 이 기구를 사용해 평온하게 처리하면 좋다는 것이다. 이 기계는 섹스트라SEXTRA라 불린다.

이미 병원에서 불감증 부인에게 사용해 히스테리를 완치시킨 사례를 다수 기록한 보고서가 첨부되어 있다. 또한 인체에 무해하다는 의학자의 판단, 허가해야 마땅하다는 심리학자의 주장 등을 담은 의견서도 제출되었다. 종교 관계자를 비롯해 여러 반대 의견도 있었지만, 위원회에서는 잠정적으로 소년원에 수용된 인원에 한해 시험적으로 사용을 허가하기로 결정했다. 일본에서도 조만간 화제로 떠오를 게 틀림없다.

소년원에서 이 섹스트라를 사용해 본 바, 매우 좋은 결과를 얻었다고 한다. 소년 소녀 모두 유순해졌고, 일반 청소년 이상으로 온화해졌다. 게다가 모두 수준 높은 책들을 요구하기 시작했다. 자연과학, 정치경제, 종교, 예술 등등. 다만 문학 중에서 연애를 다룬 작품에는 별 관심을 드러내지 않았다. 각자가 독서에 푹 빠진 모습은 대학 도서관 이상으로 안정감 넘치는 분위기였다. 도무지 그곳이 소년원이라고는 생각할 수 없을 정도로.

퇴소시켜도 아무 문제가 없다는 판단이 내려졌지만, 모두 그 기계를 반환하려 하지 않았다. 청소년들은 그 기계 때문에 외려 퇴소를 거절해 버렸다.

다소 소동이 있기는 하였으나 긍정적인 영향은 분명하게 인정되었으므로, 일반 발매는 시간문제일 것으로 보인다.

미국에서 나스 씨에게 보낸 전보

모든 일이 순조롭게 진행 중.

어느 경제지의 기사

미국에서는 섹스트라가 발매돼 이미 상당한 매출 호조 행진을 보이고 있다. 사용자들은 이를 두고 섹스트라가 아니라, 섹스퍼트sex+expert라고까지 부른다고. 청소년들 사이에서는 레티라는 애칭으로 불리고 있으며, 그 옛날 텔레비전이 보급되던 속도보다도 더 빠르게 퍼지고 있다.

일본에서는 섹스트라 부품과 관련된 전자 제품 수출이 서서히 증가해, 전기 산업 분야는 수년간 계속되었던 불황에서 벗어나고 있다. 모 회사의 무역 담당 중역은 "이거야말로 섹스포트sex+export입니다"라는 농담까지 할 정도다. 이와 더불어 전기 관련 회사들의 주가 상승이 기대되며, 이미 상당히 높은 시세 상승을 보이고 있다. 나아가 국내 판매가 가까워졌다는 분위기가 반영되어 상승세는 한층 더 이어질 것으로 예상된다.

나스 씨 회사 직원이 친구에게 보낸 엽서

지난번에는 미안했어. 우리 회사는 요즘 전무후무한 섹스트라 붐으로 정신을 못 차릴 정도로 바빠. 우리 사장님이 전부터 지금 상황을 예상했다고 볼 수밖에 없을 만큼 매출

이 정말 좋거든. 그런데 우리 사장님은 딱히 기분이 좋아 보이지도 않고, 정계 진출을 준비하는지 엄청나게 바빠서. 그 덕분에 예상 밖으로 보너스가 많이 나와서 다음 일요일에는 온천이라도 갈까 해. 괜찮으면 같이 가자. 내가 쏠게.

어느 신문 기사

(뉴욕, 무라야마 특파원) 서구 각국에서 순차적으로 섹스트라를 채용하고 있어서, 보수적인 영국 정부도 가까운 시일 안에 허가할 것으로 전망된다. 단기간에 이 정도로 급격한 유행을 불러일으킨 것은 옛날 스페인 독감, 그다음은 로큰롤 정도일 것이다.

미국에서는 처음에 텔레비전만 한 크기였던 기구를 연구를 거듭해 핸드백 크기의 소형 제품으로 생산해 냈고, 이는 청소년들의 드라이브 필수품이 되었다.

지난달 말, 안테나가 달린 섹스트라가 발매되었는데, 방송국은 사람 목소리를 이용해 특색 있는 악센트를 붙인 전파 송신을 개시했다. 섹스트라 스타라고 불러야 할 직업이 탄생할 날이 머지않아 보인다. 이로 인해 청소년층에서부터 성인으로 애용자가 증가해 가는 추세다.

(뉴욕, 무라야마 특파원) 얼마 전부터 섹스트라 스타가 나타났지만, 그 후 음악으로 치면 전자음악에 해당하는 인공적 파장 발생기가 발명되었다. 속칭 섹스트라폰이라고도 불리는 이 기계는 스타 이상으로 각종 악센트를 자유롭게 송신할 수 있었다. 물론 쾌감도 이쪽이 훨씬 높았으므로 섹스트라 스타는 자취를 감추고 만다.

섹스트라는 차츰 중년 부부 사이에서도 사용되기 시작했다. 한편 결혼 적령기를 맞은 청년들은 이제 더는 결혼에 관심을 보이지 않았다. 학자들의 의견에 따르면, 성적 호기심에 의한 경솔한 결혼이 감소하고, 앞으로는 이성과 정신적 사랑을 추구하는 결혼 형태로 서서히 바뀌게 될 것이라고 한다. 대체로 환영할 만한 현상인 듯싶다.

미국 신문에 실린 기사

(도쿄 특파원 기사) 일본 정부는 아직 섹스트라의 일반 발매 허가를 내주지 않았다. 국민성으로 볼 때, 일본은 대대적이

고 급격한 변화를 원치 않는다. 인체나 섹스와 관련된 부분에서는 그런 경향이 특히 더 두드러진다.

이처럼 보급은 당분간 어려울 것으로 보이지만, 미국의 경이적인 성과를 듣고 진지하게 검토하는 사람도 늘었다.

또한 밀수와 불법 제조도 늘어나서 경찰 관계자는 단속할 방법을 연구하고 있다. 그러나 사용자가 흉악해지는 게 아니라 외려 더 선량해졌으므로 체포에 어려움을 겪고 있으며, 이미 다수가 사용 중인 것으로 봐야 한다.

어느 신문 기사

(홍콩, 기와모토 특파원) 중국 정부는 인구문제와 관련된 각종 대책들을 실시하고 있지만, 순조롭다고 말할 수는 없는 상황이다. 욕구불만에 따른 반질서적 동향도 보인다.

중국 정부는 대책을 고심하고 있으나, 아직 이렇다 할 결론을 내지 못한 상황이다. 한 소식통의 보도에 따르면, 섹스트라 사용과 관련된 연구를 시작했고 사용을 허가하게 될 거라는 전망이다.

(홍콩, 기시모토 특파원) 얼마 전 중국 정부는 섹스트라 사용

을 일반에게 허가하고 '청신호'라는 이름으로 판매하기 시작했다. 그 보고에 따르면, 각지의 불온한 형세는 순차적으로 진정되고 있는 듯하다. 나아가 생산 능률이 오르고 면학 분위기도 좋아져, 이 상태가 계속되면 머지않아 인구문제도 해결될 것으로 보인다.

어느 신문의 해설

여러 가지 의견이 분분했지만, 마침내 섹스트라의 국내 제조·판매가 허가되었다. 지나치게 신중했는지는 모르겠지만, 경솔한 것보다는 훨씬 낫다. 이로써 일본에 대한 근거 없는 경계심이 사라진다면 더할 나위 없겠다. 경제적인 득실을 간단히 예상할 수는 없겠지만 말이다.

어느 종합잡지에 실린 평론가 논문의 일부분

여성해방운동이 세계적으로 퍼져 나가는 과정에서 성 해방 부문에서도 여러 가지 시도를 해 왔다. 그렇지만 언제나 경제적 내지는 종교적·도덕적 제약에 직면했고, 전후에는 온 갖 폐해를 낳는 방향으로 치닫는 등 많은 문제들을 양산하 며 현재에 이르렀다.

그랬던 흐름이 오늘날 섹스트라 발매 시대가 열리면서 예상치 못한 형태로 해결된 것이다. 예로부터 성의 향락은 봉건제 군주 및 귀족 계급의 특권이었으며, 자본주의가 발흥한 이래로 이는 일부 부르주아 계급에게 독점되어 왔다. 이러한 과정에서 성과 경제와의 상관관계는 끊으려야 끊을 수 없다는 관념이 깊게 뿌리내리게 되었다.

이런 맹점을 간파해 섹스트라의 발명을 이뤄 낸 인물이 분명히 밝혀지지 않은 건 유감스러운 일이다. 새로운 시대를 개척한 위인으로 칭송받아 마땅할 것이다.

마르크스 학설은 위대하지만, 이는 단순히 개인이 나아가야 할 방향을 제시한 데서 그쳤을 뿐이다. 직접적으로 돈을 각 개인에게 나눠 주지는 못했다.

성의 영역에서 섹스트라의 탄생은 일부 계급의 독점물을 더욱 뛰어난 물건으로 개량해 대중에게 보급한 것이므로, 원자력 에너지 사용으로부터의 완전한 해방과 함께 금세기에 특별히 언급해야 할 대단한 사건이라 할 수 있다.

어느 신문의 레코드 평론

(…) 이번 달 새로 발매돼 미국에서 선풍적인 유행을 일으킨 앨범 〈레티와 산으로〉가 커틴의 녹음 음반으로 발매되었다. 미국에서는 과거 엘비스 프레슬리에 버금가는 판매고를 올렸는데, 포근한 구름에 휩싸인 느낌의 곡에 잘 어울리도록, 이 여가수는 부드럽고 감미로운 음색으로 노래했다. 앞으로의 유행 추이를 가늠하기 위해 한 번쯤 들어 볼 만한 가치가 있다.

어느 신문의 사회면에서

경찰청 장관은 오늘 기자회견에서 다음과 같은 담화를 발표했다.

1. 섹스트라는 서서히 보급되고 있다. 그러자 이에 발맞춰 성범죄가 완전히 사라졌다.

2. 흉악 범죄는 격감했고, 현재 발생하는 사건은 대부분 정신이상자에 의한 것이다.

3. 성적 불만에 따른 여성의 도둑질, 청소년의 자살은 모두 감소하는 추세. 퇴폐 업소 영업도 언젠가는 사라질 것으로 예상된다.

4. 한편, 사기와 절도는 증가하고 있다. 이는 생활이 곤란해진 매춘 관계자가 벌인 사건과 섹스트라를 구하기 위해 벌이는 사건으로 나뉜다.

전자에 대해서는 신속한 갱생 구조를, 후자의 경우 섹스트라 매입을 돕는 금융기관 개설을 관계 당국에 요청한다.

어느 신문의 개인 상담란

[질문(아이가 하나 있는 25세 기혼 여성)]

현재 35세인 남편과는 삼 년 전에 만나 연애 후 결혼했는데, 그 뒤로 여자 문제가 끊이질 않았습니다. 일주일씩 집에 안 들어오는 경우도 부지기수였지만, 아이를 위해 꾹 참고 견뎌 왔습니다. 최근 섹스트라를 구입한 후로는 외박은 완전히 안 하게 되었습니다. 그런데 그 기쁨도 잠시, 저와 부부 관계를 전혀 하지 않아 곤란한 상황입니다. 어떻게 하면 좋을까요?(아오모리, 고민하는 아내)

[답변]

당신처럼 세상 물정을 모르는 분이 아직 남아 있다니, 정말 놀랍습니다. 빨리 남편에게 부탁해서 한 대를 더 구입하세요. 섹스트라 사용 후, 남편이 집으로 돌아오게 된 것은 당신에게 애정이 있기 때문이고, 다른 여자와 인연을 끊은 것은 그쪽에는 애정이 없었다는 증거입니다.

만약 구입할 비용이 없으시다면, 가까운 은행에서 섹스트라 자금 대출을 받으시길 권해 드립니다. 손쉽게 대출하실 수 있을 겁니다. 사용 후에도 여전히 불만이 있으시다면, 다시 한번 투고해 주십시오. 아마 다시 투고할 마음은 생기지 않을 겁니다.

어느 잡지의 이달의 영화 평

섹스트라 시대로 접어든 이후, 영화계는 큰 변화를 겪었다. 로맨스 영화는 완전히 불황의 늪에 빠졌다. 연애를 코믹하게 다룬 예전 영화만 그나마 조금 반응이 있는 정도다. 액션물은 의외로 반응이 없고, 외려 노스탤지어적인 작품을 선호하는 추세다.

종교 영화 제작에 돌입했다고 하는데, 앞으로 어떤 흐름으로 나아갈지, 절대 관객 수의 감소에는 어떻게 대처할지 같은 큰 과제를 두고 주목받고 있다.

어느 신문의 콩트란

외설 단속법 철폐

— 경찰이 지금까지 압수했던 외설서를 돌려준대.

— 좋았어, 당장 받으러 가자!

— 요즘 같은 시대에 그런 것에 흥미 있는 녀석이 있을까?

— 아, 실은 염소 목장을 할 생각이거든.

어느 신문의 투고란

△ 이번 달 투고란에 도착한 원고는 2500건. 최근 몇 달간 계속해서 섹스트라와 관련된 내용이 80퍼센트를 차지하고 있다. 이성 간의 성행위에 흥미를 잃고 결혼율이 급감하면서 인구 증가가 정지된 점을 지적하는 내용이 대부분. 이에

대해 신종 마약이 아니냐며 금지를 주장하는 사람(이바라키현, 농업), 반대로 정신적인 사랑이 뭔지 처음 알았다는 사람(가나가와현, 교사), 인공수정으로 우수한 자손만 계획 출산할 수 있으니 좋은 경향이라는 찬성론(유전학 연구소) 등등 의견이 분분하다.

△ 지난달까지 곳곳에서 보이던 종교적 반대 의견이 지금은 사라졌는데, 이것은 예상과 달리 종교가 더욱 부흥했기 때문이라며, 돈벌이가 첫째인 일부 종교인에게 불만을 토로하는 사람(지바현, 주부) 등이 눈에 띈다.

△ 대체적으로 사회의 평온화, 생산량 증가에 따른 경기 호황을 환영하는 분위기다. 어떤 변혁이든 익숙해지면 안주하게 마련이지만, 아무래도 좋은 결과가 많다 보니 찬성이 7대 1로 압도적으로 높다.

바에서 일하는 여성이
나스 회사의 비서실 직원에게 보낸 편지

요즘에는 발길을 뚝 끊으셨네요. 섹스트라 보급도 한 차례 끝나서 여유가 생기셨을 거라 생각했는데….

당신 회사의 사장님, 활약이 대단하시던데요. 신문 보도에 따르면, 지금쯤 동유럽에 계실까요? 돌아오시면, 사장님에게 우리 가게 좀 소개해 주시겠어요?

이 업계는 섹스트라 이후로 완전히 달라졌어요. 섹시함 같은 성적 매력 대신, 지적인 대화와 순수한 술맛이 매출 포인트가 돼서 분위기가 확 바뀌었거든요.

어느 신문의 사회면

△ 어제 저녁, 거리에서 한 발명가가 검거되었다. 조토구에 거주하는 야마다 모 씨(42)다. 그는 약 한 달 전 어느 날, 하품을 했고 그 다음 날 재채기를 했다. 그런데 이걸 두고 누군가가 섹스트라를 통해 뇌를 자극하는 전파를 방출했기 때문에 벌어진 일이라고 확신했다. 그래서 그는 거리로 나갔고, 세계 어딘가에 있는 비밀결사가 인류의 의지를 지배하기 위해 전파를 이용해 중추신경을 자극하고 있다는 주장을 펼쳤다.

담당 공무원의 심문에서는, 전파의 출처를 두고 상공의 전리층 반사를 교묘하게 이용한 것 같아서 확실하지 않다는 둥 어쩌면 UFO에서 왔을지도 모른다는 둥 횡설수설했다.

또한 하품과 재채기에 관해서는 세계 정복을 위해 비밀결사가 시험적으로 실행한 거라고 설명했는데, 그 무렵을 기억하는 사람이 아무도 없는 관계로 수사는 난항을 겪고 있다.

△ 어제 보도된 발명광 야마다 모 씨를 감정한 의사의 소견에 따르면, 일련의 사건들은 섹스트라 정도는 자기도 발명할 수 있었다는 분한 마음에서 비롯된 일종의 노이로제였음이 밝혀졌다.

섹스트라의 출현 이후 노이로제는 감소하는 추세였으므로, 이런 신형 노이로제는 매우 희귀했다. 그런 까닭으로 야마다 모 씨는 석방되자마자 곧바로 병원으로 보내졌다.

어느 신문의 사설란

오늘로 섹스트라가 일본에서 발매된 지 1주년을 맞는 날이다.

새로운 시대로 접어들며 모든 것이 확연히 달라졌다. 먼저 눈에 띄는 것은 각국 수뇌부의 변화다. 모든 것이 새로워진 사회에 발맞춰 지도자 역시 순차적으로 새롭게 교체되었다. 특히 완전히 무명이었던 신인이 많다는 점에 주목해야 한다. 일본의 경우, 나스 간이치의 신선한 등장도 놀라운 일이다. 새로운 시대로 돌입한 이후의 모든 혼란들을 처리할 수 있었던 것은 그의 역량에 힘입은 바가 크다.

다음으로 눈에 띄는 것은 세계 평화의 완성이다. 섹스트라 이래로 작은 분쟁조차 없이, 완전한 평화를 유지하고 있다. 이는 유사 이래의 '사건'이다. 얼마 전까지만 해도 제도적으로 성적 욕망을 억압해 분위기가 안 좋아지면, 이를 해결하기 위해 다른 나라로 눈을 돌려 사람들의 전투 의지를 고양시키려 했다. 이 같은 과오를 반복하는 시대는 두 번 다시 오지 않을 것이다.

세 번째로 거론되는 것은 세계연방의 성립이 곧 이뤄질 거라는 전망이다. 일 년 전까지만 해도 이상으로만 머물러 있던 일이 실현되는 것이다. 이것도 우리 나스 씨의 공이라고 할 수 있다. 그 기량을 인정받아 나스 씨는 세계 각국에 초청되어 경제·정치적 곤란을 처리하는 지도자 역할을 해냈고, 그 후 각국의 수뇌부를 설득해 세계연방 수립 촉진에 힘썼다. 그리고 마침내 세계의 염원을 궤도에 올렸으므로 아낌없는 찬사를 받아 마땅할 것이다.

노벨 평화상을 수상할 거라는 소문도 있지만, 오히려 그 이상의 성과라는 점은 만인이 인정하는 바이다. 세계 최초로 전쟁 포기 헌법을 제정한 우리나라로서는 기쁘기 그지없다.

그 후의 신문 기사

(뉴욕 특보) 이번 달 말일부로 국제연합을 해산하기로 의결했다. 각 기구는 세계연방으로 바로 계승될 예정이며, 일본 대표인 나스 씨를 초대 위원장으로 검토 중에 있다.

(뉴욕 특보) 드디어 세계연방이 발족되었다. 초대 수장으로는 일본 대표인 나스 씨가 선출되었다.

(뉴욕 특보) 나스 수장의 의향에 따라 세계연방 본부를 남미 오지에 건설하는 안이 세계연방 의회에서 논의되었다. 교통이 불편하다는 이유로 약간의 반대 의견도 있었지만, 군비가 불필요한 시대가 되었기 때문에 기술·경제적 문제는 가까운 시일 안에 해결할 수 있다는 설명을 듣고 만장일치로 의결되었다.

남미 관광 안내서에서

남미 오지에 이름 모를 산이 있으며, 맑은 날에는 정기 항
공로의 비행기 안에서도 그 산을 조망할 수 있다. 그 꼭대
기에는 돌로 쌓은 문이 서 있다. 문만 있어서 무슨 의미인
지는 아무도 모른다. 잉카 신앙의 흔적으로 여겨진다. 잉
카의 자손들은 언젠가 태양신의 후예 '이·나스카'가 이 문
을 통해 돌아와 찬란한 시대를 이룩할 거라고 믿고 있다.

아무에게도 알려지지 않은 기사

남미 오지에 어떤 산이 있다. 그리고 그 꼭대기에는 커다란
문이 있다. 잉카의 자손 중 극히 일부의 선택된 사람들만이
어떤 사실을 알고 있다. 이 돌로 된 문 속에 모종의 정교한
전파 송신기가 설치되어 있다는 사실을.

우주에서 온 손님

그 비행 물체는 파란 하늘의 구름 틈새 어딘가에서 불쑥 모습을 드러냈다.

"엇, 이상한 게 나타났어!"

"뭐 하러 왔을까?"

사람들은 불안과 호기심이 뒤섞인 시선으로 하늘을 올려다봤다. 사람들의 술렁거림 속에서 원반 모양의 물체가 휘청휘청 불안정하게 흔들리며 하강했다.

"상태가 좀 이상한데. 어디 고장이라도 났나?"

그러나 지면과 격돌하지는 않고, 가까스로 도시 외곽에 착륙했다. 그 즉시 군대가 출동해 근처 주민들을 대피시키고 비상 경계선을 쳤다. 사람들이 멀찍이 떨어져서 상황을 살펴봤지만, 아무런 변화도 없었다.

"공격할 기미는 전혀 안 보이는데."

"우주에서 왔다고 해서 꼭 침략이라고 단정할 순 없지."

망원경을 들여다보던 관찰 담당자가 보고했다.

"안에 타고 있는 사람이 보입니다. 창 안쪽에서 손을 흔드는 것 같습니다."

"좋아, 가까이 가서 조사해 보자."

엄중한 공격 태세 속에서 몇 명이 머뭇머뭇 원반으로 다가갔다. 그리고 창으로 안을 들여다보았다.

"허어, 내부는 굉장히 호화롭군. 카펫과 침대… 게다가 저건 자동 조리기 같은데."

우주인은 그 장치에서 음료 같은 것을 컵에 따랐다. 그러더니 폭신해 보이는 의자에 앉아 여유롭게 마시면서 창밖을 향해 빙그레 웃으며 손을 흔들었다.

"아무래도 적의는 없는 것 같아."

이쪽에서도 웃으며 손을 흔들었다. 그러자 우주인이 일어서서 이상한 몸짓을 하기 시작했다.

"뭔가 부탁하는 것 같은데?"

"저 몸짓으로 추측하건대, 문을 열어 달라는 것 같군."

이쪽에서 문을 여는 동작을 해 보이자, 우주인이 고개를 끄덕였다.

"역시 그렇군. 보나마나 우주여행 중에 운석에라도 부딪쳐서 개폐 장치가 고장 났겠지."

이러한 상황이 보고되었고, 검토를 거쳐 문을 열어 보기로 했다. 매우 단단한 합금 소재라 쉽게 열리지는 않았지만, 최신 과학기술을 동원해 결국 문을 녹여서 절단했다.

안에서 녹색 옷을 말쑥하게 차려 입은 우주인이 유유히 걸어 나왔다. 무슨 말인가를 두세 마디 했지만, 물론 그 의미를 알 수는 없었다. 그러나 그 몸짓으로 보아 감사 인사를 전하는 분위기라는 것을 추측할 수는 있었다.

"기뻐하는 것 같아 다행이군. 그런데 이제 어떻게 하지?"

"어쨌거나 머나먼 별에서 온 사람이야. 뭐 하러 왔는지는 모르겠지만, 성대히 환영해 주자고."

곧바로 환영 위원회가 발족되었고, 군중이 양쪽으

로 늘어서 있는 도로를 지나 도심으로 향하는 대규모 퍼레이드가 펼쳐졌다. 환호성과 음악, 흩날리는 종이 눈발 속을 달리는 자동차 위에서 우주인은 줄곧 웃는 얼굴로 손을 흔들었다. 최고급 호텔에 도착하자마자, 그를 기다리고 있던 환영 위원장이 인사말을 늘어놓았다.

"광활한 우주를 지나 이 누추한 지구에 오신 것을 환영합니다. 우리 지구는 당신의 별만큼 문명이 발전하지는 못했습니다만, 환영하는 저희의 마음만은 깊이 헤아려 주시기 바랍니다."

우주인은 그 인사말을 듣고는 기쁘다는 듯이 뭐라고 말했다. 여전히 의미는 알 수 없었지만, 언어학자들이 그 소리를 녹음해서 분석 작업에 들어갔다.

그런데 그런 노력도 차츰 불필요해졌다. 지구의 문화를 보여 주는 미술관, 지구의 생물을 모아 놓은 동물원 등을 안내하는 사이, 우주인은 '멋지다' '재미있어'라는 말을 이따금 하게 되었기 때문이다.

"역시 우주인은 달라. 벌써부터 우리말을 쓰기 시작했어. 이런 속도라면 이제 곧 자유로운 의사소통도 가능하겠지. 그러면 우리는 지금까지보다 훨씬 고도의 지식을 얻게 될 거야."

"맞아. 지금 저 사람이 타고 온 비행 물체만 해도 그래. 동력 원리만 배워도 지구의 과학이 얼마나 향상되겠어!"

"계속 성대하게 환영해 주자고. 혹여 기분을 상하게 해서 귀환해 버리면 엄청난 손해니까."

모두의 기대 속에서 환영은 더욱더 성대해졌다. 최고급 요리, 최고급 술, 그 밖에 모든 것이 최고급으로 총동원되었지만, 그런데도 환영 위원들은 왠지 자꾸 마음이 쓰였다.

"아무래도 저희는 문명이 뒤떨어진 별이다 보니 대접을 이 정도밖에 못 해 드립니다만, 부디 너른 마음으로 양해해 주시기 바랍니다."

선천적으로 언어능력이 뛰어난지, 차츰 말을 잘하게 된 우주인이 너그럽게 고개를 끄덕이며 대답했다.

"뭐, 괜찮습니다."

그러는 와중에 우주인은 더 많은 말을 익힌 듯했다. 각 방면의 관계자가 모여들어 인터뷰를 진행했고, 그 상황은 텔레비전을 통해 전 세계에 중계되었다.

"지구에 오신 감상이 어떻습니까?"

"멋진 별입니다. 그리고 진심이 깃든 여러분의 환영은 대단히 기쁩니다. 제가 돌아가서 이런 얘기를 전하면, 저희 별 주민들도 이루 말할 수 없이 기뻐할 겁니다. 저 역시 긴긴 우주여행을 하며 여기까지 찾아온 보람이 있었습니다."

"그런데 무슨 목적으로 지구에 오셨습니까?"

"무역이죠. 행성과 행성의 문화 교류도 중요하지만, 상품 교류도 더 활발히 진행돼야 합니다. 제가 선발된 이유도 그 때문이고요."

그 대답을 듣고 모두 환호성을 질렀다. 그러나 환영 위원 중 한 사람이 조심스럽게 물었다.

"그건 고마운 말씀입니다. 그런데 우리 지구에 여러분이 마음에 들어하실 만한 물건이 있을까요?"

"그렇게 비하하실 건 없습니다. 지구의 여러분은 뛰어난 기술의 소유자입니다. 우리 행성계에는 1500억 명의 주민이 살고 있으니 물건만 확실하면 얼마든지 구입할 겁니다. 그 대신 지구에 부족한 물질, 백금이나 다이아몬드, 게르마늄으로 물건값을 지불하지요. 아니면 방사능 물질이라도 상관없습니다. 무역뿐만이 아닙니다. 보세요, 지구는 이렇게 아름다운 자연을 갖고 있습니다. 이것을 활용하셔야 합니다. 제가 돌아가서 보고하면, 일 년에 십 억 명 정도의 관광객이 지구를 방문하게 될 겁니다."

사람들의 환호성은 절정에 다다랐다.

"이건 정말 엄청난 일이군. 이제 더 이상 지상에서 두 진영으로 나뉘어 싸움이나 할 때가 아니야. 자, 어서 서두르자고!"

세계의 대립 양상은 완전히 바뀌었다. 생산업자와 관광업자의 대립으로 바뀐 것이다. 서로 토지를 빼앗고, 공장과 호텔을 확장하기 위해 건축업자를 가로챘다. 발 빠른 의류 제조업체 등에서는 우주인의 몸에 맞춘 옷을 하루에 10만 벌이나 생산하기 시작했다.

이런 소동 속에서, 한 언어학자가 환영 위원을 찾아왔다.

"잠깐 알려 드릴 게 있어서…."

"뭡니까, 정신없이 바쁜데."

"조금 마음에 걸리는 게 있는데… 잠깐만 와 주시죠."

언어학자가 환영 위원을 이끌고 우주인이 타고 온 원반형 물체 속으로 들어갔다.

"이상하지 않습니까? 어디에도 동력 장치 같은 게

보이질 않아요."

"허가도 없이 멋대로 실내를 조사하다니, 그건 실
례잖소! 그리고 지구의 과학으로는 알 수 없는 기관일
지도 모르지."

"그럴지도 모르지만, 이 문자를 해독해 보니, 아무
래도 자꾸 신경이 쓰여서…."

언어학자가 가리킨, 비행 물체의 문 위에는 기호가
적혀 있었다. 그가 곧이어 설명을 덧붙였다.

"…이건 어느 별에서 흘러온, 환자용 개인 위성이
에요. 자, 보세요. 여기에 병명이 적혀 있어요. 과대망
상증 환자."

대기 待機

"이봐, 드디어 우리의 목적지 행성이 보여. 흐음, 호흡 가능한 공기도 있고 물도 있는 것 같군."

우주선 앞쪽 조종실에 있는 망원경과 스펙트럼 분광기를 번갈아 들여다보던 대장이 계측기에서 눈을 떼고 대원들에게 소리쳤다.

"드디어 도착했나요? 다행입니다."

"그래. 길고도 고된 공간 여행을 계속해 온 보람이 있군. 우리는 분명 새롭게 발견한 이 별에서 지구로 뭔가를 가져갈 수 있겠지. 이렇게 긴 여행을 했으니 당연히 그에 상응하는 성과가 있을 거야."

"그것들을 들고 지구로 귀환하면 사람들이 얼마나 기쁘게 맞아 줄까. 아, 벌써부터 그 광경이 눈앞에 선하군."

대원들은 손을 맞잡고 감격에 겨워하며 목이 멘 채 이야기를 나눴다.

"옛날 사람들은 인류의 우주 진출이 이토록 빨리 실현될 줄은 꿈에도 몰랐겠지?"

"이게 가능했던 건 인류가 국가라는 편협한 의식, 의미도 없는 인종 편견 의식을 버리고 사이좋게 어깨동무를 하고, 모든 과학을 오로지 인류의 발전만을 위해 사용하기로 맹세한 덕분이지. 이젠 이 무한한 우주가 우리의 새로운 개척지야."

모두가 아득히 멀리 두고 온 지구에 관한 이야기를 주고받았다. 그리운 지구. 우주선이 나아가는 방향, 그 정반대 쪽에는 오래전에 출발한 지구가 있었다.

그러나 이들은 이미 망원경으로 볼 수 없을 정도로 멀리까지 왔다. 이제 지구 쪽 방향에서는 다른 별들과 함께 빛나는 점이 하나 보일 뿐이다. 그것이 지구에서 말하는 태양이다. 한 사람이 그 점을 가리키며 중얼거렸다.

"저게 태양이잖아. 저 작은 별 주위를 도는, 훨씬 더 더 작은 별이 지구인 거지. 그렇게 작은 별에서 서로 아옹다옹 싸우던 시대가 있었다니… 그런 선조들을 생각하면 조금 부끄러워지지 않아?"

"뭐, 그런 얘긴 그만하자고. 모두 다 세월의 저편으로 지나가 버린 일이잖아. 우리는 미래, 앞으로 다가올 시대를 조금이라도 나은 시대로 만들기 위해 노력하면 되는 거야. 이 광활한 우주에서 모든 부를 지구로 다 가져가, 헤아릴 수 없이 많은 별들 중에 지구가 가장 멋진 별이라고 자랑할 수 있게 만들자고!"

모두 다 얼마쯤 감상에 젖어 연설조로 말을 늘어놓았다. 대장은 그런 분위기를 가라앉히듯이 명령을 내렸다.

"다들 각자 위치로! 이제 곧 착륙 태세로 전환한다."

"무기는 어떻게 할까요?"

"물론 준비해야지. 필요하진 않겠지만, 만일에 대비해서다."

착륙과 동시에 일동은 튕겨 오르듯 일어섰다.

"제가 제일 먼저 나가게 해 주십시오."

"아니, 제가 나가겠습니다."

모두 다 이 별에 첫발자국을 찍는 영예를 원했다. 그러나 대장이 그들을 제지했다.

"우리의 임무를 생각해 봐. 첫발자국을 어떤 개인이 찍는지는 중요한 문제가 아니야. 인류가 우주로 진출했고, 드디어 이곳까지 영역을 넓혔다는 데 의미가 있는 거지. 하지만 나중에 누가 맨 먼저 내렸느냐를 놓고 말썽이 생기는 것도 달갑진 않아. 그러니 이렇게 하면 어떻겠나. 내가 구령을 외칠 테니, 모두 동시에 내려가는 거야. 만약 그걸 무시하는 대원이 있으면, 나는 그 자를 명령 위반자로 보고서에 기록하겠어."

대원들은 부끄러움에 얼굴을 붉히며 고개를 끄덕였다.

"그럼, 사전 준비를 점검하도록. 대기 상태는 양호하니, 우주복은 필요 없다. 그러나 만일을 대비해 마취총은 허리에 차도록!"

조용히 문이 열렸고, 그 1미터 아래쪽에는 대지가 펼쳐져 있었다. 대장의 구령에 따라 다 함께 동시에 뛰어내렸다. 초록빛 풀들이 그 방문자들을 조용히, 부드럽게 맞아 주었다.

그 풀들은 모여서 초원을 이뤘고, 완만한 기복을 그

리는 언덕으로 저 멀리까지 펼쳐져 있었다. 어떤 사람은 껑충껑충 뛰고, 어떤 사람은 드러누워 뒹굴고, 또 어떤 사람은 영문을 알 수 없는 고함을 질러 댔다. 이 감격을 어떻게 음미하고, 어떻게 표현해야 할지 몰라 하는 분위기였다. 대장은 흐뭇한 표정으로 그 모습을 바라보다가, 적당한 때가 되자 명령을 내렸다.

"자, 저 언덕 위로 가자. 그리고 깃발을 세운다."

우주선 안에서 꺼내 온 커다란 깃발을 들고, 모두 일렬로 늘어서서 언덕을 향해 나아갔다.

"여기가 좋겠군."

금속 막대를 땅에 꽂고, 거기에 조용히 깃발을 매달았다. 까마득한 공간을 넘어 싣고 온, 인류의 무한한 발전의 상징인 지구 연방의 초록색 깃발이 지금 그 자리에서 나부꼈다. 모두 눈에 눈물을 글썽인 채, 초원 위를 스쳐 온 산들바람에 펄럭이는 그 깃발에서 한동안 눈을 뗄 수가 없었다.

그때 갑자기 주변에서 소리가 났다.

"뭐지?"

대원들은 일제히 허리에 찬 마취 총에 손을 얹었다. 대장이 침착하게 입을 열었다.

"쏘지 말고 기다려! 적의는 없는 것 같다."

분명 적의는 없는 것 같았다. 어느새 대원들 주위로 몇 명의, 아니 몇 마리라고 해야 할까(크기는 별개로 한다 해도) 아무튼 다람쥐와 비슷하게 생긴 생명체가 모여들었다. 굵은 꼬리, 부드러워 보이는 털, 온순한 표정. 모든 면에서 큰 다람쥐라고 부를 만했다. 그러나 얼굴에는 지적인 분위기가 감돌았다.

"이 별의 주민 같은데요."

누군가가 말했다. 분명 그렇겠지. 그 주민들은 저마다 뭐라고 외치기 시작했지만, 대원들은 그 높고 빠른 소리의 의미를 이해할 수 없었다.

"이봐, 자네. 우주선에 가서 번역기를 가져와."

대장이 명령을 내리고 얼마 안 가 번역기가 도착했다. 그리고 이리저리 다이얼을 맞춰 보았다.

"어때? 저들이 뭐라고 하는지 알 수 있겠나?"

"아니, 잠시만 기다려 주세요. 앗, 풀리기 시작했습니다."

"뭐라고 하는 거야?"

"이 깃발을 가리키면서, 이게 대체 뭐냐는 이야기를 나누고 있습니다."

"좋아, 내가 설명해 주지. 마이크를 줘 봐."

대장이 번역기에 연결되어 있는 마이크를 받아 들고 말하기 시작했다.

"너희들은 상상도 못 하겠지만, 우리는 멀고 먼 지구라는 별에서 왔다. 저 우주선을 조종해서 광활한 우주 공간을 여행했지. 설명해도 잘 모르겠지만, 지구는 실로 아름다운 별이다. 그리고 이것은 지구를 상징하는 깃발이다. 지구의 발전이 여기까지 다다랐다는 사실을 알리기 위해 이 깃발을 꽂은 것이다."

그러자 주민들이 이어서 이런 질문을 했다.

"그렇게 멋진 별에 살면서 왜 이렇게 멀리까지 왔죠?"

"우리는 지구를 우주 제일의 멋진 별로 만들고자 노력하고 있다. 그러기 위해서는 누구나 그 의무를 다해야 한다. 행복은 그래야만 이뤄질 수 있으니까. 이 별에는 아마도 여러 가지 자원이 있을 것이다. 우리는 특히 아르곤과 게르마늄을 채집해서 가져가고 싶다."

"그 물질이 어떤 것인지는 모르겠지만, 그걸 갖고 가서 뭘 하려고요?"

"여러 가지 제품을 만들어서 사용하지."

"굳이 이렇게 먼 곳까지 가지러 올 필요가 있나요?"

"그건, 지구의 자원만으로는 부족하기 때문이다. 우리는 끝없는 행복을 추구하며, 이를 실현하기 위해 노력할 뿐이다."

주민들은 질문을 멈추고, 서로 무슨 이야기를 주고받았다. 놀란 것 같기도 하고, 기뻐하는 것 같기도 했다.

"이봐, 녀석들이 무슨 얘기를 하는 거지?"

대장이 묻자, 번역기 담당자가 장치의 전력을 높이며 대답했다.

"저렇게 한꺼번에 소리를 내면 해독하기 어렵습니다만, 새로운 사고방식을 접해서 놀란 분위기로 보입니다."

"뭐, 그건 됐어. 이쪽 의향은 통한 것 같고, 그들도 반대하는 기미는 보이지 않는군. 모든 게 순조로워. 아, 정말 평화로운 곳이군. 언젠가는 이 별도 지구에서 찾아오는 휴양지가 되겠지."

"그건 정말 좋은 생각이네요."

다들 그런 시대를 상상했다. 정기편에서 내리는 가족 동반 여행객. 지구에서는 이제 볼 수 없게 된 드넓은 초원 위를 맘껏 뛰어다니는 아이들. 그 모습을 흐뭇하게 지켜보는 부모. 노인들은 따뜻한 햇살을 쬐며 평화로운 시간을 만끽하겠지.

차츰 저녁놀이 내려앉았고, 주민들은 언덕을 내려가 저 멀리 사라졌다.

밤이 지나고 다시 아침이 찾아오자, 우주선은 은빛 광채를 되찾았다. 우주선 안에서 숙면을 취한 대원들은 상쾌한 표정이었다. 대장은 대원들을 정렬시키고 명령을 내렸다.

"자, 이제 자원을 조사하러 출발한다. 특히 게르마늄을 잘 살피도록."

"네. 분명 이 별에는 자원이 풍부하겠죠. 그걸 산더미처럼 싣고 가면, 모두들 얼마나 기뻐할까요. 모든 가정이 완전히 자동화되면, 사람들은 더욱 고차원적인 예술을 창조할 수 있게 되겠죠. 시간을 훨씬 더 확보할 수 있을 테니까요. 상상만 해도 이루 말할 수 없이 기쁩니다."

"으음, 그렇겠지. 자, 출발하자."

그런데 그때 대원들 주위로 어제 봤던 주민들이 다시 모여들었다.

"이런, 또 왔네. 우리를 도와주려는 건가⋯?"

대장이 그렇게 중얼거리며 번역기를 통해 말을 건 넸다.

"⋯오호, 또 와 줬군. 오늘은 우릴 도와주러 왔나? 미안하게 됐군. 그러나 언젠가는 이 별도 지구인의 휴양지가 될 테니, 너희도 문명의 혜택을 누릴 수 있을 거야."

그 말을 들은 주민이 이렇게 대답했다.

"아니, 우리는 어제 당신들의 말을 듣고 참 희한한 사고방식이라고 감탄했습니다. 그래서 좀 더 자세한 이야기를 들어 보려고 다시 찾아온 겁니다."

"대체 어떤 점이 희한하다는 거지?"

"자기 별을 위해 다른 별의 물건을 멋대로 가져가려고 하는 부분이죠."

"어허, 이봐. 너무 그렇게 빡빡하게 굴지 마. 어차피 너희는 다 쓸 수도 없잖아. 그걸 조금 가져간다고 해서⋯."

대장의 말을 한 귀로 흘리며 주민이 말을 이었다.

"사실은 우리도 예전에 그 문제에 관해 토론한 적이 있었습니다. 하지만 아무래도 그건 해서는 안 될 일이라는 결론이 나서 일단락을 지었죠."

"너희는 철학을 좋아하는 것 같군. 하지만 우리는 생활의 질을 좀 더 향상시켜서 행복해지고 싶은 거야. 그러기 위해서는 자원과 식민지가 필요하고. 지구는 그렇게 발전해 왔어."

대장이 무심코 지구상에서는 거의 사어가 된 '식민지'라는 단어를 쓰고 말았다.

"그게 허용이 됩니까?"

"거참, 녀석들 시끄럽네. 고작해야 다람쥐 주제에. 아, 물론 허용되고말고. 너희를 위해 우리 인류가 참아야 한다니, 그건 상상할 수도 없어!"

"우주에서 그것이 허용되는 거였다면, 우리도 좀 더 일찍 그 방법을 택했으면 좋았을걸."

"어허, 적당히 해! 우린 이제부터 일하러 나가야 하니까."

"그렇다면 우리도 이제 그 방법으로 일하러 나가야겠군요."

"뭐라고?"

그와 동시에 어디선가 낯선 소리가 들려왔다.

"앗, 대장님. 저건…."

대원 하나가 비명을 지르며 손짓을 했다.

가까이 있던 언덕 하나가 땅사태를 일으키고 있었다. 일동이 숨을 삼키고 지켜보는 사이, 언덕 밑에서 거대한 우주선이 모습을 드러냈다. 그냥 거대하기만 한 게 아니라, 지구에서 타고 온 것과 비교하면 훨씬 고성능이라는 걸 한눈에 알 수 있었다.

"자, 이젠 더 이상 거리낄 게 없다!"

주민의 말을 들은 대장이 허둥지둥 명령을 내렸다.

"저놈들을 쏴라!"

그러나 아무도 허리에 찬 마취 총에 손을 댈 수가 없었다. 양심의 가책 때문이 아니라, 대원들의 손이 모두 마비되었기 때문이다. 주민들이 손에 감추고 있던 작은 장치로 광선을 쏘아 대원들의 손을 마비시킨 것이다. 그들이 환한 미소를 머금은 얼굴로 천천히 말했다.

"음, 이젠 우릴 좀 안내해 줘야겠어. 일단 첫 시작으로 지구라는 그 별을 식민지로 삼기로 하지. 하긴 뭐, 별 볼일은 없겠지만 말이야."

서부에 사는 남자

이곳은 애리조나 주의 외곽에 자리한 나지막한 바위산. 가차 없이 매섭게 내리쬐는 강렬한 햇볕 속에서 모든 것이 쥐 죽은 듯 미동도 하지 않았다. 저 멀리 보이는 큰길에도 달리는 역마차 그림자 하나 보이지 않는 나른한 오후의 한때다.

근처에는 나무 한 그루 보이지 않고, 그늘을 드리운 것이라곤 사막 저 너머로 조그맣게 보이는 그레이타운 정도일까. 주위에는 열기를 머금은 공기가 조용히 가라앉아, 다가올 대결의 순간을 기다리고 있었다.

잠시 후 멋진 턱수염을 기른, 어딘지 모르게 관록

이 느껴지는 중년의 신사가 작은 모래바람을 일으키며 쏜살같이 말을 몰아 이 바위산으로 올라왔다. 그러고는 말을 멈춘 후, 옷자락이 긴 윗옷 주머니에서 손수건을 꺼내 얼굴의 땀을 지그시 눌러 닦았다.

"녀석이 늦는군."

그가 중얼거린 순간, 그레이타운 방향에서 모래바람이 피어오르며 말 두 필이 다가왔다. 한쪽에는 젊은 남자가, 다른 한쪽에는 어린아이가 타고 있었다. 그들은 바위산 밑에서 일단 멈춰 섰고, 젊은 남자와 그가 탄 말만 산 위로 올라왔다. 그가 먼저 와서 기다리고 있던 남자에게 말을 건넸다.

"당신이 쉐퍼인가?"

"그렇다. 네가 애리조나 키드로군. 부하도 거느리지 않고 오다니 제법인데. 그나저나 명색이 애리조나 키드라는 자가 아이를 유괴해서 몸값이나 뜯어내다니… 비열하기 짝이 없군."

쉐퍼가 날카롭게 받아쳤지만, 키드도 가만히 지고 있지는 않았다.

"뭔 소릴 하는 거야? 쉐퍼가 비합법적인 수단으로 광산을 손에 넣어 한몫 단단히 챙긴 놈이란 건 온 세

상이 다 아는 사실이다. 그런 놈한테 돈을 뺏는데, 수
단 따위가 무슨 문제냐!"

팽팽하게 맞서는 침묵이 한동안 이어졌지만, 잠시
후 쉐퍼가 입을 열었다.

"말싸움을 하자면 끝이 없다. 뭐, 이미 끝난 얘기야.
바로 거래로 들어가지. 내 아들 톰은 데리고 왔겠지?"

키드가 바위산 밑에 두고 온 말을 가리키며 대답
했다.

"보다시피 저기 있다. 그보다 약속한 돈은 준비됐
겠지?"

쉐퍼가 안장에서 떼어 낸 주머니를 한 손으로 무거
운 듯 들어 보였다.

"여기 있다. 자, 신사적으로 교환하자."

"나도 원하는 바다. 그럼, 그 주머니를 거기 내려놔.
그리고 아이를 데리고 가."

"좋다."

쉐퍼는 주머니를 바위 위로 던지고, 말을 급히 몰
아 언덕을 내려갔다. 둘은 서로를 경계하면서 반원을
그리며 엇갈렸고, 키드는 입가에 미소를 지으며 주머
니를 주워 들었다. 그러나 거래는 그것으로 끝나지 않

았다.

쉐퍼는 분노에 찬 표정으로 다시 언덕으로 올라왔고, 주머니를 품에 안고 서 있는 키드에게로 가 말에서 내리며 소리쳤다.

"감히 날 속여! 저따위 인형을 말에 묶어 놓고, 신사적이란 말을 지껄였나? 진짜 톰은 어딨어? 악당 같으니! 그래도 돈만 들고 도망치지 않은 점만은 감탄할 만하군."

한편, 키드도 말에서 내려 쉐퍼에게로 다가오며 큰소리로 맞받아쳤다.

"뭐라고? 누구보고 악당이래? 대체 돈이 어디 있다는 거지? 이 주머니 속에는 온통 돌멩이뿐이야! 악명 높은 쉐퍼라면 이런 속임수도 쓸지 몰라서 아이를 살짝 바꿔치기했지. 거래는 원점에서 다시 시작한다. 진짜 톰을 돌려받고 싶으면, 진짜 돈을 가져와. 단, 이번에는 약속한 액수의 두 배가 아니면, 아이를 건네줄 수 없다! 하하!"

키드는 쉐퍼를 마음껏 비웃었다. 그런데 고개를 숙일 줄 알았던 쉐퍼가 키드보다 더 큰 소리로 웃어 젖혔다.

"하하하핫! 어리석은 놈. 그럼, 맘대로 해 봐."

"뭐라고? 이런 냉혈한을 봤나. 돈을 내느니, 아들이 어떻게 되든 상관 않겠다는 건가?"

"천만에. 나만큼 애정이 깊은 아버지는 없다고. 이런 일도 생길 수 있어서 전부터 가짜 아이를 준비해 뒀지. 너희는 보마나마 이름만 듣고 바로 재갈을 물렸겠지. 하지만 그 아이는 톰은 톰이지만, 톰 헤이콕스. 내 하인의 아들이지."

"뭐? 가짜였다고?"

"그래. 그런데 설마 진짜라고 믿고 납치해 갈 줄은 몰랐지. 애리조나 키드라는 녀석이 그런 멍청한 짓을 다 하는군. 원한다면 돌 주머니를 두 개 더 갖다줄까? 음하하하!"

"으윽, 젠장. 뜨거운 맛을 보여 주마!"

키드는 순식간에 허리에서 권총을 빼 들고는 쉐퍼의 가슴을 향해 겨냥했다.

"…이렇게 된 이상, 안됐지만 네놈을 인질로 삼아야겠다. 자, 얌전히 따라와. 몸값은 다시 정하기로 하지."

그러나 쉐퍼는 침착했다.

"싫다면 어떡할 테냐?"

"이 방아쇠를 당길 수밖에 없지."

"그렇군. 그런데 과연 총알이 발사될까? 그 총알은 그레이타운에서 샀겠지?"

"그건 또 뭔 소리야?"

"내가 미리 확실한 조치를 해 뒀지. 불발탄을 구입한 건 몰랐겠지? 꼴좋군."

쉐퍼가 코웃음을 치며 비웃었지만, 키드는 움츠러들지 않았다.

"어허, 미안하게 됐군. 키드도 그 정도로 멍청하진 않아서 말이야. 대충 그럴 거라 짐작하고 총알을 갈아 끼웠지. 이제 더는 할 말이 없겠지? 조용히 총알이나 받아!"

"으음, 잠깐! 나를 쏴 봐야 아무런 득이 안 돼."

"실없는 소리 지껄이지 마! 너 같은 놈을 살려 두는 건 서부의 수치다. 자, 한 방 먹여 주마."

"그렇다면 하는 수 없지. 정확히 조준해서 한 번에 명중시켜."

"닥쳐!"

키드는 쉐퍼의 가슴을 조준했다. 권총은 잇달아 불꽃을 뿜어냈다. 그러나 화약 연기가 잦아들자, 쉐퍼의 웃음소리가 울려 퍼졌다.

"흐음, 수고했어. 그토록 준비가 철저한 키드라면, 내가 안에 방탄조끼를 입은 것도 모르고 여섯 발을 다 쏠 리가 없지."

"으윽 빌어먹을… 이상하게 침착하다 싶더니만."

"꼴좋군. 차라리 이 허벅지에 조준을 했어야지."

쉐퍼가 오른쪽 허벅지를 손으로 탁탁 두드리며 비웃었다.

"그럼, 친절한 그 충고에 따라 허벅지를 쏴 드릴까? 이 권총은 동부에서 특별 제작한 7연발 권총이거든. 세상사가 정말 얄궂지 않아? 그 김에 하나 좋은 걸 알려 주지. 허벅지에 총을 맞아도 죽을 수 있다고. 그럼, 마지막 한 발을 그대에게 선물하지."

"아하, 그런 방법이 있었군."

그렇게 말하는 쉐퍼의 허벅지를 천천히 조준하며 키드가 나지막이 중얼거렸다.

"이번만큼은 신중해야 해. 이토록 사악하게 꾀를 부리는 쉐퍼가 하는 말이잖나. 저 오른쪽 허벅지는 의족일지도 몰라. 아니, 내가 이렇게 생각하리라 예상하고 외려 왼쪽에 의족을 찼을까?"

"이봐, 키드. 뭘 그리 중얼거려. 쏠 거야, 말 거야?"

"쏜다! 이제 더는 안 속아. 내가 명중을 못 시키면 네놈이 권총을 꺼낼 속셈이겠지? 그렇게는 안 되지. 먼저 네 권총을 이쪽으로 넘겨. 총신을 잡고 손잡이를 앞쪽으로 해서 넘겨."

쉐퍼는 포기했는지 하는 수 없이 키드가 시키는 대로 했다. 키드가 그것을 받아 들려고 했지만, 순간적으로 방심하고 말았다.

"이 총을 잘 봐라. 키드."

"뭐라고?"

키드가 놀란 눈으로 권총을 봤다.

"특별 제작 권총은 너만 갖고 있는 게 아니야. 이것도 마찬가지지. 총신을 세게 쥐면 스프링 장치로 방아쇠가 당겨지면서 손잡이 쪽으로 탄환이 발사되는 신종 발명품이지. 이승의 마지막 순간이나 잘 봐 둬."

뜻밖의 결말에 키드는 어쩔 수 없이 모처럼 손에 넣은 7연발 리볼버를 집어 던졌다. 쉐퍼가 의기양양하게 말했다.

"그래. 진작 그렇게 나왔어야지. 자, 얌전히 있어. 사실 난 보안관 호프다."

쉐퍼가 옷 앞섶을 열고 가슴에 붙어 있는 별 모양 배지를 보여 주었고, 곧이어 그 멋진 턱수염을 떼어 냈다. 수염 밑으로 파란 점이 드러났다.

"앗. 파란 점의 호프로군."

"그렇다. 내 이름은 아이들도 다 알지. 애리조나에서 알아주는 그 유명한 명보안관, 파란 점의 호프다."

"이건 놀랍군."

"그렇겠지. 그레이타운에서 너에게 불발탄을 팔도록 미리 조치해 둔 것도 보안관이라 가능했던 거고. 하긴 너한테는 소용없었지만 말이야. 하지만 이렇게 되면 이쪽 승리야. 이제 애리조나 키드에게 걸린 현상금 5000달러가 내 손에 들어오겠지. 그렇게 애를 먹이더니만 꼴좋게 됐군."

쉐퍼이자 보안관 호프의 얼굴에는 진심에서 우러나온 미소가 번졌다. 그런데 키드가 큰 소리로 웃어 젖혔다.

"하하하핫. 그 유명한 명보안관한테도 빈틈이 있었군. 호프라면 잘 알고 있겠지만, 애리조나 키드에게 이런 상처 자국이 있을까?"

그러더니 챙이 넓은 모자를 벗고, 이마의 상처 자

국을 드러냈다.

"가, 가짜라고…?"

분해서 이를 가는 호프의 빈틈을 노리고 키드가 모자 속에 감춰 둔 작은 돌멩이를 집어 던졌다. 그 작은 돌멩이가 손잡이에서 총알이 발사된다는 동부의 특별 제작 권총을 명중시켰고, 권총은 바닥으로 내동댕이쳐졌다.

허둥지둥 총을 집으려고 하는 호프의 턱을 가짜 키드가 냅다 걷어찼다. 그러나 가짜라 그런지 그 일격은 별 효과가 없었고, 호프도 곧바로 반격을 날렸다.

"어떠냐?"

"어딜 감히!"

두 사람의 주먹다짐은 뜨겁게 내리쬐는 태양 아래에서 지루하게 계속되었다. 이들의 얼굴에서 뚝뚝 떨어진 땀방울이 메마른 모래 속으로 빨려 들었다.

두 사람은 해가 기울 무렵까지 거친 숨소리를 흘리며 대치하고 있었다. 그때 가짜 키드가 호프의 얼굴을 가리키며 헐떡이는 목소리로 말했다.

"그, 그 얼굴은 대체 뭐냐? 보안관 주제에 현상금을 타느니 어쩌니 이상한 소릴 한다 했지. 그 얼굴을 당장 닦아 봐!"

땀범벅이 된 호프의 얼굴에서 트레이드마크인 파란 점이 지워져 가고 있었던 것이다. 호프는 숨을 돌리고 땀을 훔치면서 가짜 키드를 향해 말했다.

"그러는 너도 땀이나 닦으시지. 그 상처 자국도 흘러내리고 있어."

가짜 키드도 땀을 닦았다. 그런데 땀을 다 닦자마자, 두 사람이 동시에 소리쳤다.

"뭐야, 넌 제프잖아?"

"오 이런, 넌 길이었어?"

이쯤에서 대결은 끝났다. 가짜 보안관 길과 가짜 키드인 제프는 서로에게 달려가 어깨를 두드렸다.

"오랜만이군. 서부의 그 유명한 사기꾼 제프를 이런 데서 마주칠 줄이야."

"너랑 같이 한 건 했던 게 언제였지? 뭐, 아무렴 어때. 악명이 자자한 사기꾼 길을 이렇게 재회했는데."

두 사람은 나란히 바위에 걸터앉았다.

"길이 쉐퍼로 둔갑했을 줄은 꿈에도 몰랐지. 하긴, 너라면 그 정도는 하겠지. 그건 그렇고 현상금 5000달러를 못 받아서 안타깝겠군."

"제프가 애리조나 키드의 책사가 되었을 줄은 몰랐지. 아까 돌멩이 주머니로 속인 건 미안했어."

"그럼, 이제부터 둘이 진짜로 자웅을 겨뤄 볼까? 목도 많이 타는군. 바에 가서 목이나 축이면서 카드로 승부를 내자고."

"좋지. 그런데 속임수는 안 돼."

"당연하지. 우리는 동업자잖아. 게다가 서부에 사는 남자들 아닌가."

하늘로 가는 문

그 남자는 어린 시절, 우주 비행사가 되겠다고 마음먹었다.

누구나 다 우주에 가 보고 싶어 했다. 달이나 화성, 그리고 소행성에. 아니, 그렇게 멀리까지는 못 가더라도 자기 눈으로 지구를 볼 수만 있다면 충분했다. 그러나 그것은 간단한 일이 아니었다.

우주 비행사가 되기 위해서는 뛰어난 두뇌와 운동 신경이 발달한 신체가 필요했다. 둘 중 한쪽이 충족되는 사람은 많았지만, 양쪽을 겸비한 사람은 드물었다.

그러나 그 수가 적을지언정, 그런 사람들은 분명 존

재했다. 그리고 오직 그런 사람만이 훈련을 받고 우주선을 탈 수 있었다. 그들은 일종의 특권계급이었지만 재산이나 개인적인 이해관계가 개입될 여지가 없는, 오로지 실력으로만 올라설 수 있는 지위다 보니, 시기와 질투보다는 존경을 받는 경향이 강했다.

초등학교 시절에는 아이들 모두가 언젠가는 자기도 우주선을 탈 수 있을 거라 믿는다. 남자아이는 전부, 여자아이도 거의 다. 그러나 차츰 철이 들면서 그 비율은 서서히 줄어든다.

그는 중학교 1학년 때 운동회에서 1등을 했다. 그때 그는 우주 비행사가 될 수 있다는 자신감을 얻었다. 그 후로 그의 생활은 완전히 바뀌었다. 운동이 특기인 친구에게 지지 않으려고 방과 후 운동장에서 매일 늦게까지 철봉을 비롯한 각종 체조를 했다.

집으로 돌아온 후에는 열심히 공부했다. 오로지 공부만 하는 아이들보다 높은 성적을 올리려고 노력했다. 꿈을 위해 모든 걸 희생했다.

어떻게든 우주 비행사가 되어야 했다. '왜 꼭 우주선을 타야만 하는가'에 대해 딱히 고민한 적은 없다. 그저 남들보다 뛰어나다는 것을 증명하고 싶었을 뿐인지도 모른다. 아니, 거기까지는 생각이 미치지 않았다고 표현하는 게 맞을지도 모르겠다. 우주 비행사. 우주 비행사. 우주 비행사…. 그는 오로지 우주의 입구만을 목표로 단련에 매진했다.

고등학교에 들어가서도 그런 노력은 계속되었다. 반 친구들 중에는 여자 친구와 놀러 다니는 아이도 있었다. 게임에 열중하는 아이도 있었고, 술을 마시는 친구도 많았다. 그러나 그는 그런 쪽에는 눈길조차 주지 않았다. 우주 비행사에게는 해가 되기 때문이다. 저 녀석들은 우주 비행사가 못 될 것 같으니까 저런 식으로 얼버무리며 사는 거야. 가엾은 녀석들. 그는 그들을 동정했다.

중산층 가정의 일원인 그의 부모는 점차 그런 아들을 걱정하기 시작했다. 초등학생 때는 기뻤을지 몰라도, 요즘은 영화 한 편도 보려 하지 않는 아들이 조금씩 마음에 걸렸다.

그러나 주의를 줘도 "난 다른 사람들과는 달라"라는 대답만 돌아올 뿐이었다. 부모는 그 말을 믿고 그저 조용히 지켜볼 수밖에 없었다.

대학에는 우주개발 학과가 있었다. 다른 학과의 경

쟁률보다 세 배는 높을 정도로 많은 수험생들이 몰려들었다. 게다가 모두 뛰어난 지원자들이었다. 그들을 밀어내고 입학해야 하기 때문에 상당히 높은 성적을 내야만 했다. 물론, 너무 공부만 해서 체력이 떨어져도 안 된다. 그는 마침내 그 지난한 과제를 해냈다.

이제 목적의 절반은 이뤘다. 물론 공부도 운동도 계속했지만, 주위를 둘러볼 여유가 생겼다. 귀족이 된 기분이었다. 그는 다른 학과의 학생들을 보면 딱한 마음이 들었고, 새삼 자신의 위치를 확인할 수 있었다.

어느 날, 그는 길에서 고등학교 친구를 만났다. 그 무렵에 사귀던 여자 친구와 결혼해서 아이가 태어났다고 했다.

"너한테 벌써 아이가 있을 줄은 몰랐어."

"뭐, 사실 조금 빠른 기분이 들기도 해."

"지금 대학 다녀?"

"아니, 나 같은 녀석이 대학에 가 봐야 별수 있겠냐. 고등학교 졸업 무렵에 궁리해서 만든 게 하나 있거든. 손을 놔도 3미터 이상은 날아가지 않는 풍선 말이야. 큰아버지한테 보여 드렸더니 같이 상품으로 만들어 보자고 해서서 회사를 차렸어. 지금은 그 회사의 제조부장이야. 아이들이 자주 들판에서 잡았다 놨다 하면서 노는 게 그 풍선이야."

친구와 대화를 나누고 헤어진 후에도 그는 여전히 의기양양했다. 물론 그 풍선은 나름 멋진 발명품이었고, 동창의 주머니 사정이 넉넉한 것도 나쁘지 않다고 생각했다. 그러나 조만간 하늘로 날아오를 자신과 비교하면, 그 녀석과 자기는 3미터 이상 날아가지 않는 풍선과 우주선만큼이나 큰 차이가 났다. 지상의 즐거움은 고작해야 빤하다.

졸업식이 가까워졌다. 학교에서 졸업논문 발표회가 열렸다. 각 학부에서 우수한 성적으로 뽑힌 학생들이 발표하는 자리였다. 그는 발표회장 한 귀퉁이에서 이를 듣고 있었다. 모든 학과는 우주 비행사인 우리를 위해 존재한다. 또한 우리가 우주에서 가지고 돌아오는 자료가 있어야만 다른 과학이 진보하는 것이다. 그는 행복의 절정에 도달해 있었다.

단상에서는 마지막 학생이 이제 막 발표를 시작한 참이었다. 기계학과 학생이었다. 얼굴이 낯이 익어서 프로그램 안내서를 살펴보니, 중학교 때 친구였다. 어라, 그 녀석이었어? 저 녀석은 체조를 못했는데.

그래 맞아. 1학년 운동회에서 내가 1등을 했을 때, 저 녀석이 꼴찌였잖아. 나는 지금 우주로 날아갈 수 있어. 저 녀석은 그 우주선을 만드는 쪽이고. 생각해 보면 그 운동회가 이 만큼의 거리를 벌린 셈이군. 이건 운명이야. 나는 행운의 쪽이라 다행이군. 어쨌든 난 그만큼 치열하게 노력했으니까.

발표의 내용은 알 수가 없었다. 이런저런 감상에 사로잡혀 멍하게 있었으므로. 단상 위 학생이 "그럼, 결론을 말씀드리고 발표를 마무리하겠습니다"라고 말했다. 그래, 결론만이라도 들어 주자. 그는 단상을 바라보았다. 학생이 담담하게 이야기를 이어 갔다.

"이상과 같은 발명에 기초해서 제작한 우주선은 이제 더 이상 특수한 능력을 가진 우주 비행사를 필요로 하지 않습니다. 지극히 평범한 사람이라도 불편이나 위험을 전혀 느끼지 않고 우주선을 조작하고 운전할 수 있습니다."

사색 판매원

나는 영업 사원이지만, 지금은 매우 풍요로운 생활을 하고 있다. 물론 영업 수완이 뛰어난 덕분이기도 하지만, 취급하는 품목이 시대적 요구에 딱 들어맞는 특수한 제품이기 때문이다.

영업 사원이라고 하면, 경멸스러운 표정부터 짓는 고리타분한 사람도 많은 듯한데, 나는 내가 하는 일에 긍지를 갖고 있으므로 그런 건 전혀 신경 쓰지 않는다.

세상에는 신을 팔아먹는 종교인, 이데올로기를 강매하는 이념가 같은 장사치들도 있다. 그런 무리와 비교하면 내 쪽이 훨씬 고상하다고 자부할 수 있다.

왜냐하면 내가 취급하는 제품은 현대 사회에서 누구나 절실하게 필요로 하는 것이기 때문이다. 사용해 본 사람들은 '아, 정말 사길 잘했다'고 진심으로 고마워할 게 틀림없다.

아무튼 나의 신념은 이러하다. 물론 나는 아마추어 영업 사원도 아니고, 그저 무턱대고 열변만 쏟아 놓는 지혜롭지 못한 짓은 절대 하지 않는다. 어디까지나 상대 입장에 서서 친절하고 우아하며 끈기 있게….

자 그럼, 이제 일하러 나가 볼까.

전부터 눈여겨봐 둔 어느 집을 방문했다. 교외에 자리 잡은 멋진 주택이었다. 장미 넝쿨 울타리로 둘러싸인 아담한 정원이 딸린 주택. 아마 집 안에는 최신 설비와 가구가 골고루 갖춰져 있겠지. 이런 지식인 계급이 제일 만만한 봉이다.

현관 벨을 누르고, 밖으로 나온 주부에게 명함을 건넸다. 슬쩍 명함만 보고도 영업 사원이라는 걸 바로 알아챈 그녀의 얼굴이 굳었다.

"우리는 필요한 게 아무것도 없어요."

예상했던 대답이다. 신출내기였다면 이 상황에서

억지로 생글생글 미소를 짓겠지만, 그런 행동을 하면 상대는 더 우쭐해져서 일갈을 퍼부을 뿐이다. 나는 상대보다 한술 더 떠서 세상 따분한 표정을 지으며, 내뱉듯이 중얼거렸다.

"아, 저를 그냥 흔해 빠진 영업 사원이라고 생각하신 모양이군요. 하지만 그건 오해십니다. 아니, 사실 조용한 한때를 방해하는 영업 사원보다 짜증나는 존재는 없죠. 저도 경험이 있어서 잘 압니다."

"아 네. 뭐, 그렇죠."

상대가 나를 물리칠 구실을 찾느라 얼떨떨해 있는 사이, 자연스럽게 대화를 이어 갔다.

"요즘 들어 판매 경쟁이 정말 심해졌죠. 이젠 그냥 팔기만 하면 그만이라는 태도가 너무 노골적이라니까요. 특히 광고는 더 끔찍하고요. 다른 건 다 밀쳐 내고, 자기 회사의 마크와 상품명만 사람들 머릿속에 심으면 된다는 분위기가 지배적이죠. 그건 인간성을 무시하는 행위에요. 보나마나 이 댁의 우편함도 최근 현저히 늘어난 광고 우편물이니 뭐니 하는 홍보물들로 가득하겠죠."

"맞아요, 그거 정리하느라 정말 고역이라니까요."

그녀가 시선을 돌린 우편함 상자는 예상했던 대로 광고 우편물로 가득 차 있었다.

"이 댁처럼 건전한 가정은 못된 녀석들에게는 더없이 좋은 판매 목표니까요. 저도 예전에는 그런 문제 때문에 골치가 아팠죠. 전무후무한 대폭 할인 판매. 이걸 안 사면 손해다. 이걸 안 사면 수치다. 이렇게 좋은 날씨에는 여행을. 나쁜 날씨에도 여행이 최고. 지쳐 있을 당신에게 이 약을! 분명 지치기도 하겠죠, 이토록 공격을 해 대니 말입니다. 텔레비전 광고라면 스위치만 꺼 버리면 되지만, 광고 우편물은 무심코 집어 들고, 무심코 봉투를 뜯고, 무심코 읽어 버리게 되잖습니까."

"그렇죠."

별다른 이견은 없어 보였다.

"저는 사모님을 뵌 순간, 바쁜 일상 때문에 놓쳐 버린 인생의 목표를 필사적으로 추구하는 분이란 걸 알아챘습니다. 고뇌의 그늘이 짙은 그 표정을 보고, 잠시 위로해 드릴 마음으로 들렀을 뿐입니다."

부인은 이 말에도 반론을 내놓지 않았다. 그래서 대화를 계속 이어 갔다.

"이런 비상식적인 광고 우편물을 훑어보거나 정리

할 시간이 있으면, 시집을 읽거나 조용히 사색에 잠기는 게 훨씬 더 인간다운 삶이겠죠. 이깟 종잇조각 때문에 마음이 어지럽혀지는 일생을 보낸다니, 우리처럼 품위 있는 계급은 아무래도 저항감을 느낄 수밖에 없죠."

사색이니 품위니 하는 어휘들이 묘하게 효과를 발휘했다. 그녀의 몸짓도 살짝 시인 분위기를 띠었다.

"아아, 조용한 사색. 제가 그걸 못 누린 게 벌써 몇 년째인지 모르겠어요. 제 마음에 공허함이 들어차기 시작한 건 그것 때문이에요. 하지만 아아, 어쩔 수가 없네요. 우편물에는 친구가 보낸 편지도 섞여 있어서 아무래도 한 번은 훑어볼 수밖에 없거든요. 사색은 이제 두 번 다시 못 하겠네요."

나는 그녀의 말에 깊이 동정하는 척했다.

"부인의 고민은 이해하고도 남습니다. 저도 예전에는 그랬으니까요."

"저어, 아까부터 예전에는 그랬다는 말씀을 자꾸 하시는데, 지금은 그렇지 않다는 뜻인지…?"

드디어 상대의 마음이 이쪽으로 기울었다. 그러나 바로 본론으로 들어가면 안 된다.

"뭐, 그런 셈이죠. 하지만 그 얘기는 다음 기회에 다시….."

머뭇거리는 척한다.

"뭐, 어때요. 얘기하셔도 되잖아요."

목표물이 순조롭게 덫에 걸려들었지만, 여기에서는 한층 더 신중해야 한다.

"사실은 그게 바로 저희 회사의 제품 덕분이거든요. 하지만 저는 오늘 영업 사원으로 찾아뵌 게 아니니까, 그 얘기는 이쯤에서 접도록 하겠습니다."

"아니, 그러지 마시고….."

이쯤에서 나는 재빨리 가방에서 장치를 꺼냈다.

"이런 겁니다. 잠깐 설치해 볼까요?"

대답을 기다리지 않고 우편함에 바로 설치해도 상대는 열심히 바라보고만 있을 게 틀림없다.

"이렇게 설치합니다. 이쪽으로 와서 좀 보시죠. 제가 밖으로 나가서 우편물을 넣어 보겠습니다."

나는 우편함에서 끄집어낸 산더미 같은 광고 우편물을 품에 안고 밖으로 나갔다.

"준비됐나요? 자, 그럼….."

우편함 주둥이에 잇달아 우편물들을 집어넣었다.

장치는 톱니바퀴 돌아가는 소리를 내면서 그녀 앞에서 뛰어난 성능을 보여 주기 시작했다. 요컨대 광고용 우편물과 개인용 우편물을 순식간에 분류해 내는 것이다. 그와 동시에 장치는 신문 사이에 끼어 있는 전단지마저도 경쾌하게 빼냈다.

나는 눈을 반짝이며 바라보는 그녀 옆으로 돌아가 말을 건넸다.

"이런 장치입니다만, 기존에 설치를 받으신 고객님들께선 매우 만족스러워하십니다. 사색할 시간이 생겼기 때문이죠. 덕분에 지적인 사람이 되고, 교양이 높아지고, 개성을 되찾게 됐다는 말씀들을 하십니다. 그리고 이는 남편분에게도 좋은 영향을 미쳐서 승진과 성공을 거머쥐게 됩니다. 현대사회에서는 타인과 똑같은 규격품 인간은 규격품 대접밖에 못 받습니다. 사색과 교양으로 다져진, 멋진 개성의 소유자만 중요시되기 때문이겠죠."

승진이나 성공이라는 단어는 역시 효과적이다.

"얼마에 파시나요?"

이렇게 나오게 마련이다. 나는 숫자를 입 밖에 낸다.

"고가라고도 할 수 있지만, 10년이나 보증해 드립

니다. 이것 덕분에 남편분의 승진 가능성이 높아지는 부분을 감안하면, 이상한 주식에 투자하는 것보다 훨씬 낫다고 생각하시는 분들이 많습니다. 그럼, 이만 실례하겠습니다. 본의 아니게 너무 오래 방해를…."

이렇게 말하면서 장치를 떼는 척하면, 대부분은 그쯤에서 가닥이 잡히게 마련이다.

"어머, 우리도 살게요."

"하지만 그러면 제가 영업 사원으로 찾아뵌 게 되니 처음에 한 말과 다릅니다. 그런 건 제 체면상 좀 난처합니다만…."

얼굴을 찌푸리며 상대를 은근히 종용했다.

"무슨 말씀이세요. 장치를 파는 게 아니고, 사색의 시간을 파시는 거니까 너무 난처해하실 필요 없어요."

"그럼, 장치를 제대로 설치해 드리죠. 쓰레기통은 어디 있습니까? 자, 이렇게 해 두면, 쓰레기만 이 파이프를 통해 쓰레기통으로 직행합니다. 어때요, 정말 속이 후련하지 않습니까? 자 그럼, 이걸로 생긴 여유 시간을 부디 유의미하게 활용하시기 바랍니다. 아, 대금은 기회가 되실 때 주셔도 됩니다."

이렇게 해서 나는 첫 번째 판매를 성공시키고, 감사

인사를 받으며 유유히 물러났다.

며칠이 지난 후, 나는 두 번째 판매를 위해 그 집을 다시 방문했다. 물론 그런 기색은 전혀 드러내지 않은 채로.

"그 후로 좀 어떠셨나요?"

광고 우편물 정리기는 순조로운 듯했고, 주부는 싫은 내색 없이 맞아 주었다.

"기능은 아주 좋아요. 봉투를 뜯고, 둥글게 말아서 버리는 수고가 덜어지니까 정말 도움이 돼요."

당연히 그럴 것이다. 그것은 허접한 상업주의로부터 인간을 해방시켜 주는 숭고한 장치니까.

"그런데도 아직 완전히 고민이 해결된 것 같지는 않아 보입니다만."

"맞아요. 우리 집에서 광고 우편물을 안 읽는 걸 알았는지, 이번에는 영업 사원들이 전보다 훨씬 많이 들이닥쳐요. 정말 성가셔 죽겠어요. 이제 모처럼 사색에 젖어들 수 있겠다 했는데."

그녀는 고민과 근심이 가득한 표정을 지으며 속마음을 털어놓았다. 내가 영업 사원이 아니라고 믿고 있는 것이다. 그래, 당연히 그렇게 나와야지.

"흐음, 상당히 성가시겠군요. 아무튼 요즘 영업 사원들의 판매 경쟁 행태를 보면, 물불을 안 가린다고 할 수밖에 없어요. 특히 댁처럼 상류층 가정에서는 거절하기가 매우 힘드시겠죠. 충분히 이해합니다."

"무슨 좋은 방법이 없을까요?"

오늘은 그걸 팔기 위해 온 것이다.

"있긴 하죠. 그런데 개는 좋아하십니까?"

"개라뇨…?"

"저희 회사에서는 특별훈련을 시킨 개도 전문적으로 취급합니다. 영업 사원을 구별해 내는 개입니다. 어쨌거나 영업 사원은 판매에만 죽어라 열을 올리기 때문에 순수한 개들은 그걸 순식간에 알아채는 겁니다. 그러면 바로 짖어서 쫓아 버리죠. 다른 사람에게는 절대 짖지 않고 꼬리를 흔들며 환영하고요."

"그 개는 귀엽나요?"

그녀는 영업 사원 때문에 꽤나 곤혹을 치렀던 모양이다. 나는 바로 가방에서 개 사진이 실린 카탈로그를 꺼냈다.

"마음에 드는 종류로 고르시지요. 성가신 일은 귀엽고 충직한 개에게 맡겨 놓고, 인간은 인간답게 느긋하고 조용한 사색을…."

　그러나 판매는 여기서 끝나지 않는다. 얼마쯤 지나
나는 세 번째로 그 집을 방문했다. 개는 현관 옆 정원
앞에 있었지만, 나를 보고 짖을 일은 없다.

　"개의 활동은 어떻습니까?"

　"아, 네. 성가신 영업 사원에게는 짖어 대고, 손님은
환영해서 아주 좋아요. 그런데…."

　분명 무슨 문제가 있을 테고, 없으면 이쪽이 곤란하
다. 그러나 나는 애써 시치미 뗀 얼굴로 물었다.

　"무슨 일인가요?"

　"개도 아랑곳 않고 현관으로 들이닥치는 사람이 있
어요. 얼마나 끈질긴지 몰라요. 물어뜯긴 바지를 보면
불쌍한 마음이 들어서 거절도 못하고 그만…."

　"그러면 안 되죠. 요즘에 그자들은 정말 필사적입니
다. 모처럼의 귀중한 사색을 방해받고 밖으로 나가 보
니 바지를 물어뜯긴 영업 사원이라니…. 그러면 사모
님처럼 인간미가 넘치는 분은 마음이 약해지시겠죠.
그 심정은 충분히 이해합니다."

　그러자 그녀가 선한 표정을 지으며 호소했다.

"저기, 무슨 좋은 방법이 없을까요? 이제 거의 다 해결된 것 같은데."

물론 오늘은 그걸 팔기 위해 온 것이다.

"있고말고요. 성깔 있는 부인이라면 막대기를 휘두르면 끝나겠지만, 사모님처럼 다정하신 분은 그러지도 못 하시겠죠. 그런데 그 고운 마음씨를 잃지 않고도, 매달리는 영업 사원을 접근하지 못 하도록 하는 제품이 있습니다. 바로 이 신형 초인종입니다."

"초인종라고요?"

그녀가 우아한 몸짓으로 가방 속을 들여다보았다.

"사모님이 그 다정한 목소리로 대답을 하시거나 친절한 얼굴을 보여 주시기 때문에 상대가 그 틈을 비집고 들어와서 거절하기 힘들어지는 겁니다. 그런 우려를 없애 주는 것이 바로 이 초인종입니다. 이 신형 버튼에는 간단한 거짓말탐지기가 붙어 있어서, 손가락이 닿으면 뭔가를 팔아먹으려는 마음이 있는지 없는지 짚어 냅니다. 그래서 평범한 손님이 오셨을 때와는 다른 소리를 내지요."

"그럴 때는 대답을 안 하거나 문을 안 열어 주면 되는 거네요."

"그렇죠. 끈질기게 일정 시간 이상 계속 눌러 대면, 얼굴 쪽으로 물을 뿜어내는 장치도 되어 있습니다."

"어머, 재미있네⋯."

그녀가 웃으며 즐거워했다.

"설치해 주세요."

"이젠 걱정 없습니다. 이걸로 상업주의를 완벽하게 내치실 수 있을 겁니다. 어떤 것에도 방해받지 않고 게다가 평온한 마음도 잃지 않고, 고요한 사색에 잠기실 수 있을 겁니다. 그리고 그 결과, 남편분도 분명 성공하실 테니, 저로서도 더할 나위 없이 기쁩니다."

결국 이렇게 해서 이 집에도 한 세트를 팔아넘겼다. 여하튼 경사스러운 일이다. 나에게는 목돈의 성과급이 들어오고, 이 가정도 앞으로 조용한 사색에 잠길 수 있을 것이다. 무슨 사색을 하는지는 내 알 바 아니지만.

이렇듯 숭고한 봉사와 높은 수입이 양립하는 이 일에 내가 긍지와 애착을 가지는 건 당연하다. 게다가 오늘 같은 휴일에는 이런 호화로운 방에서 폭신한 소파에 앉아 최고급 브랜디 향기에 취해 아무 걱정 없이 쉴 수 있다.

우리 회사에서는 가까운 시일 내에 텔레비전 광고 제거 장치가 완성될 예정이다. 나는 문득 그것의 판매 방식에 관해 생각했다. 30분당 약 3분가량의 광고가 나온다. 그렇다면 하루에는, 일 년에는, 십 년에는… 엄청난 시간이 낭비된다. 이것을 가정에 갖춰 두면, 그만큼 향상을 도모할 수 있는 사색의 시간이….

갑자기 현관 벨이 울렸다. 누구지? 친구가 온 것 같다. 이 집에도 장치가 설치되어 있으니 영업 사원이면 바로 알 수 있다. 궐련을 손에 든 채 나가 보니, 가방을 든 낯선 남자가 서 있었다.

"누구십니까?"

"실은 이 댁에 사시는 분이 영업 일을 하시는 걸 알고 찾아뵈었습니다. 요즘에는 판매 경쟁이 점점 치열해져서, 선생님같이 고상하신 분은 노고가 이루 말할 수 없겠지요. 하지만 저희가 고안한 이 한 세트를 구입하시면, 매출 경쟁 상대나 경쟁자 동료를 순식간에 압도하는 실적을 올릴 수 있을 겁니다."

"호오, 그런 물건이 있는 줄 몰랐군. 일단 한번 보여 주시죠."

그런 말을 들으면 나뿐만 아니라 누구라도 호기심

이 발동할 것이다.

"판매가 힘들어진 이유는 많은 가정에서 묘한 장치를 설치하기 시작했기 때문입니다. 그러나 이 한 세트, 말하자면 쓰레기통으로 직행하는 것을 피할 수 있는 광고 우편물 전용 봉투, 개에게 뿌릴 마취 약이 담긴 분무기, 거짓말탐지기가 부착된 초인종용 장갑이면 문제는 모두 해결됩니다. 어떻습니까? 이것만 있으면, 성공적인 판매는 의심할 여지가 없습니다."

허어 이런, 어처구니없는 물건이 나왔군. 나의 번영도 이걸로 막을 내리는가? 그나저나 대체 어떤 녀석이 이런 걸 발명했을까?

"이건 당신이 발명했습니까?"

"아뇨. 사실대로 말하면, 이걸 발명해 낸 사람은 제 아내입니다. 얼마 전부터 시간 여유가 생겨서 툭하면 사색에 잠기곤 했는데, 결국 이렇게 멋진 발명을 해냈습니다. 그래서 저도 지금까지 하던 일을 접고 이걸 판매하러 다니기 시작했지요. 그랬더니 이걸 구입하신 영업 사원 분들께 감사 인사를 받질 않나, 큰돈이 벌리질 않나, 이렇게 기분 좋은 일이 또 어디…."

안개 별에서

"어머, 벌써 아침이네."

희미하게 동이 터 오는 첫새벽. 젊은 여인이 촉촉이 젖은 풀잎 위에 누운 채, 젊고 유연한 몸을 비틀며 기지개를 켰다.

"어, 벌써 일어났어? 그럼 무, 물이라도 길어 올까?"

그녀 곁에 앉아 잠든 얼굴을 물끄러미 바라보던 남자가 허둥지둥 시선을 피하며 더듬거리는 말로 물었다.

짙은 안개가 나무들의 선명한 연두색을 머금고 흘러왔다 다시 흘러갔다. 그리고 이따금 안개가 살짝 옅어질 때면, 조금 떨어진 곳에 쓰러져 있는 은색 우주선의 잔해가 슬쩍슬쩍 모습을 드러냈다. 그러나 그것도 잠시, 곧바로 밀려오는 안개에 흔들리며 부옇게 흐려지고 말았다.

"밤에 로켓 발사하는 소리를 들은 것 같은데… 꿈이었나?"

그녀가 눈을 비비며 남자를 무시하듯 중얼거렸다. 남자는 조금이라도 더 그녀와 대화를 나누려고 이렇게 대답했다.

"글쎄, 난 못 들었는데. 아마 멀리 있는 화산이나 풍랑 소리를 착각했겠지."

"나 또 지구 꿈을 꿨어. 어찌어찌 구조돼서 지구로 돌아간 꿈. 아, 빨리 돌아가고 싶다."

그녀가 먼 허공을 바라보는 눈빛으로 말했다.

"틀림없이 구조하러 올 거야. 사고가 나서 착륙할 때까지 그토록 여러 번 구조 신호를 보냈고, 게다가 불시착할 수 있는 곳이라곤 이 별 정도밖에 없어. 안 그래?"

그렇다. 이들은 우주 항로 정기선이 도중에 사고를 일으키는 바람에 안개에 휩싸인 이 행성에 불시착한 것이다. 그러나 공항이 아닌 지점에 착륙했기 때문에 우주선은 크게 파손되었고, 그 많은 승객 중 생존자는 이 두 사람뿐이었다.

그녀는 젊고 아름다운 스튜어디스였다. 그에 반해 남자 쪽은 별로 눈에 띄는 외모가 아니었다. 마흔 살이 다 되도록 독신으로 지냈고, 지금까지 뭘 해도 이렇다 할 성공을 거두지 못했다. 그래서 인생 2막은 머나먼 별에 있는 식민지에서 한몫 잡아 보겠노라 다짐하고 떠나던 길에 사고를 당한 것이다.

"오늘은 빨간 열매라도 먹을까?"

그녀가 드러누운 채로 말했다.

"그럴까? 세 개 정도면 되겠어?"

자리에서 일어선 남자가 안개 속에서 윤기를 내뿜는 빨간색 나무 열매를 비틀어 땄다. 불시착한 이후로, 손님과 그들을 보살피는 스튜어디스의 입장이 완전히 반대가 되었지만, 두 사람 다 그것을 당연하게 여기며 의문조차 품지 않았다.

"내가 꾼 지구 꿈은 커다란 홀에서 파티를 하는 꿈이었어. 주위 벽이 무지개 같은 무늬로 바뀌고, 천장에서는 멋진 전자음악이 쏟아져 내려왔어."

빨간 열매를 다 먹은 그녀가 그렇게 말하며 풀잎 하나를 뜯어서 가볍게 씹었다. 박하 향 비슷한 것이 입안 가득 퍼졌다.

"그렇게 자꾸 지구 생각만 하면 끝도 없어. 여기도 아주 살기 힘든 곳은 아니잖아. 춥지도 않고, 흘러가는 안개와 어우러진 녹음이 살아 있는 생명처럼 변화하고, 아름다운 소리가 없는 것도 아니잖아."

힘없이 대답한 남자가 가까이에서 흘러가는 시냇물 소리와 형체는 보이지 않지만 나뭇가지에서 지저귀고 있을 수많은 새들의 노랫소리에 귀를 기울이는 몸짓을 해 보였다.

"하지만 여기에는 없잖아. 나한테 잘 보이려고 몰려드는 멋진 남자들이…."

그도 그 말에는 대답이 궁해서 입을 다물었다.

"…정말 돌아갈 수 있을까? 이 별에는 맑고 파란 하늘이 없으니, 구조하러 와도 신호를 보낼 수가 없잖아."

이 별은 안개가 온통 지표를 덮어 버려서 맑게 개는 날이 전혀 없었다.

"아, 이런 곳에서 나이를 먹어 가다니, 도저히 못 참겠어."

그녀는 불시착한 후로 이 말을 수백 번이나 되풀

이했다.

"그런 말을 해 봤자 소용없잖아. 살아가는 데 필요한 일은 내가 다 할게. 침착하게 기다리는 수밖에 없어."

"하지만…."

그녀가 불만스럽다는 듯이 고개를 옆으로 돌렸다. 그 모습을 본 남자는 늘 하고 싶었던, '이젠 슬슬 나를 좋아할 때도 됐잖아'라는 말을 또다시 삼켜 버렸다. 매몰차게 거절당할까 봐 두렵기도 했지만, 굳이 지금 서둘러 말할 필요도 없어서였다.

"오늘은 오랜만에 물고기라도 잡아 줄까?"

그가 화제를 돌리며 끊어진 전선으로 짜서 만든 바구니를 손에 들었다.

"그래. 맛있겠네…."

그러나 그녀도 속으로는 좀 미안했는지, 말을 덧붙였다.

"위험한 일이 생길지도 모르니까, 광선총이라도 가져가는 게 어때?"

"알겠어."

지금까지의 경험을 바탕으로 그는 이 별에는 위협을 가할 맹수가 없다는 걸 알고 있었고, 광선총은 무거워서 들고 다니기도 힘들었다. 그러나 그녀가 모처럼 건네준 다정한 말이라 따르지 않을 수가 없었다.

"많이 잡아 올 테니까, 이리저리 돌아다니지 말고 기다리고 있어."

그는 신이 난 듯이 말하고, 안개 속으로 걸어 들어갔다. 일단 강으로 가서 강변을 따라 상류로 올라갔다. 길을 잘못 들면 그걸로 끝이다. 절대 되돌아올 수 없다. 이 안개 별에서는 강을 따라 올라가거나 내려가거나 두 가지 방법밖에 없었다. 그가 가는 길을 따라 커다란 핑크색 꽃이 안개 속에서 모습을 드러냈다 이내 사라지곤 했다.

"그래, 돌아갈 때 저 꽃을 따 가자. 그리고 우리가 지내는 곳 옆에 심는 거야."

그는 혼잣말을 중얼거렸지만, 새삼 우리라는 말이 살짝 마음에 걸렸다. 그는 우리라고 생각하지만, 그녀 쪽에서도 과연 우리라고 생각할까? 그는 손에 느껴지는 광선총의 무게감에서 그 가능성을 어렴풋이 기대하며 강변을 따라 올라갔다. 어느덧 강줄기가 휘어지고, 강물 폭도 조금 좁아졌다.

"이쯤이면 잡힐까?"

그는 바구니를 바닥에 내려놓았다. 낚시꾼이 뭔지 모르는 이 별의 물고기들은 그의 손에 잇달아 낚여서 바구니 속으로 들어갔다. 그는 한동안 낚시에 열중했고, 그러다 지쳐서 드러누웠다.

그때 어디선가 발소리가 들렸다. 그는 벌떡 일어나서 귀를 기울였다. 분명 뭔가의 발자국 소리였다. 귀에 익은 울림이었다.

"어이!"

그 외침은 곧바로 몇 배나 되는 소리로 돌아왔다. 메아리가 아니다. 인간이다.

"어디야?"

"살아 있는 사람이 있나?"

그 목소리를 향해 그가 외쳤다.

"여기다. 강변이다!"

발소리가 점점 가까이 다가왔고, 세 사람의 그림자가 안개 속에서 서서히 형체를 갖추며 드러나기 시작했다. 모두 다 젊디젊은 구조대원들이었다.

"다행히 살아남으셨군요. 우리는 여덟 시간 전쯤에 착륙했습니다. 확성기가 고장 나서 이 안개 별에서 어떻게 조난자를 찾아야 하나 걱정했는데, 이렇게 순조롭게 풀릴 줄은 몰랐습니다."

"그렇다면 어젯밤에 났던 소리는 역시 로켓 소리
였군요."

"구조용 소형 우주선이라 그리 큰 소리가 나진 않
았을 겁니다. 그런데 살아남은 사람은 당신 말고 몇 명
이나 더 있죠?"

"한 명 더 있어요."

"그럼, 한 번에 끝나겠군. 자, 어서 안내해 주시죠."

"구조 로켓은 몇 명이나 탑승할 수 있나요?"

"5인용 로켓입니다. 우리 세 명 외에 빈자리 두 개
가 남아요. 당신들 두 사람을 태우면, 그걸로 만사 해
결이죠. 정말이지 모든 게 행운이군요."

"행운이란 말이지."

혼잣말을 중얼거리던 그가 갑자기 손에 들고 있던
광선총을 잡고 버튼을 눌렀다. 구조대원 세 명이 까맣
게 타오르며 짙은 안개 속으로 증발해 갔다.

그는 강변으로 돌아와 물고기 바구니를 들고, 강 아
래로 향했다. 가는 길에 핑크색 꽃이 핀 풀을 캐서 힘
겹게 들고 갔다.

"이것 봐, 꽃도 캐 왔어. 밤에는 물고기도 실컷 먹

을 수 있어."

"그러네…."

그녀는 자리에 누운 채, 별로 내키지 않는다는 듯이 말했다.

"…그런데 지구의 음식은 대체 언제쯤이나 먹을 수 있을까?"

"틀림없이 조만간 구조하러 올 거야. 아 참, 당신 말대로 광선총을 가져가길 잘했어. 이상한 동물이 출몰해서 당황했거든."

"그런 게 있었어? 너무 무섭다."

몸을 일으킨 그녀가 처음으로 그를 의지하는 눈빛으로 바라보았다. 그는 솟구쳐 오르는 만족감에 활짝 웃으며 다정하게, 그러나 힘차게 대답했다.

"무서워할 거 없어. 내가 옆에 있잖아. 그런 게 가까이 오면, 이걸로 다시 죽여 버릴 테니까 걱정하지 마."

물소리

퇴근 시간이 가까워진 회사 사무실에서는 과장이 외출한 틈을 타서 직원들끼리 잡담으로 이야기꽃을 피우고 있었다.

"역시 뭔가를 키울 거면, 작은 새가 좋아. 우리 같은 직장인들에게 가장 힘든 시간이 바로 아침이잖아? 그런 아침 시간에 작은 새들이 지저귀어 주면 기분이 조금 풀리거든."

"어머 아니야. 고양이가 더 좋아! 귀엽잖아."

"그런가? 난 금붕어를 키우는데, 값도 싸고 손도 별로 안 가고, 움직이는 실내장식으로도 최고던데."

그렇게 저마다 반려동물에 관한 의견을 풀어놓으며, 한 차례 토론을 주고받았다.

"그런데 자네도 뭘 키우나?"

잡담에 끼어들지 않고 계산에 열중하고 있던 남자가 어깨를 두드리는 누군가의 손길에 뒤를 돌아보았다. 그는 그 사무실에서 존재감이 가장 낮은 회계 담당자로, 서른이 넘었는데도 아직 결혼도 하지 못한 채 저렴한 아파트*에 살고 있었다. 가끔 업무 실수를 하는 데다 이렇다 할 장점도 없어서 급여가 전혀 오르지 않았기 때문이다.

"저요? 뭐, 별 대단한 건 아니지만."

회계 담당자가 그렇게 말하며 손가락으로 안경을 밀어 올리더니 코를 훌쩍였다.

"새 키우나?"

"아뇨."

"금붕어구나."

"아뇨."

"그럼, 대체 뭐야?"

---

*　한국과 달리 일본의 아파트는 대개 2층 정도의 복도식 빌라 구조를 의미하며, 저렴한 주거 형태에 속한다.

"시시한 거예요."

"왠지 희귀한 것 같은데. 어디서 구했어?"

"얼마 전에 밤길을 걷고 있는데 절 쫓아와서 집에 데려갔어요. 그런데 막상 키워 보니 귀여운 마음이 들긴 하네요…."

그가 소리 없는 웃음을 덧붙였다.

"다음에 한번 보여 줘. 조만간 자네 집으로 놀러 갈까? 일요일 어때?"

"안 돼요. 햇볕을 워낙 싫어해서."

"참 나, 그렇게 숨기지 말고 뭔지 좀 알려 달라니까."

때마침 과장이 들어와서 잡담은 바로 중단됐고, 다들 다시 업무로 돌아갔다.

"으음, 자네."

자리에 앉은 과장이 회계 담당자를 턱짓으로 불렀다.

"아까 부탁한 서류는 다 됐나?"

"네, 이 정도면 될까요?"

과장이 심술궂은 눈으로 서류를 훑어봤다.

"이래선 안 돼! 지방별이 아니라, 지점 판매망별로 통계를 내라고 했잖아. 내일 아침 중역 회의에 제출해야 하는데, 어쩔 거야!"

"죄송합니다. 오늘 야근을 해서라도 어떻게든 다시 정리하겠습니다."

"그렇게 해. 자네, 이렇게 계속 실수하면 더 이상 이 회사에 못 다녀!"

과장이 매몰차게 쏘아붙였다. 잠시 후 퇴근 시간이 됐지만, 그 회계 담당자는 돌아갈 수가 없었다.

"그럼, 먼저 가 보겠습니다."

직원들의 인사말과 함께 사무실 안은 텅 비어 버렸다.

"저 녀석은 대체 뭘 키울까? 부엉이를 키우나?"

"뱀 아닐까?"

"으윽, 너무 싫다."

그런 대화들이 복도 저 멀리 사라져 갔고, 공허한 정적만 남았다. 해가 기울며 창밖으로 어둠이 밀려들고, 멀리서 네온이 깜박거리기 시작했는데도 회계 담당자는 전표를 들척이며 계산을 하고 종이에 숫자를 적어 넣었다.

"벌써 여덟 시가 됐나. 배가 고프네."

그는 펜을 내려놓고, 식당에 전화를 걸어 계란덮밥

을 주문했다. 배달원이 돌아간 후, 그는 생각이 난 듯이 가방을 열고 병을 끄집어냈다. 병뚜껑을 따는 소리가 널찍한 사무실에 울려 퍼졌고, 나지막하게 속삭이는 그의 목소리가 그 뒤를 이었다.

"갑갑했지? 좀 더 일찍 꺼내 줄걸… 까맣게 잊어버렸네."

회계 담당자가 밥을 먹으면서 말을 건넸다.

"넌 진짜 좋겠다. 아무것도 안 먹어도 되니까."

그가 차 한 모금을 마셨다.

"게다가 넌 무서운 게 없잖아. 난 실수투성이라 오늘 밤에도 일을 다시 해야 해. 실수 저지르고 야단맞기 위해 사는 것 같다니까. 별로 남는 것도 없는 인생이야."

그가 소곤소곤 중얼거리며 식사를 마쳤다.

"자 그럼, 다시 일을 시작해 볼까. 너한테라도 도움을 청하고 싶은 심정이지만, 그럴 수도 없을 테고…."

또다시 전표를 들척이는 단조로운 소리가 반복되었고, 이는 복도에서 발소리가 들려올 때까지 계속되었다.

"어, 누가 왔다. 다른 사람한테 들키면 곤란해."

그가 병뚜껑을 닫았을 때, 발소리가 문 앞에서 멈췄고, 노크 소리가 들렸다.

"식당인데요, 그릇 찾으러 왔습니다."

"아 네, 들어와서 가져가세요."

식당 점원이 문을 열고, 안을 둘러보았다.

"방금 누가 있었나요? 말소리가 들리던데."

"잘못 들은 게 아닐까요? 여긴 아무도 없는데."

"왠지 좀 으스스하네요. 그릇 가져갑니다."

점원이 허둥지둥 돌아갔다. 그는 다시 병뚜껑을 열고 일을 계속했다.

"그럼, 이제 슬슬 돌아갈까. 답답해도 병 속에 잠깐만 들어가 있어. 너랑 같이 걸어가는 걸 들키면 시끄러워질 테니까."

회계 담당자는 전철을 갈아타며 종점과 가까운 역에서 내렸다. 역부터 집까지 이어지는 야심한 밤거리에는 사람들의 왕래가 거의 없었다. 그러나 그는 병에서 반려동물을 꺼내려 하지 않았다. 저기 저 넓은 강 위의 다리를 건너면, 그의 아파트가 있다. 다리를 건너던 그가 발걸음을 늦췄다.

"큰일 났다."

지금까지 남아서 처리한 일에 실수가 있었음을 그제야 깨달았다. 그러나 이제는 돌아갈 수도 없었고, 내일 아침에 일찍 가더라도 수정할 시간이 부족했다.

과장은 또 길길이 뛰며 화를 내겠지. 그렇게 주의를 주고 시킨 일인데도 이렇게 됐으니, 더 이상은 변명할 여지도 없다. 다음에 또 실수하면 회사를 못 다닐 거라는 과장의 엄포가 귓가에 계속 울려 퍼졌다. 이 회사에서 잘리면, 다시 취직할 수 있을까?

그는 다리 난간에 기대어 서서 어두운 강의 수면을 내려다봤다. 며칠 전에 내린 비로 강물이 얼마쯤 불어 있었다. 그는 무의식적으로 가방에서 병을 꺼내 뚜껑을 열고 말을 건넸다.

"넌 좋겠다. 이런 쓰라린 경험을 안 해도 되니까. 난 정말 내가 너무 싫다."

회계 담당자는 반려동물을 꺼낸 병을 두 손바닥으로 문지르며 말을 멈췄는데, 갑자기 퍼뜩 생각이 떠올라 입을 열었다.

"그래, 나도 너처럼 돼야겠어! 왜 좀 더 일찍 깨닫지 못했지?"

그는 병을 강으로 집어 던졌다. 병은 강물 소리를

흐트러뜨리며 수면 위로 흘러갔다.

"병을 버렸어. 난 이젠 너의 주인이 아니야. 우린 친구야."

곧이어 다리 밑에서 요란한 물소리가 울려 퍼졌다. 소리는 차츰 약해지다가 이윽고 사그라졌다.

달콤한 사랑의 속삭임에 푹 빠져 있던 두 사람이 몇 번째인가 키스를 나누다 문득 멈췄다.

"어, 지금 무슨 소리 안 났어?"

"그런가?"

"저 다리 쪽에서 물소리가 났는데, 한번 가 볼래?"

두 사람이 바짝 붙어서 다리로 다가갔고, 곧이어 여자가 비명을 질렀다.

"앗! 도깨비불이야. 그것도 두 개나…."

이른 봄의 흙

오랫동안 자리를 틀어잡고 있던 겨울이 마침내 그 무거운 엉덩이를 들자, 어디에선가 훈훈한 기운이 밀려들기 시작했다. 이따금 부는 바람에도 온기가 제법 어려 있었고, 태양은 군데군데 초록이 돋아나기 시작한 대지를 향해 빛 비료를 흠뻑 흩뿌렸다.

교외에 위치한 이곳에도 봄이 성큼 다가왔다. 담으로 둘러싸인 하얀 건물 앞쪽의 넓은 정원에서는 남자들 몇몇이 햇빛을 쐬며 저마다의 시간을 보내고 있었다.

"저기, 손가락으로 원을 만들고 가만히 있는 사람은 뭘 하는 걸까요?"

"아, 저 남자 말인가요? 저 사람은 정신을 통일하면 손가락 원이 렌즈 작용을 한다고 믿고 있어요. 햇빛을 모아서 불이라도 붙이려는 거겠죠."

"그럼 아까부터 손뼉만 계속 치는 이쪽 사람은요?"

"잘 들어 보세요. 저건 모스부호잖아요. 배가 조난이라도 당했다고 생각해서 SOS를 치는 거겠죠."

"다들 취미가 상당히 고상하신데요."

젊은 주간지 기자가 정신병원의 이런 상황을 보고 신이 난 듯이 원장에게 말했다. 특집 기삿거리가 바닥나서 뭐 좀 좋은 게 없을까 고민하다 이곳을 떠올리고 찾아온 것이다.

"취미가 고상하다는 점에서는 저 환자들에게 견줄 만한 사람이 없겠죠."

하얀 가운을 입은 원장이 온화한 미소를 지으며 대답하고는 말을 이었다.

"어쨌든 저 사람들은 각자 자기만의 꿈을 갖고 있어요. 매스컴이 명령하는 대로 모두 똑같이 웃고 울고 분개하면서 하루하루를 보내는 바깥 사람들과는 다르죠."

이 말에 젊은 기자가 고개를 크게 끄덕거렸다.

"맞아요. 바로 그겁니다. 제가 주목하는 점이죠. 이곳 생활을 소개함으로써 현대 문명을 비판하려는 기획을 하고 있어요."

"그건 아주 괜찮은 기획이군요. 독자가 그 특집을 읽으면, 모두 똑같이 반성하게 될 거란 얘기군요."

기자가 목을 움츠리며 뒷머리를 긁적였다.

"그렇게 비꼬지는 마시고요. 그건 그렇고, 한 분 한 분에게 그 개성 넘치는 멋진 세계관에 관해 여쭤보고 싶은데, 괜찮을까요?"

"네, 그렇게 하시죠. 하지만 개중에는 좀 까다로운 사람도 있으니, 심기를 너무 건드리지 않는 게 좋을 겁니다. 섣불리 말을 가로막으면, 아예 입을 닫아 버리는 환자도 있으니까요."

정원으로 나가려던 기자가 뒤를 돌아보며 원장에게 물었다.

"아, 그런데 설마 살인광 같은 사람은 없겠죠?"

"그 점은 걱정하지 마세요. 이곳 사람들은 자기가 만들어 낸 공상을 믿긴 하지만, 그 외의 면에서는 매우 선량합니다. 살인광 같은 사람은 저 벽 너머에나 존재하죠. 그런데 저는 서류를 작성할 일이 남아서요. 제

방에 가 있을 테니, 돌아가실 때 다시 말씀 나누시죠."

원장이 자기 사무실로 돌아갔다. 기자는 환자들을 향해 카메라 셔터를 몇 번인가 누르고, 곧이어 메모장을 들고 한 환자에게 다가갔다.

"이야, 날씨가 정말 좋습니다."

말을 건넨 그 남자는 낡은 망토를 두르고 아까부터 계속 구멍만 파고 있었다. 그가 머리 위에 쓴 어설픈 종이 모자는 그 기묘한 모양으로 추측하건대, 해적을 흉내 낸 듯싶었다. 스스로를 해적선의 선장 쯤으로 생각하는지도 모르겠다.

"아하 이런, 새로 들어온 분이군요. 잘 부탁드립니다. 앞으로 사이좋게 지냅시다."

깊이가 50센티미터쯤 되는 구멍 속에서 남자가 붙임성 있게 대답했다.

"아니…."

어처구니가 없었다. 기자는 '난 당신들 같은 이상한 환자가 아니야'라고 받아치고 싶은 충동을 애써 억눌렀다. 섣불리 심기를 건드렸다 상대조차 안 해 주면, 취재는 그걸로 끝이다.

"저야말로 잘 부탁드립니다. 그런데 그 구멍은 뭔

가요?"

"뭐 같습니까?"

남자가 구멍에서 나와 주위에 작은 산처럼 쌓아 둔 흙더미 옆에 서서 손을 탈탈 털었다.

"글쎄요, 모르겠는데요. 담 밖으로 도망이라도 치시려는 건가요?"

"여기서 왜 도망치죠?"

남자는 이해가 안 간다는 표정을 지었다. 기자가 허둥지둥 말을 바꿨다.

"앗, 알았어요. 겨울잠 자고 있던 뱀을 찾는 거죠?"

"당신, 지금 제정신이요? 뱀 같은 걸 파내서 뭘 합니까? 게다가 이런 곳에는 뱀이 없어요."

기자는 살짝 당황했지만 애써 무마하려 했다.

"으음, 혼자 구멍을 파시려면 지치겠네요. 제가 좀 도와드리겠습니다."

기자가 삽을 집어 들고 구멍으로 들어갔다.

남자는 기분이 풀렸는지, 다시 무어라 말하기 시작했다.

"…사실은 말이죠. 금을 캐는 중입니다."

"이런. 거금을 벌어들일 수 있는 일이군요. 물론 배당금 달라는 소리는 안 할 테니, 걱정하실 건 없습니다."

기자가 기분을 맞춰 주며 삽으로 흙을 퍼냈다.

"어차피 세상은 합법적이든 비합법적이든 둘 중 한 방법으로 서로서로 돈을 가로채면서 헤쳐 나갈 수밖에 없어요. 정말 짜증 나는 일 아닙니까? 그래서 저는 무슨 다른 방법이 없을까 생각해 봤죠."

"그래서 방법을 찾으셨나요?"

기자가 조금 더 깊어진 구멍 속에서 물었다.

"보물찾기. 그게 최고예요. 나는 해적선 선장이 돼서 앵무새를 어깨에 앉히고 보물을 찾고 있었습니다만, 어느새 앵무새와 함께 이곳으로 왔지 뭡니까."

"아하, 과연. 보물 지도에 표시된 위치에 따르면, 여기가 바로 보물이 묻힌 지점이라는 말씀이군요."

"아니, 지도는 없어요. 실은 어젯밤에 이 앵무새가 가르쳐 줬어요."

기자가 카메라 케이스로 손을 뻗으며 물었다.

"어떤 앵무새요?"

"여기, 내 어깨에 앉아 있는 앵무새요."

물론 남자의 어깨에는 아무것도 없었으므로 기자는 씁쓸하게 웃었다. 남자는 전혀 개의치 않고, 흐뭇한 표정으로 실눈을 뜨며 말했다.

"어때요, 귀여운 앵무새죠? 영리하고, 잘 따르고, 내게는 아주 소중한 반려동물입니다."

"우와, 정말 멋진 앵무새네요."

기자가 과장스러운 몸짓을 했다.

"이 눈을 좀 보세요."

"정말 영리해 보입니다."

"이 날개는 어떻습니까?"

"날개가 이렇게 아름다운 앵무새는 처음 봐요."

기자가 열심히 맞장구를 쳤다.

"당신에게는 보이는군요."

"보이고말고요. 누가 안 보인다고 하던가요?"

남자가 진지한 표정으로 설명했다.

"나의 사랑스러운 반려동물이 안 보인다고 하는 녀석들이 많아서 당혹스럽던 참입니다. 그래서 구멍이라도 파고 있으면, 앵무새를 인정해 주는 사람이 나타나지 않을까 생각했던 겁니다. 그런데 정말로 당신이 나타나서 이루 말할 수 없이 기쁩니다."

"그건 다행이군요…."

기자가 삽을 집어 던지고 건성으로 대답하면서 구

멍 바닥에 주저앉아 카메라 필름을 갈아 끼우기 시작했다.

"…당신과 앵무새의 사진을 찍어 드리죠. 다들 많이 놀라겠죠. 그런데 그 앵무새 말인데요… 수컷인가요, 암컷인가요?"

바로 그때, 남자의 대답 대신 흙덩이가 날아들었다.

"이봐, 조심해!"

위를 향해 소리치는 기자의 입안으로도 흙이 날아들었다. 그가 흙을 토해 내려고 엎드리자, 등 위로도 흙덩이가 와르르 쏟아져 내렸다. 기자의 눈에 마지막으로 언뜻 비친 광경은 하얀 구름이 떠 있는 파란 하늘이었다. 얼마 후 남자는 삽으로 말끔하게 흙을 다 고르고, 앵무새에게 말을 건넸다.

"네가 너의 존재를 인정하는 자를 파묻으면, 일 년 후에는 황금으로 변한다고 했지? 설마 거짓말은 아니겠지? 아무래도 나 자신을 묻을 수는 없어서 곤란하던 참이었는데, 마침 잘됐어."

남자의 혼잣말에 귀를 기울이는 환자는 아무도 없었다. 그들은 다만 해가 저물어 살짝 쌀쌀해진 이른 봄날의 정원에서 자기가 하고 싶은 일에만 열중할 뿐이었다.

우호 사절

"정체불명의 비행 물체가 지구로 접근하는 것 같습니다."

천문대에서 발표가 나왔다.

"그게 대체 뭐지?"

"확실히는 모르겠지만, 다른 별의 우주선 같습니다."

"만약 지구로 온다면, 앞으로 몇 시간이나 걸릴 것 같나?"

"지금까지의 속도로 계산해 본다면, 약 사흘 후에 도착할 것 같습니다."

곧바로 전 세계가 크게 술렁였다.

"그렇다면 침략이군. 이 일을 어쩌면 좋은가."

모두 그런 말들을 주고받았다. 그러나 도망칠 곳도 없었고, 어떻게 막아야 할지 짐작조차 할 수 없었다. 절망적인 말들을 목이 터져라 부르짖거나 혹은 나지막이 혼잣말을 중얼거리는 것 말고는 달리 방법이 없었다. 첫째 날은 그렇게 지나갔다.

둘째 날로 접어들자, 그 소동도 한 차례 고비를 넘겼고 사람들은 얼마쯤 차분해졌다.

"발버둥 쳐 봐야 아무 소용없어. 침략이 목적이라면, 뭐든 한 방 먹이고 볼 테지. 그럼 우린 끝장이야. 설령 저항해 본들 고속 우주선을 갖고 있는 녀석들이니, 도저히 당해 낼 재간이 없겠지."

"맞아. 하지만 녀석들도 뭔가 시작하기 전에 일단 착륙부터 하겠지. 그때 우리가 납작 엎드리며 성대하게 환영해 보자고."

그런 방향으로 조금씩 대책이 정리되어 갔다.

"그 작전밖에 없을 것 같군. 정면으로 맞서서 이길 만한 상대는 아니겠지만, 우리 지구인에게도 수천 년간 축적해 온 지혜가 있어. 녀석들을 잘 구슬릴 수 있을지도 모르지."

그것은 묘안이었고, 달리 좋은 방법도 떠오르지 않았다. 그래서 노련한 외교관들 가운데 대표단을 선발했고, 이들은 지구인의 기대를 짊어지고 환영 위원회로서 발족되었다.

"환영 위원회 여러분. 여러분의 양어깨에 인류의 운명이 걸려 있습니다. 여러분이 인류의 대표로 우주인과 접촉하게 될 테니까요. 우주선에서 어떤 녀석들이 나와서 무슨 해괴망측한 짓을 할지 모릅니다. 그러나 절대로 화를 내거나 이성을 잃거나 경멸하거나 허둥거리지 말아 주십시오. 끝까지 예의 바르고 차분하게 환영해 주십시오."

이에 답해 환영 위원장이 말했다.

"그건 익히 알고 있습니다. 외교야말로 인류 문명의 극치입니다. 게다가 우리 가문은 선조 대대로 외교관을 지냈습니다. 어릴 때부터 충분한 교육을 받아 왔지요. 걱정 마시고 맡겨 주세요."

이렇게 해서 일단은 준비가 끝났다. 곧바로 공항에서 그 우주선을 향해 깜박깜박 점멸하는 밝은 광선을 쏘아 보냈다. 여기로 착륙해 달라는 의미였다.

드디어 사흘째. 거대한 우주선은 조용히 착륙 태세

에 들어갔다. 공항에는 엄중한 경계망이 펼쳐졌다. 그것은 우주인에 대해서가 아니라, 구경꾼들에 대비하기 위해서였다. 그들이 마음대로 들어와 어처구니없는 실례를 범하면 곤란하기 때문이다. 사람들은 텔레비전을 통해 앞으로 일어날 상황을 시청할 수 있었다.

환영 위원회는 예복으로 의관을 갖추고 죽 늘어앉아 있었다. 그 앞에서 우주선이 안전하게 착륙을 마쳤고, 소리도 없이 문이 열리며 우주인이 모습을 드러냈다.

그 우주인들은 머리 하나에 두 다리로 서 있다는 점에서는 우리 지구인과 다를 게 없었다. 그러나 머리와 다리 사이에 가늘고 긴 몸통이 있었고, 몸통 양쪽으로는 많은 팔들이 나란히 붙어 있었다.

'앗, 어떻게 저렇게 생겼지. 징그러운 놈들. 보기만 해도 기분이 더럽군. 빨리 눈앞에서 사라져!' 환영 위원회 사람들은 속으로 그런 생각을 했다. 그러나 그들은 인류의 대표였다. 속으로는 그런 생각을 할지언정 겉으로는 얼굴색 하나 변하지 않았다. 오히려 한술 더 떠서 온화한 미소를 지으며 고상한 말씨와 동작으로 징그러운 우주인 녀석들에게 인사를 했다.

"잘 오셨습니다, 아름다우신 분들이여. 저희는 즐

거워하는 여러분의 얼굴을 뵐 수 있어서 얼마나 기쁜지 모릅니다. 부디 오래도록 교류를 이어 나가길 간절히 희망합니다."

환영 인사를 다 들은 후, 우주인들은 다시 우주선 안으로 들어갔다. 그러고는 자신들의 말로 상의하기 시작했다.

"이봐, 저 녀석들이 지금 뭐라고 했는지 판명됐나? 분위기로 봐서는 환영하는 것 같은데."

그 말에 우주선 한쪽에서 번역기를 조작하던 우주인이 대답했다.

"당연히 판명됐죠. 이 장치만 있으면, 해독 불가능한 언어는 없습니다. 그들은 정중하게 환영하는 인사말을 늘어놓았습니다."

그런데 바로 그때, 또 한 대의 장치를 조작하던 우주인이 말했다.

"잠깐만요. 환영이라뇨, 말도 안 됩니다. 저는 이 정신 판독기로 저들의 심리를 알아봤습니다. 그 결과에 따르면, 저들은 우리에게 호의를 갖고 있지 않습니다. 적의와 경멸을 품고 있는 것 같습니다."

그들은 팔짱을 몇 겹씩이나 끼고 고개를 갸웃거렸다.

"이 별과 우호 관계를 맺으려고 그 멀리서 어렵게 찾아왔는데… 이게 대체 어떻게 된 거지?"

"번역기와 정신 판독기의 결과가 이렇게 정반대로 엇갈리다니, 지금까지 방문했던 별들에서는 유례가 없었던 일이잖나. 이래서야 우리가 우호 관계를 맺으려고 찾아왔다는 뜻을 어떻게 전해야 할지 모르겠군."

그런데도 우주인들은 잠시 후 결론을 냈다.

"이렇게 판단할 수밖에 없을 것 같군. 이 별의 거주자들은 신경이 꼬여 있는 게 틀림없어. 그렇기 때문에 감정과 표현이 우리와 달리 반대로 나타나는 거겠지."

이 의견을 들은 우주인들이 모든 손들을 사용해 짝짝짝 박수를 치며 찬성했다.

"그렇군. 이제야 이해가 되네. 우주는 넓으니 그런 생명체도 존재하겠지."

"그렇다면 이 별의 거주자들은 우리처럼 화낼 때는 웃고, 아파할 때는 간지러워하겠네."

그런 결론을 얻어 내자, 그들은 기운을 되찾았다.

"그나저나 이 별의 거주자와 빨리 인사를 나눠야 할 텐데… 이렇게 유별나서야 원. 다정한 말을 건네면, 녀석들은 우리가 악의를 갖고 있다고 생각할 게 아닌가."

"그 점은 이미 결론이 났으니 간단하죠. 녀석들은 감정과 표현이 정반대로 나타나니, 반대로 말하면 우호의 뜻을 전할 수 있겠죠."

"그런가? 그럼, 메시지 문안을 작성해 주게."

번역 담당 우주인이 장치를 작동시켜 곧바로 인사말 문안을 만들기 시작했다.

공항에서는 환영 위원회 운영진들이 예의 바르게 우주인들을 기다리고 있었다. 얼마 후, 그 앞에 우주인들이 다시 모습을 드러냈다. 위원들은 그들의 메시지를 듣고자 잔뜩 긴장하며 자세를 바로잡았다.

그들은 또한 텔레비전을 통해 전 인류에게 중계하기 위해 우주인 앞으로 살며시 마이크도 대 주었다. 우주인이 마이크를 향해 지구인에게 보내는 호의 가득한, 진심 어린 메시지를 낭랑하게 읽어 내려갔다.

"이봐! 이렇게 불쑥 찾아와서 미안하게 됐다, 이 추레한 원숭이 새끼들아! 볼썽사나운 낯짝들로 줄줄이 늘어서서 뭐 하자는 거냐? 그런 낯짝은 보고 싶지 않아! 한 놈도 빠짐없이 다 뒈져 버려!"

반딧불

"'그 아이들에게 잡히려고 엄마가 밤에 영혼 반딧불로 찾아온 듯하구나.' 옛날 구보타 우쓰보*라는 가인의 노랫말에 나온 반딧불 명소에 곧 도착하게 됩니다. 이승에 미련이 남은 영혼은 별똥별을 타고 승천하지 못하고, 반딧불이 되어 물가를 떠돈다는 얘기가 전해 내려오지요…."

대형 버스가 해질녘이 가까운 고속도로를 달리고

---

*   구보타 우쓰보窪田空穂(1877~1967). 일본 고유 형태의 시 와카和歌의 대표적 시인 중 한 사람. 일상을 소재로 인생의 기쁨과 내면의 번민을 깊이 음미하는 청정하고 우아한 작품들을 발표했다.

있었다. 대개가 도시에서 온 승객들로, 다들 주말여행을 떠나는 길이었다. 버스 안의 스피커에서는 녹음된 안내 방송이 음악과 함께 계속 흘러나왔다. 귀 기울여 듣는 사람도 있고, 흘려듣는 사람도 있었다.

"그 반딧불도 한때는 상당히 많이 줄었는데, 천연기념물로 지정된 후로는 보호받기 시작해 이번 여름에는 멋진 반딧불 무리를 볼 수 있게 됐습니다. 아, 이제 도착했습니다. 여기서 내리실 분들은 준비하시죠. 자 그럼, 느긋하고 편안한 하룻밤을 보내시기 바랍니다."

버스는 몇 명의 손님들을 내려 주고 다시 달려갔다. 버스에서 내린 사람들은 줄지어 여관으로 들어갔다.

천연기념물이라고는 했지만, 실제로는 별 볼일이 없었다. 반딧불은 거의 멸종 상태에 가까웠다. 구보타 우쓰보의 노랫말과는 상황이 얼마간 달랐다. 반딧불 개체 수 감소의 원인은 개선된 사회보장제도의 영향으로 자식 걱정에 눈 못 감는 부모가 적어져서 그런 것은 아니다. 살충제 때문이었다. 파리, 모기, 벼룩 등을 퇴치하는 운동이 펼쳐졌던 것이다. 그러나 이에 반대하는 사람도 있었다.

"그런 짓을 하면, 나비도 사라져."

그러나 압도적인 의견을 거스를 수는 없었다.

"나비 따윈 아무 도움도 안 되잖아. 그것 때문에 파리나 모기까지 살려 두잔 소리야?"

위와 같은 주장을 지지하는 이들이 더 많았다. 그뿐만 아니라, 주장 자체도 나름 일리가 있었다. 결국 비행기로 살충제를 뿌렸고, 사람들의 생활은 보다 청결하고 더욱 건강해졌다. 대부분의 사람들은 기뻐했다. 그런데 예상치도 못한 곳에서 피해자가 생겼다. 바로 이 주변의 여관 주인들이었다.

"반딧불이 점점 줄어드니, 정말 큰일이군."

"그러게. 손님을 불러들일 간판이 사라져 버리잖아."

"이 일을 어쩌면 좋나?"

"누구든 이쪽 분야의 전문가에게 지혜를 빌려서 대책을 좀 세워 줘."

논의가 거듭되었고, 마을 대표가 분주히 뛰어다닌 덕분에 좋은 결과가 나왔다.

얼마 후 반딧불이 늘어났다. 그러나 그것은 차가운 빛깔을 띤 초소형 램프를 부착한 작은 헬리콥터였다. 풀숲에 감춰 둔 조종기로 전파를 발사해 그것을 움직였다. 헬리콥터는 강 너머를 휙휙 넘나들며 아침 이슬이 내릴 때까지 매일 밤 계속 날아다녔다. 도시에서 온 손님들은 그것이 인공 반딧불인지 알아채지 못했다. 애당초 평생 진짜 반딧불을 본 적조차 없기 때문에 진위를 구분할 수 없었다.

천연기념물 지대라고 하며 강 너머로의 진입이 금지되었다. 그렇다 보니 멸종 위기를 가까스로 모면한 진짜 반딧불도 아주 조금은 남아 있었다. 그러나 쌩쌩 날아다니는 인공 반딧불에 비하면 형편없어 보였다. 불빛도 훨씬 약했다. 그래서 진짜 반딧불들은 조금 떨어진 곳에 모여서 얌전하게 날아다녔다.

밤이 이슥해진 여관의 창가에서는 버스가 실어다 준 손님들이 각자의 방에서 느긋하게 바깥 풍경을 감상하고 있었다. 어떤 사람은 맥주를 마셨고, 어떤 사람은 소형 라디오를 들었다. 개중에는 반딧불 구경은 뒷전이고, 게임에 푹 빠진 사람도 있었다.

밤바람은 강물에 비친 불빛을 휘저어, 한낮에 머금은 풀숲의 훗훗한 열기를 뒤섞은 칵테일을 방마다 고루 실어 날랐다.

여관 끄트머리에 있는 창문. 가장 저렴한 방으로 보

이는 그곳에서도 젊은 남녀가 반딧불을 바라보며 작은 소리로 속삭이고 있었다.

"정말 아름답다."

"응."

"으음, 우리는 언제쯤 결혼할 수 있을까?"

"다 내 잘못이야. 지금 회사에서는 너무 인간적이면 출세를 못 해. 기계가 되거나 기계의 부속품이 될 수 있는 사람만 수입을 올릴 수 있거든."

"괜찮아. 그게 당신의 장점이잖아. 그런데 당신 같은 사람을 좋아하는 나도 참 유별난 여자지."

"어, 저기 좀 봐. 저 반딧불! 몇 마리만 외따로 떨어져 있네."

"어머 진짜, 왜 그럴까?"

"보나마나 빛이 약하고 힘이 없어서 무리 지어 함께 날 수 없는 거겠지. 가엾군."

"왠지 우리 같네…."

두 사람의 다정한 눈길 속에서 빛이 약한 반딧불들이 열심히 날갯짓을 하며 날아다녔다.

엇갈림

붉은 황혼이 서서히 도시를 뒤덮기 시작할 무렵. 저 멀리 공항에서는 우주선 불꽃이 빛 실오라기가 되어 하늘을 가로지르고 있었다.

도시의 어느 맨션. 그 집의 창가에서는 드넓은 도로와 그 길을 따라 빌딩 행렬이 끝없이 이어지는 건조한 풍경이 내다보였다. 그러나 집 안에 있는 청년은 아까부터 불도 켜지 않은 채, 무너져 내리듯 하염없이 의자에 앉아 있었다.

의자에는 스위치만 켜면 피로 회복제가 포함된 신선한 공기를 뿜어내는 장치가 붙어 있었다. 청년은 일단 그 스위치에 손가락을 얹었지만, 한숨과 함께 나지막이 중얼거렸다.

"아니, 더는 이걸 사용하지 않겠어."

밤으로 다가가는 고요한 시간이 지나자 즐비하게 늘어선, 표면에 특수한 칠이 되어 있는 빌딩들은 낮 동안 저장해 둔 빛을 뿜어내기 시작했다. 그 빛은 청년의 집으로도 흘러들어 눈을 감은 그의 지친 얼굴을 어둠 속에 떠오르게 했다. 설령 그 빛이 파르께하지 않았더라도 역시나 그의 얼굴에는 지친 기색이 역력했을 것이다. 실제로 그는 몹시 지쳐 있었으니까.

그가 기억하는 한, 지금까지의 인생은 모든 게 피로의 연속이었다. 그리고 이 의자에서 내뿜는 피로 회복제의 양은 점점 더 늘어날 뿐이었다. 최근에는 저녁부터 아침까지 최대한으로 방출시켜도 피로는 다음 날까지도 풀리지 않았고, 그것이 점점 축적되어 이제는 그를 짓이기기 일보 직전까지 와 버렸다.

청년은 그 같은 피로감이 톱니바퀴 같은 도시 생활에 자신을 무리하게 꿰맞추려는 성실함에서 비롯된다는 걸 알아채지 못했다. 또한 알아차렸다고 해도 어쩔 수가 없었다.

남쪽 바다 섬에서 한동안 여행을 한다거나 달에 가서 지구를 바라보며 웅대한 기분을 느낀다거나 하면 좋을 테지만, 도저히 그럴 만한 여유가 없었다. 그 밖에도 방법은 있겠으나, 죽기 살기로 피로와 맞서 싸우는 처지이다 보니, 생각이 거기까지 미치지 못했다.

"이젠 도저히 못 하겠어."

청년은 눈을 뜨고, 힘없이 방 한쪽 벽으로 다가가 그곳에 달린 버튼을 눌렀다. 곧이어 스피커에서 밝은 목소리가 흘러나왔다.

"감사합니다. 여기는 슈터 서비스 회사입니다. 무엇을 주문하시겠습니까?"

그는 스피커 옆에 있는 수화기에 입을 대고, 애써 밝은 척하며 대답했다.

"실은 벽을 다시 칠해 주셨으면 해서…."

"알겠습니다. 무슨 색깔로 해 드릴까요?"

"밝은 핑크색으로 부탁합니다."

"알겠습니다. 가구는 다른 방으로 다 옮겨 놓으셨나요?"

"물론 옮겼죠."

"그럼, 문을 닫고 그 방에서 나와 주세요. 잘 아시겠지만, 이 도료에는 유독성 용제가 사용됐습니다. 도료를 벽에 도포하고 이어서 보내 드리는 약품이 여분의 용제를 다 중화시킬 때까지, 십 분 동안은 절대 실내로 들어오시면 안 됩니다."

"그건 잘 알아요."

"그럼, 1분 후에 보내 드리겠습니다."

"부탁합니다."

청년은 다시 의자로 돌아가서 기다렸다.

잠시 후, 스피커 밑에 뚫려 있는 1미터짜리 정사각형 구멍에서 서비스 회사가 발송한 둥근 구슬이 굴러나올 것이다. 그리고 그것이 터져 핑크색 가스가 사방으로 흩어지며 온 벽을 색칠하겠지. 그러나 완성된 모습을 볼 수는 없다.

청년은 이 가스를 맡으면 고통 없이 죽을 수 있다는 말을 들었다. 어두운 방 안에서 천장을 향해 누운 그는, 조용히 눈을 감고 지금까지의 인생을 돌이켜 봤다. 그러나 아무리 돌아봐도 기계 더미와 씨름하는 볼품없는 모습만 떠오를 뿐이었다.

"별로 아쉬워할 것도 없는 인생이군."

그때 구멍 쪽에서 소리가 났다. 아, 도착했나 보다.

이제 곧 피로 회복제로도 다 씻어 내지 못했던 피로를 완벽하게 없애 줄 가스를 마실 수 있다. 그는 눈을 감은 채, 숨을 깊게 들이마셨다. 냄새가 코로 스며들었다. 어딘지 모르게 핑크색을 연상시키는 냄새였다.

"아주 나쁜 냄새는 아닌데."

무심코 혼잣말을 중얼거리던 입을 부드러운 촉감을 가진 뭔가가 가로막는 듯한 기분이 들었다. 유독 가스로 인한 마비 증상일까, 아니면 죽음 직전의 환각일까?

청년이 슬그머니 눈을 떠 보니, 어스름 속에서 핑크색이 떠다니고 있었다. 손을 뻗자, 그 핑크색이 손에 잡혔다. 이상하네, 가스가 손에 잡히다니. 몸을 일으키려는 그의 귀에 화사한 웃음소리가 들려왔다.

"아이, 저 왔어요. 힘내세요. 우리 한번 신나게 놀아 볼까요?"

"누구지? 저승사자인가?"

"어머, 굉장히 환상적인 말씀을 하시네. 맞아요, 저승사자 비슷한 존재죠. 남자의 마음을 매혹시키는 여신이에요. 불은 안 켜요…?"

도대체 왜 이런 일이 벌어졌는지 이해할 수 없었지

만, 그 핑크색 상대가 진짜 저승사자가 아닌 것은 분명했다.

"저승사자라면 어두운 걸 좋아할 텐데?"

"듣고 보니 그러네요. 이대로가 좋아요. 날 안아 줘요."

저승사자가 그에게 바짝 다가왔다. 여성에게 결벽증이 있는 그였지만, 이 세상과 작별을 고하려는 순간에 나타난 저승사자다. 이런 상황에서만큼은 그조차도 의외로 대담하게 행동할 수 있었다.

청년은 아침이 올 때까지 그 저승사자와 함께 침대에서 시간을 보냈다.

"그럼, 난 이제 그만 돌아갈게. 안녕."

아침이 되자, 화장을 고친 저승사자가 말했다.

"그런데 넌 대체 누구야?"

"무슨 소리야? 자기가 불러 놓고."

핑크색 저승사자는 문밖으로 나갔다.

"난 부른 기억이 없는데…."

그는 닫힌 문을 향해 나지막이 중얼거리다가, 불현듯 어떤 사실을 알아차렸다. 지금까지 줄곧 그를 압박했던 피로가 깨끗하게 사라진 것이다. 마음속이 핑크색으로 물든 것 같았다.

군이 죽을 필요도 없을 것 같은데. 기계를 두려워할 필요도 없어. 기계는 나 같은 감정이 없잖아. 그는 잘 설명할 수는 없지만, 자신의 마음속에 어떤 변화가 일어난 것을 알아차렸다. 오늘부터는 기계에 대해 우월감을 가질 수 있을 것 같았다.

창으로 들이비치는 햇빛을 받으며, 어젯밤 저승사자를 보내 준 스피커가 안내 방송을 흘려보냈다.

"이용해 주셔서 감사합니다. 여기는 슈터 서비스 회사입니다. 어젯밤에는 예기치 못한 기계 고장 사고로 불편을 끼쳐 드려 대단히 죄송합니다. 사과의 뜻이니, 부디 받아 주셨으면 합니다."

배달 출구에서 두툼한 지폐 다발이 튀어나왔다.

"그리고 어젯밤에 주문하셨던 벽 색칠도 무료로 받아 보실 수 있는데, 의향이 있으신지요?"

그가 밝게 웃으며 대답했다.

"이젠 됐어요. 색칠은 끝났어요."

"…슈터 서비스 회사입니다."

"특별 주문 부서로 연결해 줘."

해질녘 어느 맨션의 한 집에서 통통한 중년 남자가 말했다.

"잠시만 기다려 주세요."

스피커의 목소리가 남자로 바뀌었다.

"어떤 주문을 원하십니까?"

"으음, 젊고 예쁜 아가씨를 부탁하고 싶은데."

"무엇을 주문하시겠습니까?"

"착한 아이로 보내 줘. 오늘 밤은 일 때문에 많이 피곤하거든. 그 피로를 풀어 줄 수 있는 아가씨로 부탁해."

말끝이 품위 없는 웃음소리로 바뀌었는데, 그 남자에게서는 피로의 기색이라곤 털끝만큼도 느껴지지 않았다.

"알겠습니다. 그런데 이 서비스는 현금결제이니, 마이크 아래에 있는 구멍에 돈을 넣어 주시기 바랍니다."

남자는 스피커에서 시키는 대로 지폐 다발을 구멍에 넣었다. 압축공기가 파이프를 통해 그 돈을 서비스 회사로 배달할 것이다.

"정확한 금액을 확인했습니다. 그럼, 잠시만 기다려 주십시오. 바로 보내 드리겠습니다."

"좀 서둘러 주게."

중년 남자는 마이크에서 떨어져 책상 위의 버튼을 눌렀다. 그러자 불그스름한 액체가 담긴 잔이 나왔다. 그 액체는 일종의 효력을 발휘한다. 그는 그것을 마시며 중얼거렸다.

"정말 살 만한 세상이야. 슈터 서비스를 이용해서 여성을 배달해 주는 루트가 있으니 말이지. 좀 더 일찍 알았으면 좋았을걸."

주머니 사정이 좋은 그 남자는 이따금 그 집을 몰래 빌려서 저녁 시간을 보내곤 했다. 젊은 시절에 소행성 지대로 날아간 그는, 그곳에서 백금이 다량 함유된 암석 층을 발견했다. 그리고 그걸로 번 돈을 해양 레저 회사에 투자해서 그 배당금으로 요령 좋게 즐기며 살아왔던 것이다.

"문명이 발전하니, 놀이도 점점 더 편리해지는군."

그는 실실 웃으며 웅크려 앉아 배달 통로를 들여다보았다. 여기서 곧 젊은 여성이 나온다. 그리고 그의 목을 끌어안고, 온갖 애교를 부리며 위로해 줄 것이다. 실컷 놀아 봐서 이미 익숙한데도 그의 마음은 여전히 흥분되었다.

그때 슈터가 가벼운 공기 소리와 함께 여성용 옷과 속옷을 토해 냈다.

"흐흐흐, 오면서 옷을 벗었다는 뜻이군. 정말 재치 있는 서비스야. 능률도 좋지. 옛날 사람들은 이런 시대가 오리라곤 상상도 못 했을 거야."

남자는 곧이어 나올 것을 한껏 기대하며 흥분된 마음으로 액체를 또 한 잔 마셨다. 일 분이 한 시간처럼 느껴졌다. 아니, 느낌뿐만이 아니다. 방 한쪽에 걸어 둔, 어느 쪽에서 보든 시간을 알 수 있는 공 모양 시계도 시간이 꽤 지났음을 알려 주었다.

그는 고개를 갸웃거리며 서비스 회사에 문의하기 위해 마이크로 다가갔다. 그러나 이내 생각을 바꾸고 전화기를 집어 들었다. 주머니를 뒤적거리며 구멍이 뚫린 얇은 플라스틱 명함들 속에서 한 장을 꺼내 전화기에 꽂았다. 그러면 구멍이 지시하는 번호로 전화가 걸리게 된다.

"여보세요? 어, 자넨가? 나야. 지난번에 자네가 알려 준 특별 서비스라는 걸 신청해 봤는데, 문제의 물품이 나오질 않아."

"이상하군. 지금까지는 잘 나왔는데."

"흐음. 그런데 오늘은 옷이랑 속옷만 나오고, 정작 중요한 알맹이는 나오질 않는다고."

"거참, 이상하군. 잠깐만, 단속이 있을 것 같다는 소문이 돌던데, 혹시 거기 걸렸나? 옷이랑 속옷은 도망치라고 슬쩍 알려 주는 신호일지도 모르지."

"뭐야? 이봐, 그게 정말이야?"

"빨리 거길 뜨는 게 좋겠어. 곧 경찰이 주문처를 조사하러 들이닥칠지도 모르니까."

"그럴 수도 있겠군. 뉴스 기삿거리가 될 순 없지. 이 집도 가명으로 빌리길 잘했어. 이제 이 집은 두 번 다시 안 오는 게 좋겠어. 알려 줘서 고맙네."

그는 전화를 끊고 쏜살같이 그 집을 떠났다.

"빨리 좀 부탁해!"

젊고 톤이 높은, 오만한 목소리가 마이크를 향해 소리쳤다.

"알겠습니다. 속옷과 옷이라고 하셨죠? 지금 바로 보내 드리겠습니다."

해질녘, 어느 맨션에 사는 한 젊은 여성이 슈터 서비스 회사에 주문을 마쳤다. 해질녘이긴 해도 이 집은 사방의 벽에서 휘황찬란한 빛이 뿜어져 나와 구석구석까지 환한 빛으로 가득했다.

그녀는 문이 잠겨 있는 것을 확인하고는, 지금까지 입고 있던 옷과 속옷을 벗어서 둥글게 뭉친 후, 불필요한 물품을 처리하는 구멍으로 집어 던졌다. 뚜껑을 덮자, 그것들은 나지막한 울림과 함께 어딘가로 사라졌다.

그녀는 혼자라는 편안함에 벽에서 뿜어져 나오는 빛을 온몸에 들쓰고, 가볍게 노래를 흥얼거리며 욕실로 들어갔다. 다이얼 눈금을 평상시 온도에 맞추자, 상하좌우에서 온수가 힘차게 쏟아져 나와 그녀의 몸을 씻겨 주기 시작했다.

으음, 샤워가 끝나면 화장해야지.

오늘 밤도 파티가 열린다. 이제 30분만 지나면 누구든지간에 자신을 데리러 올 것이다. 그리고 파티장에 가면, 늘 그렇듯이 젊은 남자들이 내 주변으로 몰려들 것이다. 그들은 늘 그렇듯이 나의 아름다움을 칭송하고, 나의 환심을 사려고 안달할 것이다.

시대를 막론하고, 변함없는 가치를 가지는 것은 아름다움뿐이다. 아름다운 여성이야말로 인류가 지속되는 한, 귀족의 지위에서 밀려날 일이 없는 존재다. 당연히 남성은 그 귀족 앞에서 넙죽 엎드려야지.

깊은 생각에 빠져 있던 그녀는 정신을 차리고 샤워기를 잠갔다. 그런 뒤 다른 버튼을 누르자 건조한 바람이 나와 그녀의 몸에 남아 있는 물기를 말려 주었다. 이어서 그윽한 향수 미스트를 뿜어내는 버튼을 누르려는 순간, 그녀는 아름다운 이마를 찌푸리고 휘파람을 불며 고개를 갸웃거렸다.

무슨 소리가 났기 때문이다. 그러나 옷이 도착한 소리 같지는 않았다. 그보다는 무거운 물체가 움직이는 불연속적인 소리 같았다. 그녀는 샤워실 문을 열었다.

"어머…."

거기에는 대형 로봇이 서 있었다.

"저런 게 왜 여기에…?"

그렇다고 의문을 파헤칠 상황도 아니었다. 그 로봇이 그녀를 향해 걸어와 불쑥 손을 내밀었으니까. 그녀는 아슬아슬하게 몸을 피해 테이블 너머로 도망쳤다. 그러나 로봇이 그녀를 따라왔다. 몇 가지 말을 건네봤지만, 그 동작에는 아무런 변화도 일어나지 않았다.

로봇의 동작이 그리 빠르지는 않아서 그녀는 테이

블 주위로 도망치며 자기가 취할 대책을 고민할 수 있었다. 뭔가로 앞을 가로막으면 어떨까? 그러나 방 안을 둘러봐도 그녀가 옮겨서 로봇을 못 움직이게 막을 만한 물건은 눈에 띄지 않았다.

버튼을 눌러서 서비스 회사를 호출한다? 옷 대신 이상한 게 배달됐다는 사실을 알리고, 로봇을 진정시킬 방법을 물어보면 좋을 테지만, 머릿속으로 계산해 보니 도저히 그럴 시간은 안 될 것 같았다.

"고맙습니다"라는 안내 목소리가 끝나기도 전에 로봇이 날 낚아채서 내동댕이치겠지.

그녀는 조금 지치기 시작했다. 발을 빠르게 움직이고 있는 건 아니었지만, 쉬지 않고 쫓아오는 로봇과 경주하고 있었으니까.

그러나 그녀가 책상 돌기 술래잡기에 져서 로봇에게 얻어맞아 죽는 일은 절대 일어나지 않을 것이다. 왜냐하면 비상벨만 살짝 누르면, 곧바로 경찰들이 문을 부수고 도와주러 올 테고, 아니면 스스로 재빨리 문을 열고 복도로 도망치면 모든 문제가 다 해결될 테니까.

그녀는 이제 곧 그중 한 방법을 선택할 것이다. 파티에 데려가려고 찾아온 청년이 집 안 상황이 이상하다며 사람들을 불러 모으기 전에.

아니면 청년이 와도 적당한 말로 얼버무려서 돌려보내고, 아름다움의 자긍심을 지키기 위해 끝없이 술래잡기를 계속하려는 걸까.

"큰일 났다. 눈치챈 것 같아."

어느 맨션에서 망원경으로 해질녘 거리를 몰래 살피고 있던 남자가 말했다.

"진짜야?"

"무슨 일인데?"

다른 두 남자가 물었다.

"맞은편 빌딩 입구 근처에 시치미 뗀 얼굴로 서 있는 저 녀석 좀 봐."

두 사람이 망원경을 빌려서 교대로 맞은편 거리를 살펴봤다.

"저건 틀림없는 형사야."

"응, 눈에 익은 얼굴이군."

지금 이 방에서 스스럼없는 말투로 대화를 나누는 세 남자는 금지된 마약을 몰래 조제해서 파는 패거리였다.

"왜 우리가 이렇게 쫓겨 다녀야 하지? 빌어먹을!"

"맞아. 우리가 조제하는 약은 옛날 거랑은 달라서 부작용도 없고 중독성도 없어. 그걸 사회생활로 지친 녀석들에게 파는 건 오히려 남을 돕는 일이잖아."

"아마 경찰들을 고용하기 위해서 단속 법을 만든 거겠지."

그러나 이제 와서 새삼스레 그런 토론을 할 상황은 아니었다. 단속 법은 실제로 존재했고, 경찰은 그들의 냄새를 맡은 듯했다.

"어쨌든 여기서 도망치자."

한 사람이 그렇게 말하고 문을 빠끔히 열어 복도 상황을 엿보았지만, 금세 다시 닫았다.

"왜 그래?"

"큰일 났어. 에스컬레이터 뒤에도 한 놈이 숨어 있어."

"그런데 저 녀석들은 왜 들이닥치지 않을까?"

"이제 곧 들이닥치겠지. 우리를 확인했으면, 원조를 요청하고 곧 쳐들어올 거야."

바로 그때 책상 위에서 전화벨이 울리기 시작했다.

"저것 봐. 저걸 받으면 목소리를 분석해서, 우리가

여기 있는 걸 확인하려는 속셈이야."

한동안 계속 벨이 울렸지만, 아무도 받지 않자 이
내 끊겼다.

"빨리 어떻게든 해 보자!"

"그런데 어떡하지? 슈터로 뭐든 주문해 볼까?"

"주문해 봤자, 무기나 방탄 용품은 안 보내 줘."

"밧줄 사다리라도 주문해 볼까?"

"바보 같은 소리 작작해. 여긴 2층인 데다, 우리가
도로까지 사다리를 타고 내려갈 동안, 저놈들이 마침
총도 안 쏘고 조용히 구경만 하겠냐?"

한 사람이 턱짓으로 창밖을 가리키며 말했다.

"결국 창을 통해 나가는 건 무리겠군."

"문으로 나가는 것도 마찬가지야."

"에스컬레이터 뒤에 숨은 녀석만 쫓아 버리면, 1층
으로 뛰어 내려가서 인파 속으로 숨을 수 있을 텐데."

그때 한 사람이 손가락을 튕겼다.

"좋은 생각이 떠올랐어!"

"뭔데?"

"으음, 잘 봐."

그가 슈터 마이크를 향해 섰다.

"감사합니다…."

"이봐, 복싱 연습용 로봇 좀 부탁해."

"크기는 어느 정도가 좋으십니까?"

"대형으로! 바로 작동시킬 수 있게 해서 보내 줘."

"알겠습니다. 사용법은 이미 아시겠지만, 휘파람을 짧게 세 번 불면 멈추고, 길게 한 번 불면 움직이기 시작합니다. 혹시 휘파람을 못 부시면, 호루라기부터 먼저 보내 드립니다만…."

"호루라기는 필요 없어. 빨리 보내기나 해!"

"잠시만 기다려 주십시오. 그럼, 스포츠로 건강해지시길 기원하겠습니다."

다른 두 사람이 기다리다 지쳤다는 듯이 물었다.

"대체 뭐야? 복싱용 로봇이라니?"

"언젠가 친구 집에서 봤는데, 사람한테 다가와서 때리는 성능만 있는 로봇이야. 난 잘 모르겠는데, 아마 안에 레이더 같은 장치라도 들어 있겠지."

"그런 게 있는 줄은 몰랐어. 그런데 그걸 어디에 쓰지?"

"그 녀석에게 천을 씌워서 복도로 내보내는 거야. 그러면 저 경찰은 우리인 줄 알고 일단 조사를 하겠지. 그러면….”

“응. 잘 풀릴지 어떨지는 모르겠지만, 한번 해 볼 만하겠어.”

“의외로 잘 풀려서 이 방에서 쉽게 나갈 수 있을지도 몰라.”

그러나 세 사람은 로봇의 도움을 받지 않고도 곧바로 그 방에서 나가야만 하는 운명에 처했다. 슈터 서비스 출구에서 굴러 나온 플라스틱 공이 깨지면서 핑크색 가스를 뿜어내기 시작했기 때문이다.

“앗, 위험해! 벽에 칠하는 유독성 도료인 것 같아!”

그 세 사람이 가스를 마시는 쪽보다는 마취 총에 맞는 쪽을 선택했음은 굳이 말할 필요도 없다.

사랑의 열쇠

사람들은 저마다 한 가지 말을 머릿속에 간직한다. 절대 잊어서는 안 되는, 또한 타인에게 알려 줘서도 안 되는 말. 딱히 중대한 의미를 내포한 문구는 아니더라도 매우 소중한 것이었다.

그것은 열쇠의 기능을 대신했다. 새로운 열쇠랄까. 가방에도, 자동차에도, 자기 집 문에도, 옛날 같은 열쇠 구멍은 사라지고 작은 귀 모양의 물체가 달려 있다. 거기에 입을 대고 어떤 문구를 속삭이면 문이 열린다.

어떤 사람은 "튤립이 피었다"고 말하면 열리고, 어떤 사람은 "정신 똑바로 차려야지"라고 말해야 열리는 경우도 있었다. 개중에는 꽤나 궁리해서 "임금님 귀는 당나귀 귀"라는 문구를 쓰는 경우도 있었다.

열쇠를 잃어버려서 소동을 피우는 일도 사라졌고, 자물쇠 따기의 달인도 어찌해 볼 도리가 없었다. 무턱대고 아무 말이나 주절주절 떠들어 본들 우연히 적중할 확률은 제로에 가까웠다. 옛날 열쇠에 비하면 훨씬 안전했다. 본인이 자기 입으로 알려 준 경우를 제외하면 말이다.

간혹 갑자기 기억상실증에라도 걸려 문을 못 여는 경우엔 경찰 입회하에 문을 부술 때도 있지만, 좀처럼 드문 일이었다. 그보다는 술김에 무심코 그 말을 입 밖에 내버리는 실수가 더 자주 발생했다.

그러나 집에 돌아와서 술이 깬 후, 후회하거나 당황할 필요는 없다. 안쪽에서 문자를 바꿔 끼워서 다른 문구로 교체하면 되니까. 또한 언제 말해 버릴지 몰라 노심초사하는 사람은 그 문구를 의미가 전혀 없는, 이를테면 '눈을 감고 타이핑을 쳤다'는 식으로 설정해 두면 좋다. 그리고 그 문구를 손목시계 안쪽에라도 써 두면 안심이다.

그렇다 보니 남의 집 문을 열려고 시도하는 사람

은 없었다.

그 여자도 그런 열쇠가 달린 집에 살고 있었다. 그
녀는 젊고 아름다웠다. 아름답다고는 했지만, 이는 그
녀가 한창 사랑에 빠져 있어서 그 활기로 인해 아름답
게 보이는 것일지도 모른다.

또한 그 사랑도 순조로워 보였다. 연상인 남자 친
구와 매주 두세 번은 같이 식사를 하러 가고, 춤을 추
러 가고, 여름에는 보트를 타고 밤을 즐기며 청춘을
만끽했다.

그러나 그런 그녀도 오늘 밤에는 기분이 가라앉아
있었다. 연인과 말다툼을 해 버렸기 때문이다. 사소한
일 때문이었다. 그와 찻집에서 만나기로 약속했는데,
그만 늦은 것이다.

"왜 이렇게 오래 기다리게 해, 이건 좀 심하잖아!"

"그렇게까지 화낼 건 없잖아."

"난 하던 일도 중단하고 나왔어."

"나도 당신 만나려고 화장하다 늦은 거야!"

"그건 전부터 다 아는 얘기 아냐."

지금까지는 어느 한쪽의 기분이 안 좋을 경우, 다른
쪽에서 위로해 주며 잘 풀어 왔는데, 웬일인지 오늘은

말다툼으로 커지고 말았다.

"나 갈래!"

그가 자리에서 일어선 그녀를 향해 손을 뻗었지만, 그 어깨에는 닿지 않았다. 그 대신 그녀의 귀걸이가 바닥에 떨어졌다.

"맘대로 해."

돌이키기에는 모든 게 너무 늦어 버렸다.

그녀는 집으로 돌아가는 길에 후회했다. 이젠 못 만나겠지. 그냥 빨리 사과할걸. 먼저 사과하는 게 왜 이렇게 힘들지? 철부지라서 그런가. 지금이라도 사과하러 가는 게 좋다는 건 알지만, 그게 안 되잖아. 내일부터는 재미없는 날들이 이어지겠지. 젊은 시절에는 누구나 사과가 서툴러.

그녀는 발걸음을 질질 끌며 자기 집 앞에 도착했다. 이제 문에 달린 귀에 대고 "오늘은 정말 즐거웠어"라고 말해야 문이 열릴 것이다. 그러나 지금 그녀는 그 말을 하기가 힘들었다. 하지만 말하지 않으면 안으로 들어갈 수 없다. 한참을 서성이다가 결국 국어 책을 읽는 듯한 말투로 간신히 소리를 쥐어 짜냈다.

천천히 열린 문을 안쪽에서 잠근 후, 문구를 바꾸기

로 마음먹었다. 그러나 적당한 문구가 떠오르지 않았다. 그래도 바꿔야만 했다.

멍하니 문자판을 만지작거리다 보니, 문구는 어느새 "내가 잘못했어, 미안해"라고 되어 있었다. 이제 와서 그런 말을 해 봐야 아무 소용없는데… 난 참 바보야. 하지만 내일부터는 이 말을 되뇌며 살아갈 거야. 그녀는 혼자 그렇게 다짐했다.

다음 날 아침. 그가 그녀의 집 앞에 서 있었다. 그도 사과가 서툴렀다. 그러나 역시 그녀가 보고 싶었다. 집에 있어도 마음이 뒤숭숭했다. 귀걸이를 돌려주러 가는 거라고 스스로를 납득시키며 찾아온 것이다.

벨을 누르려고 했지만, 손이 움직이지 않았다. 마치 먼저 사과하러 온 것처럼 보일까 봐 마음이 내키질 않았다. 역시 못 하겠어. 귀걸이는 문에 달린 귀에 걸어 두고 돌아가자. 그는 주머니에서 귀걸이를 꺼내 문에 걸었다.

그녀와 함께한 즐거웠던 날들이 떠올랐다. 공원 벤치에 나란히 앉아 사랑을 속삭였을 때 봤던 그녀의 귀가 생각났다. 그러나 이젠 늦었다. 어제 그녀를 너그럽게 대하지 못한 자신의 편협한 성격이 너무나 후회스러웠다. 왜 미안하다는 말을 못 할까. 그가 귀걸이를 걸려다 자기도 모르게 문의 귀에 입을 가까이 댔다.

문이 천천히 열렸다. 방에서 멍하게 앉아 있던 그녀가 그를 발견하고 튀어 오르듯 그의 품으로 달려들며 울음을 터뜨렸다. 비록 소리 내서 말하지는 않았지만, 그녀 역시 마음속으로 열쇠 문구를 외치고 있었던 것이다.

이윽고 문이 활짝 열리고, 귀 모양을 한 열쇠 구멍에 걸린 귀걸이가 희미하게 흔들렸다.

작은 십자가

옛날에, 뭐 옛날이라곤 해도 쇼와昭和(1926년부터 1989년까지의 일본 연호-옮긴이) 초기 무렵입니다. 그 시절의 일본은 요즘처럼 너 나 할 것 없이 아등바등하는 분위기가 아니었고, 느긋하게 살아가는 사람이 많았습니다. 부잣집 아들 중에는 공부하러 간다는 명목으로 유럽으로 떠나는 이도 있었는데, 사실상 공부는 전혀 하지 않았습니다. 미술관을 돌아보거나 음악회에 가거나 알프스를 등반하는 건 그나마 나은 편, 술이나 마시고 여자랑 놀기만 하는 사람이 태반이었습니다.

이 이야기 속에 나오는 남자도 그런 사람들 중 하나

입니다. 일본 집에서 보내 주는 돈을 전부 헛된 곳에 낭비해 버리고 말았지요.

크리스마스가 가까워진 그날도 그는 일본에서 보내 준 돈을 손에 넣자마자, 바로 친구들을 불러내어 도시의 밤거리로 나갔습니다. 휘황찬란하게 빛나는 밤의 가로등, 화려한 장식들, 거리에 떠도는 신나는 음악…. 조금 춥긴 했지만, 주위에 흘러넘치는 들뜬 분위기는 그들을 밤늦도록 붙잡아 두고 하숙집으로 돌려보내지 않았습니다. 그는 바와 카바레를 몇 차씩이나 돌아다녔습니다. 정신을 차렸을 때는 이미 다음 날 아침이었고, 자기 하숙집의 침대 위였습니다.

"내가 언제 돌아온 거지? 아, 어젯밤에는 정말 엄청 퍼마셨네."

그는 자기가 옷도 안 갈아입고 잠들어 버렸다는 걸 알았지만, 이제 와서 갈아입는 것도 귀찮아서 그대로 누운 채, 한동안 멍하니 있었습니다.

그러다 담배 생각이 나서 주머니를 뒤적여 찌그러진 담뱃갑에서 담배 한 개비를 꺼내 입에 물었습니다. 다음은 성냥. 그는 성냥을 찾으려고 몸을 뒤척이며 주머니 곳곳에 손을 넣어 보았습니다. 바로 그때, 그의 손끝에 뭔가가 닿았습니다.

"어라, 이상한 게 있네."

그렇게 중얼거리며 꺼내 보니 그것은 은으로 된 작은 십자가였습니다. 그는 그것을 손바닥에 올리고 물끄러미 쳐다봤습니다. 커튼 사이로 비쳐드는 아침 햇살이 십자가에 닿았지만, 오래된 탓인지 은인데도 반짝반짝 빛나지도 않았고, 둔탁하고 은은한 빛깔을 머금고 있을 뿐이었습니다. 그는 눈을 가늘게 뜨고 중얼거렸습니다.

"왜 이런 게…?"

곰곰이 기억을 더듬어 보니, 어젯밤에 취했을 때 있었던 일이 어렴풋이 떠올랐습니다. 아, 분명 5차로 갔던 바에서 막 나온 후였지.

"야, 잠깐 머리도 식힐 겸 구경이나 하고 가자."

그 십자가는 친구의 권유로 들어간 골동품 가게에서 산 물건이었습니다.

"이건 옛날에 경건한 부인이 몸에 지녔던 십자가로…."

잘은 모르겠지만, 그 가게의 나이 든 주인이 장황하게 이력을 늘어놓으며, 꽤 비싼 값을 불렀던 것 같은데, 술김에 "좋아요, 사죠"라며 흥정도 없이 주머니에 찔러 넣은 것입니다. 그러곤 또다시 다음 술집으로….

"괜한 걸 사 버렸네. 하지만, 뭐 됐어. 일본에 가지고 가면, 누구든 갖고 싶어 하는 사람이 있겠지."

그러면서 그는 십자가를 짐 속으로 집어 던졌습니다.

그리고 몇 년이 지나 그가 귀국할 때, 그 십자가도 짐과 함께 일본으로 건너온 것입니다.

그러나 그 후의 일본은 누구나 잘 알듯이, 대륙에서의 전쟁, 태평양에서의 대전으로 그리 좋은 상황이 아니었습니다. 고생을 모르고 곱게 자란 그도 부모님이 세상을 떠났고, 잠깐 동안이긴 했지만 군대에 징집까지 되면서 상당히 고달픈 삶이 이어졌습니다.

그리고 마침내 찾아온 종전. 모두 멍하게 넋이 나간 것 같은 암담한 시대였습니다. 그가 불타다 남은 작은 집에서 앞으로 뭘 해야 하나 고민하고 있을 때, 잠시 시골에 맡겨 뒀던 짐 몇 개가 도착했습니다.

"어이쿠 이런, 이거라도 타지 않고 건졌으니 다행이야."

그렇게 중얼거리며 짐을 풀었습니다. 그 짐 속에는 옛날 유럽에서 지내던 때 산 물건들이 섞여 있었습니다. 그것들을 보다 보니, 젊은 시절의 즐거웠던 기억이 떠올랐습니다. 하지만 여하튼 이제 막 전쟁이 끝난 절박한 시기였던 까닭에 이걸 팔면 쌀을 얼마나 구할 수 있을까 하는 생각도 들었습니다.

그런데 옛날 물건들 속에서 그 은 십자가가 나온 것입니다.

"아아, 그 시절에는 정말 돈 귀한 줄 모르고 펑펑 마셔 댔지."

그는 술도 실컷 마시고 싶었습니다. 그러나 실컷 마시려면 상당한 돈을 모아야 했습니다.

"돈을 빨리 벌 수 있는 무슨 좋은 방법이 없을까?"

그렇게 투덜투덜 중얼거리던 중에 굉장한 아이디어가 떠올랐습니다. 그 은 십자가와 똑같이 생긴 목걸이를 만드는 것이었습니다.

"아가씨들한테 의외로 잘 팔리지 않을까?"

그는 당장 작은 공장을 운영하는 지인을 찾아가서 제작을 의뢰했습니다.

"이거랑 똑같은 걸 많이 만들어 줘."

그러자 공장에서는 망가진 비행기 부품 같은 거라도 사용했는지, 반짝반짝 빛나는 십자가를 잇달아 만들어 내기 시작했습니다.

가느다란 사슬에 매단 그 십자가는 의외로 잘 팔렸습니다. 기쁨에 겨운 나머지, 그는 그 공장 주인이 머리를 긁적거리며 "틀을 만들기 위해 맡아 뒀던 십자가 말인데요, 실은 어느 제품 속으로 섞여 버렸는지 아무리 찾아도 나오질 않습니다. 소중한 물건을 잃어버려서 정말 죄송합니다"라고 사과할 때도 "아냐 괜찮아, 그런 건"이라며 마냥 기분이 좋았습니다.

그는 크리스마스가 가까워진 번화가로 나갔습니다. 소원대로 실컷 마셨겠죠. 그리고 크리스마스캐럴도 불렀겠죠. 이게 다 십자가 덕분이니까.

그 무렵에는 크리스마스가 아무리 코앞이라도 지금처럼 물건이 넘쳐 나지 않았습니다. 사람들은 지칠 대로 지친 모습이었습니다. 그런 사람들 틈새에 끼여 몹시 가난한 행색의 아가씨가 걸어가고 있었습니다.

아버지는 전쟁에 나가 행방불명되었고, 어머니는 영양이 부족한 탓인지 늘 병치레가 잦아서, 그 아가씨가 전자 제품 공장에 취직해서 생계를 꾸려 나갔습니다.

연말이라고 보너스가 조금 나왔습니다. 갖고 싶은 건 너무나 많았습니다. 외투도 신발도…. 그러나 그녀의 형편상, 그런 데 돈을 쓸 수는 없었습니다.

하지만 크리스마스잖아, 싼 거라도 좋으니 뭐든 하나 사고 싶어. 그런 생각에 잠겨 쇼윈도를 기웃거리며 걸어가던 그녀는 어느 가게에서 은색 십자가 장식을 발견하게 되었습니다. 그리고 자신의 추레한 행색을 신경 쓰며 가게로 들어가 머뭇머뭇 말했습니다.

"저걸… 주세요."

"네."

점원이 대답하며 뒤에서 십자가가 여러 개 들어 있는 상자를 꺼냈습니다. 그런데 그 속에는 눈에 띄게 지저분한 십자가 하나가 섞여 있었습니다. 왜 한 개만 이럴까 이상하네, 싶었지만 물건을 사러 온 아가씨의 행색이 초라했던 탓인지, 점원은 무심코 그것을 포장해서 건네고 말았습니다.

아가씨는 물론 점원이 그런 행동을 했다는 건 까맣게 몰랐습니다. 집에 돌아와 정신없이 포장을 뜯고 십자가를 살며시 목에 걸었습니다. 그리고 십자가를 손으로 지그시 누르며 마음속으로 빌었습니다.

"아버지가 빨리 집에 돌아오고, 어머니도 건강을 되찾게 해 주세요."

그 기도는 이뤄졌겠죠. 왜냐하면 그리스도는 동쪽 끝자락인 일본에서도 여전히 가난하고 번민하는 이들을 구제해 주는 구세주니까요.

잃어버린 표정

나는 빌딩 30층에서 엘리베이터를 내렸다. 그러고는 키라 집 문 앞에 서서 말을 건넸다.

"저기, 부탁이 있어서 왔어."

그 소리를 흡수한 문은 희고 차가운 빛을 환하게 뿜어내며 빛나기 시작했다. 그 빛이 내 모습을 포착해 안쪽에 알려 주는 것이다. 잠시 후, 마이크에서 목소리가 흘러나왔다.

"어머, 아키코였네. 꽤 오랫동안 못 만났지? 혹시 무슨 일 있나 걱정했잖아. 마침 손님이 없어서 심심하던 참이야. 자, 얼른 들어와."

곧이어 자물쇠 풀리는 소리가 나지막이 울리며 문이 자동으로 스르륵 열렸다.

학창 시절부터 친하게 지내 온 친구 키라가 실내 한쪽에 있는 의자에 걸터앉아 있다가 천천히 일어섰다. 아름다운 얼굴에 반가운 표정을 머금은 채로.

하긴, 그녀가 아름다운 건 당연하다. 키라는 학창 시절에 의학을 전공하고, 졸업한 후에는 이곳에서 성형외과를 개업했다. 그러니 자기 얼굴을 아름답게 만드는 일쯤은 식은 죽 먹기였다. 나도 키라에게 부탁해서 지금까지 세 번 정도 저렴하게 성형수술을 받았다.

"키라. 점점 더 예뻐지네."

"아키코가 칭찬해 주니까 기분 좋다. 벌써 세 달쯤 지났을까? 내가 보내 준 사진은 봤지?"

성형수술을 하면, 입체사진으로 찍어서 지인에게 보내야만 한다.

"으응, 봤지. 그런데 그저께 봤어. 내가 답장을 바로 못 보내서 혹시 기분이 상하지는 않았을까 걱정하던 참이야."

그런 사진을 받으면 바로 칭찬하는 편지를 보내는 게 예의인데, 나는 그저께야 사진을 볼 수 있었기 때문에 아직 답장을 보내지 못했다.

"아니, 그런 건 신경 쓰지 마. 그나저나 세 달 전에 보낸 소식을 그저께야 봤다니, 그게 무슨 말이야?"

나는 키라를 찾아온 용건을 꺼내기 전에 그간의 사정을 설명해야 했다.

"5개월 정도 우주에 다녀왔거든. 일 때문에."

"어머, 그랬구나. 우주 얘기 좀 들려줘. 천천히 놀다 가도 되지?"

"으응."

키라가 나를 끌어당기듯이 의자에 앉혔다. 부드러운 플라스틱 소재로 된 의자는 그 즉시 내 체형에 맞춰 변형되면서 가장 편안한 형태를 잡아 주었다.

"진동 켜 줄까?"

키라가 의자 등받이에 있는 다이얼을 손가락으로 만지며 물었다.

"슬로가 좋겠다. 4 정도로 해 줘."

다이얼을 설정하자, 의자는 1분에 4회 정도 주기로 느릿느릿 진동하기 시작했다. 조용한 앞바다에 떠워 놓은 보트에 탄 기분이었다.

"그럼 나도 너랑 똑같이 설정해야겠다. 마실 것 좀

줄까?"

키라가 자기 의자에 앉으며 물었지만, 내가 거절했다.

"고마운데, 나중에 마실게."

"그건 그렇고, 우주에서는 뭘 하고 왔어?"

"얼마 전에 접근했던 파고 혜성이란 게 있었잖아. 그걸 조사하러 갔었어."

나는 대학에 다닐 때, 혜성을 전공했다. 그래서 이번 연구를 명령받은 것이다.

"혜성은 가까이 가면 어떤 느낌이야?"

"으음, 글쎄. 계속 내리던 눈이 한순간에 뚝 멈춘 느낌이랄까? 희고 작은 가루가 끝도 없이 떠 있거든."

"굉장히 아름답겠다."

"으응. 그런데 구경하러 간 게 아니고, 자료를 모으러 갔으니까 마냥 즐길 수만은 없지. 게다가 소형 우주선 안에는 나 혼자뿐이었으니까."

나는 전문적인 용어를 최대한 피하고, 암흑의 우주에 펼쳐진 혜성을 묘사하면서 조사의 어려움에 관해 털어놓았다.

"그럼, 다섯 달이나 혼자 우주에 있었던 거네. 혜성

이 아름답긴 해도, 아무래도 지루했겠다."

"하지만 어쩔 수 없어. 그게 일이니까. 그 대신 다섯 달 동안 돈 쓸데도 없고 돌아온 후에는 보수까지 들어오니까, 지금은 주머니 사정이 좀 좋지."

키라는 내 말을 듣고 화제를 바꿨다.

"어머, 그러니? 그건 잘됐네. 그런데 너, 아까 부탁이 있다고 했잖아, 성형수술에 관한 거지? 그런 거라면 돈 걱정은 하지 마. 싸게 해 줄게. 그런데 지금 이대로도 나쁘진 않은 것 같은데."

"음, 그게… 성형수술에 관한 부탁이 아니야."

"그럼, 뭐야? 그것 말고 내가 할 수 있는 일이 있나?"

키라가 그렇게 말하며 의자 옆에 붙어 있는 버튼을 눌렀다. 잠시 후 작은 테이블이 그녀 옆으로 살며시 빠져나와 멈췄다. 테이블 위에서는 뜨거운 코코아가 수증기를 피워 올리며 아물거리는 아지랑이를 만들었다.

"너도 뭐 좀 마셔."

"그래. 너무 달지 않은 게 좋겠다."

나는 적당히 다이얼을 맞췄다. 자동으로 움직이는

테이블이 나에게 박하가 들어간 혼합 음료를 준비해 주었다. 차가운 물방울이 맺힌 그 컵을 들고 한 모금을 마신 후, 목소리를 낮추고 이야기를 시작했다.

"너니까 부탁할 수 있는 거야. 너는 그 수술을 할 수 있잖아."

"그 수술이라니? 아아, 그거? 하지만 그건 안 돼."

키라가 고개를 살며시 저었다.

"하지만 할 수 있는 건 맞지?"

"할 수야 있지. 하지만 그건 금지됐어. 너도 잘 알잖아."

"물론이야. 그러니까 너한테 상의하러 온 거지. 숨어서 몰래 하는 사람도 많다던데."

"그런 사람들은 들키면 벌금 내야 해. 그리고 그 벌금이 세 번째면 체형體刑이야. 골치 아파지잖아. 그런 수술 하지 말고, 성형수술이나 해."

그러나 나는 물러서지 않고 키라에게 계속 졸랐다.

"하지만 난 꼭 하고 싶어. 아까도 말했듯이, 지금은 경제적으로도 넉넉해. 그리고 목적만 이루면, 바로 원래대로 되돌려도 좋아. 너한테 피해되는 일은 절대 없도록 할게."

"네가 그렇게 간곡하게 부탁하니 안 해 줄 순 없겠지만, 심경의 변화가 대단했나 보다."

키라가 재미있다는 듯이 웃었고, 나는 그 말에 살짝 쑥스러워졌다.

"으응. 다섯 달이나 우주에서 혼자 지내면서 깊이 생각하고 내린 결론이야."

키라가 눈을 휘둥그레 뜨더니, 이제야 이해가 간다는 표정을 지었다.

"하긴, 그럴 수밖에 없겠다. 우주에 다섯 달씩이나 혼자 있으면, 그것도 캡슐 속에서… 남자에 대한 환상이 너무 커져 버리지. 하지만 지상으로 돌아와서 얼마쯤 지나면 금방 원래대로 돌아가. 별다른 해는 없지만, 그런 수술은 하지 마."

그러나 나는 결심을 포기할 생각이 없었다.

"그런 이유도 있을지 모르지. 하지만 단지 그것 때문만은 아니야. 으음, 내가 우주에서 했던 생각 좀 들어 볼래?"

나는 남아 있던 혼합 음료를 다 마시고 이야기를 이어 갔다.

"우주로 나가면, 고독을 느끼게 돼. 눈에 보이는 거

라곤 혜성 말고는 태양, 지구, 그리고 한없이 고요히 빛나는 무수한 별들뿐이지. 전망은 아름답지만, 그와 동시에 시간의 존재가 매우 강렬하게 느껴져. 변화하는 것은 나뿐이니까. 지상에서는 시계 대신 별자리의 움직임을 올려다보지만, 우주에서는 내가 시계가 돼버려. 별자리도 움직이지 않고, 태양은 언제나 똑같이 환하게 빛나기만 해서 밤낮의 변화가 없는 거지. 나만 바쁘게 움직이는 시계인 셈이야. 나 혼자만 그 우주 속에서 시간의 흐름을 타고 나이를 먹어 가는 기분이 들거든."

"흐음, 하긴 지상에 있으면 그런 기분은 안 들겠지. 나는 우주에 가 본 적은 없지만, 그런 기분이 들기도 하겠다."

"그래서 나 말고도 뭔가 변화해 가는 걸 갖고 싶어져. 하지만 그런 건 우주선에는 단 하나뿐이야. 텔레비전이지. 지구에서 통신위성으로 중계해 주는 오락 프로그램만 보고 있게 돼."

"텔레비전 프로그램이라니까 생각났는데, 요즘 다시 홈드라마가 많아졌더라고."

"맞아. 그래서 그런 상태에서 홈드라마를 보다 보

니까, 이런 우주 연구나 하면서 점점 나이만 들어가다니, 싫으면서 스스로가 너무 한심해지는 거야. 이상해, 지금까지는 우주에 나가도 그런 기분은 안 들었거든."

"아무래도 결혼 적령기가 됐다는 거겠지."

키라가 놀리는 말투가 아닌, 진지한 표정으로 맞장구를 쳤다.

"그렇다 보니 저 멀리서 빛을 내며 돌아가는 작고 푸른 지구를 찾아서 바라보게 돼. 나도 빨리 저곳으로 돌아가서 다른 사람들처럼 평범한 생활을 하면서 나이를 먹어야 한다는 초조한 감정도 품게 되고. 이해되지?"

"이해해."

"그래서 나도 이제 남자를 찾아서 가정을 꾸리고 싶어졌어. 우주에서 돌아오자마자 널 찾아온 건 그런 이유 때문이야."

"그래서 수술을 부탁하러 온 거네. 그런 설명을 들으니, 점점 더 거절하기 힘들어진다."

키라가 곤란한 표정을 지었지만, 조금 전처럼 강하게 거부하는 분위기는 사라졌다.

"으음, 키라 덕분에 나도 예뻐졌지만, 요즘처럼 누

구나 예뻐질 수 있는 시대에는 미모만으로는 남자를 사로잡을 수가 없잖아. 게다가 난 지금까지 우주 연구를 한다고 그런 재주도 못 익혔어. 그러니 남자를 매혹시킬 때까지, 아주 잠깐 동안이면 돼. 남자가 한번 여자한테 반하면, 마맛자국도 보조개로 보인다잖아. 그렇게만 되면 바로 원래대로 되돌려도 돼."

"그거야 그렇지. 언제까지고 수술한 채로 놔두면, 내가 더 불안해. 네가 걸리면 나까지 벌금을 내야 하니까."

키라의 마음이 조금씩 기울고 있는 것 같았다. 나는 그런 기미를 느끼고 더욱 간곡히 부탁했다.

"응? 내 일생이 달린 문제야. 제발 좀 도와줘."

"네가 이렇게 간곡히 부탁하니 거절하기도 힘들고, 벌금도 싫고… 나도 너무 괴롭다"라며 키라가 한동안 혼잣말을 중얼거렸다. 그렇지만 결국 내 부탁을 들어주었다.

"그래, 좋아. 해 줄게. 하지만 일주일 후에는 다시 와서 원래대로 되돌리는 거다."

키라가 가까스로 승낙을 해 줬기에 나는 의자에서 벌떡 일어나 그녀에게 달려갔다.

"진짜 해 주는 거지? 정말 기뻐. 고마워!"

"하지만 들키지 않게 조심해. 그럼, 바로 시작할까?"

자리에서 일어선 키라가 옆에 있는 수술실로 나를 안내했다. 그녀는 수술복으로 갈아입고, 강력한 자외선으로 실내를 살균한 후, 나를 긴 소파에 눕히고 마취를 시켰다.

"마취 효과가 나타날 때까지 난 준비 좀 하고 있을게."

키라가 수술 도구들을 늘어놓기 시작했다.

"아파?"

"사실은 성형수술보다 훨씬 간단해. 금방 끝나."

마취가 잘됐는지 확인한 뒤 키라가 나를 엎드려 눕혔다. 그러고는 내 옷을 내리고 등을 드러내더니, 목덜미 언저리에 전기메스를 갖다 댔다. 이 수술의 난이도가 어느 정도인지는 잘 모르지만, 수술실 거울에 비친 키라의 표정이 심각해서 한동안은 말을 걸지 않기로 했다.

수술 도구들이 부딪치는 가벼운 금속성 소리가 방음장치가 된 벽으로 빨려들듯 흡수되었고, 그렇게 시간이 흘렀다.

"드디어 끝났어."

키라가 수술 도구 정리를 마치고 손을 씻기 시작해서 나는 살며시 몸을 일으켰다.

"벌써 끝난 거야…?"

"응. 흔적이 하나도 안 남았지? 자, 봐."

키라가 텔레비전 카메라를 작동시켜서 앞쪽 화면에 내 목덜미가 나오도록 해 주었다. 목에는 수술 자국이 전혀 남아 있지 않았다.

"수술 방법도 예전과 비교하면 많이 진보했어. 이걸 등 쪽 피부 속에 삽입한 거야."

그녀가 황금빛으로 반짝이는 가느다란 철사를 잡고 흔들어 보이며 설명을 덧붙였다.

"이게 피부 속에서 안테나 역할을 하는 거지. 끄트머리는 신경에 연결시켰어."

"그럼, 전파를 보내는 장치는 어떤 거야?"

"이거야."

키라가 내게 작은 장치를 건네며 말했다. 그 장치에는 한 손에 쏙 들어갈 만한 크기의 다이얼이 달려 있었다.

"자, 저 거울을 보고 한번 해 봐."

나는 머뭇거리며 장치의 다이얼을 '미소'에 맞춰 보았다. 장치는 그에 상응하는 전파를 내보냈다. 그 전파가 내 등에 있는 안테나에 도달하고, 그것이 신경에 전달되고, 신경은 다시 근육을 움직였겠지. 나는 얼굴 근육이 저절로 움직이는 것을 느끼고, 무심코 거울을 들여다봤다. 거울 속의 나는 난생처음 보는 우아한 미소를 짓고 있었다.

지금까지도 거울 앞에 서서 다양한 표정을 지어 본 적은 있지만, 이토록 우아한 미소가 지어진 적은 없었다. 게다가 어쩐지 애교가 넘치고, 사랑스럽고, 거기에 은은한 섹시함까지 감돌았다. 나는 지금껏 불가능했던 표정을 만들어 낸 거울 속의 나에게 질투를 느꼈다.

"어때? 잘 되지?"

"성능이 이렇게 대단한 줄은 몰랐어. 정말 기뻐."

내 눈엔 금세 눈물이 그렁거렸고, 이윽고 눈물 한 줄기가 주르륵 흘러내렸다. 내가 다이얼 눈금을 살며시 '기쁨의 눈물'에 맞췄기 때문이다. 그러나 키라는 그걸 눈치채지 못하고 "네가 그렇게 기뻐하는 모습을 보니까 나도 수술한 보람이 있다"라며 감격하다가 이내 알아챘는지 투덜거리며 말했다.

"아이 뭐야, 지금 나한테 사용할 필요는 없잖아."

"미안. 그래도 너까지 속일 수 있다니, 성능이 정말 대단하다."

내가 스위치를 끄며 말했다.

"정부에서 이걸 금지하는 이유를 이젠 알겠지? 이런게 널리 퍼지면, 남을 신용할 수 없게 돼. 그럼 세상이 너무 혼란스러워질 거야."

"스스로도 내가 나 같지 않으니까, 분명 그럴 테지."

"뭐, 어쨌든 하루 빨리 멋진 남자를 잡아서 안테나 제거 수술이나 하러 와. 진짜 벌금만큼은 사양한다."

"걱정 마, 그 점은 알아서 잘할게."

나는 키라가 지시하는 대로 장치를 치마 주름 사이에 부착했다. 그러면 다른 사람은 전혀 눈치채지 못하게 다이얼을 조작할 수 있다.

"이 장치에서 나오는 전파가 다른 사람에게도 효과가 있나…?"

"아니. 파장이 겹치지 않기 때문에 설령 안테나를 부착한 사람이 옆에 있어도 그 사람을 울게 하거나 웃게 할 순 없어. 그건 그렇고, 식사라도 할까?"

"고마워. 그런데 식사는 나가서 할게. 이 장치를 빨

리 써 보고 싶거든. 조만간 보고하러 올게. 잘 있어."

"성공을 기원할게."

나는 빌딩에서 나왔다. 밝은 조명 속에서 형광색으로 반짝이며 움직이는, 마치 강물처럼 유동하는 해질녘 도로변에 서서 이제 어디로 갈까 생각해 봤다. 그러다 고대공원 안에 있는 클럽이 떠올랐다. 그곳이라면 품위도 있고, 또 누구든 아는 사람도 와 있겠지. 일단 그곳에서 이 장치를 작동시키며 저녁이라도 먹자.

도로는 나를 싣고 빌딩 사이를 미끄러지듯 나아갔다. 양쪽에 늘어선 빌딩 숲의 벽은 전자 장치로 만들어 낸 아름다운 무지갯빛 무늬를 샘처럼 변화시키며, 어두워져 가는 하늘 아래서 꿈같은 광경을 그려 냈다.

그때 갑자기 뒤에서 누군가가 내 어깨를 가볍게 두드렸다.

"아가씨, 혼자 심심하시죠?"

젊은 남자가 말을 걸어왔다. 제아무리 성형수술을 해도 표정이나 태도에서 드러나는 천박함과 촌스러움은 어찌해 볼 수가 없다. 이런 남자가 치근대다니, 딱 질색이야.

나는 즉시 손가락으로 '접근하기 힘듦'에 다이얼을

맞추면서 말했다.

"친구랑 약속이 있어서 실례하겠습니다."

그 남자는 겸연쩍어하며 내 옆을 스쳐 지나 앞으로 걸어갔다.

'접근하기 힘듦'이라고 설정한 표정이 어땠는지 나로서는 알 수가 없지만, 상당한 효과를 거둔 건 틀림없다. 나는 살짝 유쾌해졌다.

도중에 세 번 정도 유동 도로를 갈아타고, 공원 입구에서 내렸다.

이 고대공원은 모든 게 기계화된 삭막한 분위기의 도심에서 유일하게 자연을 그대로 보존해 둔 장소였다. 산책길 양쪽 나무숲 사이에 설치한 장치에서는 인공 안개가 고요히 뿜어져 나오고 있었고, 곳곳에 있는 구식 노란 램프 불빛이 번지며 로맨틱한 무드를 자아냈다.

멀리서 은은하게 들리는 아코디언 소리를 향해 나는 촉촉이 젖은 산책길을 걸어갔다. 연인으로 보이는 두 사람이 안개 속에서 나타나 다정하게 대화를 나누며 스쳐 지나갔다. 사랑은 아무리 세월이 흘러도 고풍스러운 것. 연인들은 언제나 조금이라도 더 예스러운 장소를 찾아온다. 지금까지 얼마나 많은 사람들이 이런 이야기를 뒤집으려고 덧없는 시도를 하고, 그러다 또 씁쓸한 실패를 맛보았을까. 불현듯 그런 생각이 들었다.

숲길이 끊기며 음악 소리가 가까이에서 들려왔다. 이윽고 눈앞에 나타난 옛날 서구풍으로 지은 클럽의 건물. 건물 마감재는 나무 흉내를 내긴 했지만 영락없는 플라스틱이었다. 하지만 그건 건 아무래도 상관없다. 플라스틱도 달 기지에만 사용되면 불쌍하니까.

고대공원의 로맨틱한 무드로 에워싸인 이곳이라면 멋진 남성을 만날 수 있을 것 같은 기분이 들었다. 게다가 오늘은 이 장치도 있으니까.

유니폼을 입은 로봇이 고개를 숙이며 문을 열어 주었다. 나는 그 문으로 들어가다가 장난기가 살짝 발동해 다이얼을 '윙크'에 맞춰 보았다. 한쪽 눈의 근육이 내 의지와는 상관없이 움직이는가 싶더니, 조금 떨어진 곳에 서 있던 남자가 최면술에라도 걸린 것처럼 내 앞으로 다가왔다.

"저라도 괜찮으시면, 같이 식사라도⋯."

나는 살짝 당황스러웠다.

"아니, 으음, 그게 아니에요."

허둥지둥 말하며, 다이얼을 '착실함'에 맞췄다. 분명 사람을 잘못 본 것 같은 표정으로 바뀌었을 것이다. 남자는 여우에 홀린 듯한 표정으로 멀어져 갔다.

역시 효과가 엄청난걸. 나는 일단 식사부터 하고 나중에 다시 천천히 시도해 볼 생각으로 식당 쪽으로 걸어가려 했다. 바로 그때, 한 남자의 목소리가 들려왔다.

"어, 아키코 아냐?"

그 목소리에 뒤를 돌아보니, 대학 선배인 구로다가 있었다.

"어머, 구로다 선배. 대학 졸업 후로 사 년이나 못 봤네. 잘 지냈어요?"

다이얼을 살며시 돌려 '반가움'에 맞췄다. 눈이 휘둥그레 떠지며 초롱초롱하게 깜박거렸다. 눈뿐만 아니라, 얼굴 표정에 반가움이 넘쳐 났을 게 틀림없다. 이토록 오랜만에 만났으니 반가운 마음이 드는 것도 당연했지만.

그 표정 때문이었는지, 그가 식사를 같이하자고 청했다.

"오랜만에 만났는데, 같이 식사라도 할까?"

나는 손끝으로 '조신함'에 다이얼을 맞추며 대답했다.

"고마워요. 그런데 구로다 선배는 다른 약속이 있었던 거 아니에요?"

눈이 살짝 내려떠지는 느낌이 들었다.

"아니, 마침 나 혼자야. 잘됐네."

그가 뛸 듯이 기뻐하며 말했다. 남성미가 넘치는 팔로 나를 끌어안듯이 하며 식당으로 이끌었다.

식사하는 내내 나는 줄곧 '단아함' 그 자체였다. 그 탓인지 입 근육의 동작이 작아져서 음식을 먹기도 힘들었고 대화 목소리도 크게 나오지 않았지만, 어쩔 수가 없었다.

"아키코가 성형수술한 건 사진을 받아서 알고 있었지만, 실제로 이렇게 아름다워진 줄은 몰랐어."

그가 다정하게 말을 건넸고, 나는 그 말에 대답하며 찬찬히 그를 관찰했다. 그리고 그에게 뜻밖에도 다정한 면이 있음을 알아차렸다. 학생 때는 안 그랬는데. 사 년이나 지나서 내가 기억하는 인상이 옅어진 걸까, 그가 그동안 정신적으로 성장한 걸까? 아니면 내 몸에 부착한 장치의 위력이 그를 신사적으로 만드는 걸까?

"우주에 갔었다며? 거기서 보는 풍경은 어때?"

그는 잇달아 말을 건넸고, 나는 대답해 주었다. 그렇게 대화하는 사이, 그가 성실한 청년임을 알 수 있었고, 나는 점점 즐거워져서 그에게 호감을 느끼기 시작했다. 예전의 나라면, 그런 마음을 어떻게 드러내면 좋을지 몰라 초조해했을 테지만, 오늘은 다르다. 다이얼의 눈금을 '좋아함'에 맞췄다. 그에게도 그 표정이 전해졌을 게 틀림없다. 식사가 끝나자, 그가 내게 춤을 추자고 청했다.

"잠깐 춤이라도 출까?"

나는 '기꺼이' 그의 요청에 응했다. 옛날 멕시코 곡이 연주되었고, 그의 춤은 차츰 정열적인 열기를 더해 갔다. 나도 그 분위기에 이끌렸는지 점점 정열적으로 변해서, 다이얼 눈금을 살며시 '정열'에 맞췄다. 뺨이 달아오르고, 눈빛이 반짝였던 모양이다. 물론 나는 실제로도 즐거웠다.

이게 대체 어떻게 된 일일까. 조금 전까지는 장치가 먼저였는데… 지금은 내 기분이 앞서 나가고 장치가 그 뒤를 따라오는 듯했다. '나는 저 사람이 좋아'를 백 번이고 이백 번이고 되뇌면, 어느새 그 사람을 좋아하게 되어 버린다는 옛날 미신이 다른 형태로 드러난 것일까. 아니면 나는 처음부터 구로다 선배가 좋았던 걸까. 결국 그 답은 알 수 없었지만, 나는 실제로 그가 좋아진 것 같았다.

몇 곡이 끝났을 즈음, 그가 말했다.

"잠깐 쉬자."

그가 나를 데리고 정원으로 나갔다. 정원의 연못은 먼 빌딩들의 빛의 분수를 드리우며 환하게 반짝이고 있었다. 그가 무슨 말을 할 게 틀림없었다.

다음 데이트 신청일까? 아니면 한 단계 더 나아간 신청일까? 나는 그게 무엇이든 응할 생각이었다. 가슴이 너무 뛰어서 다이얼을 '침착함'에 맞췄다. 이럴 때 너무 안절부절못하는 태도를 보이면 안 돼.

"자, 여기 앉아."

그가 권하는 대로 나는 연못가 근처 벤치에 앉았다. 하지만 정작 그는 무슨 생각에 잠긴 모습으로 좀처럼 입을 열지 않았다. 나는 '생긋'에 다이얼을 맞추고, 망설이는 그로부터 말을 이끌어내려 했다.

그런데 이게 어찌 된 일일까. 예의 그 장치가 작동

하질 않았다. 이상하네. 허둥지둥 다이얼을 '즐거움'으로 바꿔 보았다. 그런데 그것 또한 효과가 없었다. 고장 났나? 그렇다고 해서 장치를 손으로 두드려 볼 수도 없는 노릇이었다. 전파가 끊겼나? 아니, 보나마나 수술이 서투른 탓일 거야. 나는 속으로 '어렵게 여기까지 왔는데'라며 키라를 원망했다.

그런 내 모습을 보고 그가 다정하게 말을 건넸다.

"왜 그래? 무슨 신경 쓰이는 일이라도 있어? 아니면 몸이라도 안 좋아?"

나는 조금 전까지 풍부했던 표정을 잃어버린 걸 분해하면서도 그것을 들키지 않기 위해 고개를 숙이고 대답했다.

"아니, 아무것도 아니에요."

"그렇다면 다행이지만, 걱정했잖아. 실은 아키코한테 내 얘기를 좀 하고 싶어."

말을 꺼내기가 굉장히 거북하다는 듯이 그가 입을 열었다.

"뭔데요?"

나는 장치가 고장 났어도 어떻게든 그의 고백을 들어야겠다고 생각했다.

"사실 나는 사회적으로 문제가 된 표정 조작기를 적발하는 일을 해. 이 벤치 밑에는 강력한 탐지기가 있어."

탐지기로 인해 장치가 무효화돼 버린 지금, 나는 그냥 펑펑 울어 버릴 수밖에 없었다.

그러나 며칠이 지난 후, 그는 정말로 나에게 청혼을 했다. 나중에 들려준 얘기는 이렇다. 오랫동안 장치를 적발하는 일을 해 왔지만, 그렇게 순수하게 펑펑 울어 대는 모습은 처음 보았기 때문이라나. 줄곧 그런 일을 담당하다 보니, '완벽한 울음'만 봐 와서 내가 신선하게 보였던 걸까.

결국 내가 그와 결혼할 수 있었던 것은 역시 그 장치 덕분이었을까? 이따금 생각해 보지만, 도무지 결론이 나질 않는단 말이지. 하지만 그런 건 이제 상관없어. 지금은 이렇게 더없이 행복하니까.

악을 저주하자

"앗, 도둑이야!"

해가 저물어 가는 도심의 거리에서 여자 비명 소리
가 울려 퍼졌다. 자기 가게로 향하고 있던 바의 마담이
핸드백을 빼앗기고 내지른 비명이었다.

"저쪽으로 도망쳤어!"

"아니, 이쪽이야!"

순식간에 모여든 구경꾼들이 미인에게 감사 인사
를 듣고 싶었는지, 제각각 다른 방향으로 뛰어갔다. 도
둑을 쫓을 기회를 잃은 사람은 110번으로 전화를 걸
었고, 잠시 후 경찰차가 도착했다.

"무슨 일입니까?"

차에서 내린 경찰이 물었다.

"눈 깜짝할 사이에 핸드백을 낚아채 갔어요. 부탁이니, 제발 좀 찾아 주세요."

"그런데 어떤 녀석이었나요?"

"글쎄요, 젊은 남자 같던데⋯."

그녀의 대답은 미덥지 못했지만, 주위를 에워싼 구경꾼들이 한마디씩 했다.

"아니, 별로 젊지는 않았어요. 저쪽으로 도망쳤어요."

"내 눈에는 젊어 보였어요. 이쪽으로 도망쳤고요."

어쨌든 도통 갈피를 잡지 못했다는 점에서는 모두 마찬가지였다.

"이래서는 수사할 방법이 없군. 범인의 유류품이라도 남아 있으면 좋을 텐데."

매우 낙담한 마담이 눈을 내리뜨고 자기 양손을 내려다보았다. 왜 좀 더 꽉 붙들고 버티지 못했을까, 하는 후회 가득한 눈빛으로. 그러다 갑자기 환희에 찬 목소리로 소리쳤다.

"있어요!"

"뭐가요?"

"범인이 남기고 간 거요. 이거 봐요."

그녀의 손가락에는 머리카락 두세 가닥이 감겨 있었다.

"깜짝 놀라서 반사적으로 손을 뻗었을 때 상대의 머리를 스친 것 같았는데, 머리카락이 이렇게 남아 있었네."

"흐음, 머리카락이군요."

경찰은 살짝 아쉬워하는 표정이었다.

"그렇지만 머리카락이 있으면 범인을 바로 알 수 있잖아요? 무슨 추리소설에서 읽은 적이 있는데… 아무튼 자, 빨리요."

"뭐, 그런 일도 있긴 하겠지만."

경찰이 머리카락을 건네받아 종이에 싸면서도 그다지 미덥지 않은 대답을 했다.

그런데 그때 구경꾼들 사이에서 행색이 변변찮은 남자가 걸어 나왔다.

"제가 도와드리죠. 그것만 손에 넣었으면 됩니다."

"뭐야, 당신은? 수사에 협조해 주는 건 고맙지만, 머리카락만 가지고 뭘 어쩌겠단 거요?"

"이걸 사용합니다."

남자가 보자기에서 뭔가를 꺼냈다. 그걸 본 사람들의 80퍼센트는 웃음소리를, 나머지 20퍼센트는 환호성을 내질렀다.

"이봐, 장난치면 곤란해. 그깟 짚 인형으로 어쩔 셈이야?"

"우습게 보면 안 됩니다. 정 그렇게 의심스러우면, 당신 머리카락을 한 가닥 줘 보세요."

경찰이 쓸쓸하게 웃으며 모자를 벗고 머리카락을 한 가닥 뽑아서 건넸다. 남자는 그것을 짚 인형 속에 넣더니, 주머니에서 바늘을 꺼내 인형의 왼쪽 다리를 단숨에 찔렀다.

"아야!"

경찰이 소리를 지르며 펄쩍 뛰어올랐고, 구경꾼들의 수군거림은 일제히 감탄의 비명으로 바뀌었다. 이 광경을 바라보고 있던 마담이 눈빛을 반짝였다.

"저기요, 빨리 아까 그 머리카락을….."

그렇게 된 이상, 경찰도 머리카락을 건네주지 않을 수 없었다.

"아, 네. 그런데 그 전에 내 머리카락부터 돌려주

세요."

남자가 경찰에게 머리카락을 돌려주고는, 범인의 머리카락을 짚 인형 속으로 넣었다.

"뜨거운 맛을 보여 주세요."

마담의 눈에는 잔인함이 이글거렸다. 그 말에 따라 남자가 바늘을 팔에도 배에도 사정없이 찔러 댔다. 그 모습을 지켜보던 경찰은 경찰차에서 연락을 돌렸다. 주위에 아파하는 사람이 보이면 일단 심문을 해 보라고.

"가슴도 머리도 찔러요."

"그래, 눈도 찔러."

"더 찔러!"

정의를 사랑하는 구경꾼들도 입을 모아 성원을 보냈고, 악을 저주하는 목소리가 주위에 울려 퍼졌다.

그 무렵, 범인은 가까스로 집에 도착했다.

"아이고, 하마터면 큰일 날 뻔했네."

그가 안도의 한숨을 몰아쉬며 말했다. 그러고는 가발을 벗고, 대머리에 번진 땀을 훔쳐 냈다.

오만한 고객

"어떻게 됐어? 우리가 가는 별은 아직 멀었나?"

두툼한 카펫과 휘황찬란한 장식품들로 꾸며진 우주선 객실. 나의 고객은 창가에 놓인 호화로운 의자에 몸을 젖히고 앉아 한 손에 브랜디 잔을 든 채, 한가로이 별들을 바라보며 턱짓으로 나를 불러 물었다.

"네, 꽤 가까워졌습니다. 자, 이 망원경으로 좀 보시죠."

나는 멋진 조각으로 장식된 망원경을 창가로 옮기고, 손수건을 꺼내 자못 진지하게 파인더를 닦아 낸 후, 정중하게 허리를 숙였다. 고객이 망원경을 들여다보며 말했다.

"으음. 바다도 있고, 육지도 있군."

"네, 지당하신 말씀입니다."

"그런데 대륙이 보라색을 띠는 이유는 뭐지?"

"아 네, 제 생각에는 식물의 색깔인 것 같습니다."

"신기하군. 독특한 사냥감이라도 좀 있으면 좋겠는데 말이야. 친구한테 자랑하고 싶거든. 난 누구한테도 고개를 숙이고 싶지 않아. 나보다 더 희귀한 짐승을 손에 넣는 녀석이 있으면 곤란해."

"그건 걱정하지 않으셔도 됩니다. 이 별에는 아직 어떤 분도 안내하지 않았습니다. 틀림없이 희귀한 사냥감을 손에 넣으실 수 있을 겁니다."

나는 손으로 병을 받치고 정중하게 술을 따르며 대답했다. 그는 지극히 당연하다는 태도로 술잔을 다시 입으로 가져갔고, 내 말에 기분이 좋아졌는지 웃으며 말했다.

"그래? 날 위해 처음으로 그 별을 안내해 주는 거로군. 팁은 넉넉하게 주겠네."

"네. 고맙습니다. 부디 잘 부탁드리겠습니다."

오랜 세월 이 장사를 해 온 만큼, 손님 접대에 한 치의 소홀함도 없었다. 나는 가진 돈을 다 긁어 모아 고성능 우주선을 구입했다. 그리고 내부를 아름답게 꾸미고, 휴가를 떠나는 부자 고객을 맞아 곳곳의 별들을 안내했다. 그들은 그곳에서 지구상에서는 까마득한 옛날에 사라진 스포츠, 요컨대 사냥을 즐겼다.

돈과 지위가 있는 녀석들만을 위한 장사이기 때문에 나는 끊임없이 굽실대고 고개를 숙여야 하지만, 보수는 나쁘지 않다. 특히 이번처럼 툭하면 으스대며 잘난 척을 해 대도, 돈을 물 쓰듯 하며 혼자 우주선을 전세 내서 새로운 사냥터로 가라고 명령하는 고객에게는 거액의 팁을 받을 수 있다.

"슬슬 착륙 준비를 시작하겠습니다."

"으음, 충격이 크지 않게 해 주게. 팁은 넉넉히 줄 테니까."

나는 추가될 팁을 생각하면서 세심하게 주의를 기울여 조용하고 부드럽게 우주선을 착륙시켰다.

"기분은 어떠십니까? 드디어 착륙이 끝났는데요."

착륙은 나의 절묘한 조종 덕분에 탁자 위에 놓인 브랜디 술잔에 아주 희미한 잔물결이 이는 정도에서 마무리되었다.

"흠, 역시 훌륭하군."

"그럼, 어떻게 할까요? 바로 사냥을 나가시겠습니까, 아니면 가벼운 식사라도 준비할까요?"

"식사는 나중에 하지. 난 빨리 사냥부터 하고 싶으니까."

"알겠습니다. 그럼, 옷을 갈아입으시지요."

나는 자단나무 옷장에서 사냥복을 꺼내 공손한 손길로 그에게 입혀 주었다.

"그럼, 이어서 신발을 신으시지요."

그가 의자에 걸터앉아 바닥에 몸을 굽힌 내 앞으로 발을 내밀었다. 몸을 절대 굽히지 않는 게 신조인 듯한 이 손님은 필시 자기 손으로 신발을 신어 본 경험이 없을 것이다. 나는 그의 슬리퍼를 벗기고 신발을 신긴 후 끈을 묶어 주었다. 그러고는 다시 일어서서 벽에 걸어둔 마취 총을 꺼냈다.

"이것이 마취 총입니다. 사용법은 잘 아시리라 생각합니다."

"응. 알지. 자, 안내하게."

나는 문을 열고, 버기카(모래땅이나 고르지 못한 곳에서 달릴 수 있게 만든 자동차. 보통 4륜구동-옮긴이)를 꺼내 운전대에 앉았다.

"사냥감은 어디 있지?"

어디 있냐고 물어본들 나 역시 알 도리가 없었다.
나도 처음 오는 별이었으니까. 다만 오랜 세월 일해 온
감이 조금은 도움이 되었다. 나는 잿빛 초원 위로 버
기카를 몰며 저 멀리 보이는 보라색 숲으로 향했다.

"식물 색깔이 상당히 독특하군."

"네. 태양 빛이 오렌지색이면, 저런 색으로 변합니
다."

이런 고객에게는 과학적인 설명을 해 봐야 소용이
없다. 적당히 대답해 주면 그만이다.

"오호 과연, 재미있는 현상이 일어나는 별이군."

고객은 오만한 자세로 시트에 등을 기대고, 하늘에
서 빛나는 오렌지색 태양을 올려다보며 이해했다는
듯 고개를 끄덕거렸다. 숲이 가까워졌을 때, 내가 급브
레이크를 밟았다.

"이봐, 조심해! 이러면 곤란해."

그러나 고객의 기분은 바로 풀렸다.

"사냥감이 있습니다. 자, 어서 준비를….."

"아아, 그런가. 어디야?"

"저쪽입니다."

내가 손으로 가리킨 숲속에서 짐승 한 마리가 기어 나왔다.

"이제 겨냥을…."

"나도 알아."

그가 서툰 손놀림으로 마쳐 총을 들고 사냥감을 쐈다. 명중! 짐승은 푹 고꾸라졌다. 당연한 일이다. 이 최신식 총은 연동식이니까. 목표물을 조준하는 건 운전대에 앉은 나였다. 당연히 명중할 수밖에 없는 구조였다. 하지만 고객은 자기가 맞혔다고 철석같이 믿을 것이다. 정말 다루기 쉬운 인간이다.

"실력이 정말 대단하십니다!"

"한 방에 숨통을 끊어 놓다니, 내 실력도 그리 나쁘진 않군. 사진 한 장 찍어 주게나."

차에서 내린 그가 사냥감을 앞에 두고 평상시처럼 한껏 으스댔다. 나는 그 모습을 카메라에 담았다.

"이봐, 아무리 봐도 별로 희귀한 동물 같진 않은데. 작은 곰 같은 느낌 아닌가?"

그의 말대로 흔하디흔한 네발짐승이었고 별로 희귀해 보이지도 않았지만, 나는 가까이 다가가서 조사해 보았다.

"아뇨, 절대 그렇지 않습니다. 이 얼굴을 좀 보세요. 입이 위에 있고, 눈이 아래쪽에 달려 있지 않습니까. 이런 동물은 저도 처음입니다."

"그렇군."

고객은 다시 만족스러운 목소리를 되찾고는 이렇게 말했다. "그럼, 내가 여기까지 찾아온 보람이 있다는 얘기군. 빨리 우리를 조립해서 그 속에 넣어 주게."

그는 내가 우리를 조립하는 동안, 기쁨에 겨운 표정으로 축 늘어진 그 짐승의 등을 쓰다듬고 있었다. 그러다 돌연 표정이 굳어졌다.

"무슨 일입니까?"

"아무것도 아니야. 이제 우리는 필요 없어. 빨리 우주선으로 돌아가지."

이럴 때 이유를 묻거나 뜻을 거역하면 안 된다는 정도는 익히 알고 있다. 나는 전속력으로 차를 몰아 우주선에 도착했다.

"빨리 출발해!"

"네."

우주선은 다시 우주로 날아올랐다. 그러나 고객의

기분은 여전히 언짢아 보였다.

"피곤하세요? 브랜디라도 좀 드시겠어요?"

나는 조심스럽게 술을 권해 보았다.

"필요 없어. 하나도 재미가 없는 별이잖아. 사람을
바보 취급해도 유분수지. 빨리 다른 별로 가. 속도를
내지 않으면, 팁도 취소야."

나는 마치 여우에 홀린 기분이었다. 그러나 앞으로
비즈니스에 참고하기 위해 그 원인을 알아 둘 필요가
있었다. 나는 다음 별에 도착할 때까지 오랜 세월의 경
험과 모든 능력을 동원해 최고의 서비스를 제공했고,
가까스로 그 이유를 묻는 데 성공했다.

"사실은 그 짐승의 배꼽이 등에 있었어."

"그렇다면 더더욱 희귀한 짐승 아닌가요? 뭐가 마
음에 안 드셨는지…?"

"생각해 보게, 나보다 더 몸을 젖히고 으스대는 동
물을 내가 데리고 갈 것 같나?"

탐험대

어디선가 홀연히 모습을 드러낸 그 우주선은 어마어마하게 컸다.

화창한 어느 봄날, 길이가 3킬로미터는 될 것 같은 우주선이 산악 지대의 계곡 사이에 절묘한 솜씨로 착륙했고, 안에서 우주인 몇 명이 나왔다. 그 우주인들 역시 매우 컸는데, 키가 50미터는 돼 보였다. 그들은 느릿느릿 걸어 다니기 시작했고, 이따금 숲의 나무를 뽑아 눈높이까지 들어 올리기도 했다.

물론 처음에는 너 나 할 것 없이 난리 법석이었다.

"어처구니없는 녀석들이 왔어!"

"무슨 일이 벌어질까?"

그러나 사람들의 걱정이 더 심해지지는 않았다. 그 거대한 남자들이 인간에게 무슨 해를 끼치려고 온 것 같지는 않아 보였기 때문이다. 그들은 가끔 나무를 뽑았을 때처럼 인간을 얼굴 가까이까지 들어 올리기는 했지만, 그 이상은 아무 행동도 하지 않고 다시 땅에 내려놓았다.

물론 처음에는 공포에 휩싸여 총을 쏘는 사람도 있었다. 그러나 총알은 허무하게 튕겨져 나왔고, 거대한 남자들은 아무런 느낌도 없는 것 같았다. 아마 대포를 쏴도 마찬가지겠지.

물론 원자폭탄을 쓰면 퇴치할 수야 있겠지만, 그런 짓을 하면 땅과 대기까지 오염돼서 그 뒤처리가 더 막막하다. 별다른 피해도 없었으므로 그럴 필요까지는 없어 보였다.

한편, 대형 스피커로 말을 걸어 보려고 시도하는 사람도 있었다. 그러나 그것도 소용없었다. 말이 전혀 통하지 않았다. 처음에는 소리를 듣고 몇몇이 돌아보기도 했는데, 얼마쯤 지나자 눈길도 주지 않게 되었다.

소란이 일단락되고, 이 상황에도 차츰 익숙해지자

서로 방해하지 않는 생활이 시작되었다.

거대한 우주인들은 우주선에 태워 온 공룡 같은 큰 동물을 타고 이따금 멀리까지 나가기도 했다.

"역시 우주인은 다르네. 저렇게 큰 괴수를 길들여서 타잖아."

"얼굴은 사납게 생겼는데, 용케 길이 잘 들었군."

마을 사람들이 괴수라고 이름 붙인 그것들은 덩치가 코끼리의 열 배는 되었다. 그러나 괴수들도 별로 난폭하게 굴지 않았고, 거대한 남자들이 주는 먹이를 먹으며 그들의 명령에 따라 움직이는 것 같았다. 사람들은 이따금 생각이 난 듯이, 우주인에 관한 소문을 주고받았다.

"녀석들은 대체 뭘 하러 왔을까?"

"지금 상황으로 봐선 지구를 정복하러 온 것 같진 않아. 아마 단순한 탐험이나 조사 때문에 왔겠지."

"그러고 보면, 저 거대한 우주인들이 움직이는 모습도 왠지 신사적이야."

그러고는 가을이 되자 탐험이 어느 정도 끝났는지, 그들은 그 큰 우주선을 타고 하늘 저 너머로 사라졌다.

"드디어 떠났군."

"다시 돌아올까?"

"아마 그렇겠지. 저걸 봐."

우주선이 떠난 자리에는 굵은 강철 말뚝이 땅속 깊이 박혀 있었고, 거기에 괴수들이 묶여 있었다.

"저 괴수들은 도무지 마음에 안 들어."

"그래도 저렇게 묶어 두면 별일은 없겠지?"

분명 거대한 짐승들은 단단하게 묶여 있었다.

겨울이 되고 산마다 눈이 쌓이기 시작했을 무렵, 거대한 짐승들의 울음소리가 점점 커졌다.

"왠지 안 좋은 일이 생길 것 같은 불길한 예감이 들어."

마침내 그 예감은 현실이 되었다. 괴수 두 마리가 발버둥을 친 끝에 굵은 사슬을 이로 끊어 내고는 마을로 난입한 것이다. 마을 사람 몇 명이 거대한 괴수의 무시무시한 어금니에 희생되었다.

"도망쳐, 빨리 도망쳐!"

도망치는 것 말고는 달리 방법이 없었다. 평범한 무기로는 당해 낼 수가 없었고, 그렇다고 원자폭탄을 쓰자니 그 피해가 괴수들의 난동과는 비할 바가 못 되었다. 겨울 추위 속에서 마을 사람들은 기도를 드리며 허둥지둥 도망 다녔다. 그러나 불운한 몇몇 사람들은 잇달아 희생양이 되어 갔다.

"이젠 틀렸어, 이 땅을 떠나자."

"안타깝지만, 다른 방법이 없어."

봄이 되고, 사람들이 짐을 정리해서 이주를 실행에 옮기려고 할 때, 하얀 구름 속에서 또다시 그 대형 우주선이 나타났다. 그리고 우주선에서 잇달아 나온 거대한 남자들이 그들 치고는 빠른 걸음으로 거대한 짐승들에게 다가갔다.

"거대한 남자들이 돌아와서 아수라장이 된 이 현장을 보면, 틀림없이 그 난폭한 괴수들을 응징해 줄 거야."

그러나 마을 사람들의 기대는 보기 좋게 배신당했다. 우주인들은 커다란 괴수 두 마리를 번갈아 안아 주었고, 커다란 괴수들도 그 무시무시한 어금니를 감추고 우주인들에게 뺨을 비벼 댔다.

누군가가 나지막이 중얼거렸다.

"저 괴수들은 녀석들의 반려동물이고, 이름은 보나 마나 뽀삐나 해피쯤 되겠지."

최고의 작전

은하계에는 다음과 같은 우주 생명체가 있었다. 그 생명체는 자신들이 눈독을 들인 별을 무리 지어 침략해 점령하고, 모조리 착취한 후 또 다른 별을 찾아 떠나는, 방랑벽에 호전적 기질, 게다가 우수성까지 두루 갖추고 있었다.

물론 전투를 하다 보면 전사자도 나왔지만, 그들은 분열을 통해 번식할 수 있었으므로 얼마 후면 원래의 개체 수로 돌아갈 수 있었다.

"이 별에서는 더 이상 뽑아 먹을 게 없어. 다른 별로 가자!"

"좋아. 그럼, 다시 떠나 볼까? 그런데 지금까지 돌아봤던 별들의 녀석들은 하나같이 시시한 상대뿐이었어."

"우리에게 필적할 만한 생명체는 우주에 존재하지 않겠지. 하지만 너무 쉽게 이기기만 하는 것도 따분하긴 하네. 한 번쯤은 져 보고 싶군."

"배부른 소리 하지 마. 자, 출발한다."

우주선들이 떼를 지어 하늘로 날아올랐다. 다음 목적지로 정해진 별의 주민들은 엄청난 공황 상태에 빠졌다.

"저기 봐! 무시무시한 우주선 무리다! 전설에 남을 악명 높은 패거리다!"

"아무리 저항해도 소용없어. 전에는 저항하다 전멸에 가까운 타격을 입었잖아. 그 후로 분열 증식을 반복해서 그나마 간신히 이 정도 인구까지 되돌린 거야. 여기까지 대체 몇 년이나 걸렸는지 알아?"

그 긴 세월은 도저히 헤아릴 수조차 없었다.

"어떡하지?"

"싸워 봐야 소용없어. 하지만 놈들에게도 약점은 있겠지. 일단은 말로 잘 구슬려서 저들의 마음을 사자고.

그래서 최대한 난폭하게 굴지 않게 해야지. 그러다 보면 뭔가 좋은 수가 떠오를 거야."

"그 말이 맞아. 아주 신중하게 대처해야 해. 우리가 일대일로 붙어서 철저하게 감시해야 해."

"저기 봐, 착륙하기 시작했어. 다들 준비됐지? 부디 각별히 말조심해. 절대 거친 말은 쓰지 마."

거대한 철새 떼처럼 춤추듯 내려온 우주선 안에서 살기등등한 무리가 우르르 쏟아져 나왔다.

"어떠냐? 한번 대항해 볼래? 그렇다면 우리의 실력을 제대로 보여 주마!"

그러나 그에 대한 응답은 뜻밖이었다.

"어이쿠, 대항이라뇨? 말도 안 됩니다. 잘 오셨습니다."

"우리가 어떤 종족인지는 알고 있나?"

"물론 잘 알고 있지요. 별들을 순회하고 계시잖습니까. 많이 피곤하시죠? 자, 저희 별에서 편안히 좀 쉬시지요."

침략자들은 살짝 맥이 풀렸다. 그러나 오랜 여행으로 지쳐 있었던 건 사실이었고, 이렇게 고분고분하게 나오는 태도도 기분이 나쁘지만은 않았다.

"그럼, 일단 좀 쉬기로 할까."

"그렇게 하시죠. 저희가 한 분씩 따로 모시면서 극진히 시중을 들겠습니다."

저항자들은 침략자들을 그렇게 뿔뿔이 흩어 놓았다. 그리고 자기들끼리만 몰래 연락을 주고받았다.

"네가 맡은 녀석의 상태는 좀 어때?"

"아직까지는 얌전해."

"조금 더 상황을 지켜보자."

침략자들은 너 나 할 것 없이 한껏 거드름을 피웠고, 저항자들은 모두 냉정하게 그들을 관찰했다.

"슬슬 방심하기 시작한 것 같아. 죽여 버릴까?"

"그런데 찬찬히 살펴보니, 의외로 착한 구석도 있는 것 같아. 내가 살짝 치켜세워 줬더니, 어찌나 열심히 일을 하던지…."

"어머, 그래? 우리도 한번 시도해 볼게."

모든 정보들이 저항자들 사이로 퍼져 나갔다.

"진짜네. 듣기 좋은 말로 구워삶았더니, 일을 아주 잘해."

"이렇게 되면, 그냥 죽이긴 아깝지. 철저하게 써먹는 게 우리 별을 위한 길이야."

"그렇게 하자. 도망치지 못하게 아예 저 우주선을 망가뜨릴 수 없을까?"

"상상도 못 했던 결과가 나왔네."

저항자들은 필사적인 노력을 계속했다. 노력한 보람이 있어서 아무렇게나 방치해 둔 침략자들의 우주선은 어느새 녹이 슬어 못쓰게 되어 버렸다.

"이젠 됐어. 도망칠 수 없을 거야."

"그런데 왠지 이따금 불공평한 기분이 드나 봐. 그래서 좋은 방법을 생각해 냈지."

"무슨 방법인데?"

"아이 만드는 걸 대신 맡아 줬지. 그랬더니 기분이 풀리더라고."

"그 정도로 속일 수 있으면, 식은 죽 먹기네. 모두에게 알려 줘야겠다."

정보가 전달되자, 불만에 찬 불온한 움직임도 차츰 가라앉았다.

그렇게 길고 긴 세월이 흘렀다. 침략자들은 불현듯 무슨 생각이 떠올랐는지 혼자 중얼거렸다.

"내가 지배자야. 놈들은 내 명령이면 뭐든 따라야

해."

한편 저항자들은 여전히 은밀하게 연락을 주고받으며 샘 근처에서, 우물가에서, 그리고 그 밖의 다른 모든 곳에서 오래도록 정보를 교환했다.

"하고 싶은 말은 하게 내버려 둬. 거들먹거리게 해주면 우쭐해서 일도 잘하니까. 그나저나 그 방랑벽만큼은 좀처럼 사라지질 않네."

통신판매

나는 영업 사원이다. 지구에서 유행이 지난 상품이나 과잉생산으로 처리하기 곤란해진 상품 등을 싸게 구입해서 우주선에 싣고, 다른 별에 사는 주민에게 팔러 다닌다.

여러 가지 진귀한 풍물을 접할 수 있고, 대부분의 주민들은 기뻐하며 환영해 준다. 게다가 이익도 어느 정도는, 아니 솔직히 말하면 떼돈을 번다.

언젠가는 지네에서 진화한 어느 별의 주민들에게 신발을 팔아 대량의 재고를 한꺼번에 정리한 적도 있다.

또한 가엾게도 발성기관이 없는 생명체들이 사는

별이 있었는데, 그곳에 옛날 나팔을 가져가서 손짓 발짓으로 사용법을 알려 주고, 더할 나위 없는 감사 인사를 받은 적도 있다. 그들은 그걸로 처음 의사소통을 할 수 있게 되었고, 그 후로는 문화가 비약적으로 발전하기 시작했다.

그 별에서는 귀중한 자원의 채굴권을 따냈고, 그곳에서 나는 문명개화의 은인으로 추앙받고 있다. 지금도 그곳을 방문하면, 삐익 삐이익 나팔을 불며 엄청난 환호의 물결로 맞아 준다.

지금까지 가장 거하게 한몫을 잡은 것은 몸이 금속 물질로 되어 있는 주민들과 거래했을 때다. 나는 그 별에 화장품을 들고 갔다. 아름다운 화장품 용기에 그럴 듯하게 금속 광택제를 담아서 팔아넘긴 것이다. 이것을 녹이 슨 것처럼 불그레한 그들의 얼굴에 바르고 문지르면 순식간에 광택이 나니, 굳이 설명을 안 해도 정신없이 달려드는 게 당연했다.

"정말 대단해. 이렇게 아름다워질 줄이야."

그들은 내가 건네준 거울을 들여다보고, 한숨을 내쉬며 말을 이었다.

"보나마나 엄청나게 고급 물질을 사용했겠죠?"

"물론이죠. 이건 우리의 별 지구에서 여러분의 피부에 맞추기 위해 오랜 세월 연구를 거듭해서 완성한 최고급 화장품입니다."

다행히 그 별에는 광택제 자원이 없어서, 아무렇게나 둘러대며 내 멋대로 가격을 매길 수 있었다. 그럼에도 순식간에 품절되었다. 심지어 물건을 구입한 녀석들 중에는 거기에 뭔가를 섞어서 외제 화장품으로 속여 팔았다고 하는데, 나도 나중에야 그 사실을 알고는 무척 놀랐다. 미처 구입하지 못한 이들에게 바가지를 씌워 돈을 왕창 챙긴 자들도 있다고 한다.

이런 추세로 장사가 계속 크게 성공하다 보니, 아무래도 예전처럼 별들을 일일이 돌아다닐 수는 없었다. 그래서 지혜를 짜내 카탈로그와 무전기를 조합한 세트를 만들어서 도처에 흩어져 있는 별들에 설치했다.

원하는 상품의 사진 밑에 있는 버튼을 누르면, 이쪽으로 주문이 들어오는 장치다. 나는 지구에 머물면서 주문에 맞게 상품을 보내 주고, 이따금 수금만 하러 돌아다니면 된다.

그렇다고 해서 판로 확장을 포기한 것은 아니다. 그 카탈로그 무전기 세트의 간단한 버전을 만들어서 소형 우주선에 실은 후, 아직 방문한 적이 없는 별들에도 보냈다. 뭔가 반응이 있을지도 모르기 때문이다. 그러자 얼마 후, 예상대로 반응이 왔다.

"엇, 벌써 주문이 들어왔네. 역시 홍보는 하고 볼 일이군. 으음 보자, 15823번 한 개라…"

그 번호로 표시된 상품은 삽이었다. 나는 그것을 소형 화물선에 실어 발송했다. 화물선은 카탈로그 무전기가 방출하는 전파를 타고 광활한 공간을 날아갔다.

얼마쯤 지나자, 추가 주문이 들어왔다. 이번에는 1만 개였다. 그 별의 주민은 일단 견본으로 한 개만 받아 보고, 품질이 마음에 들자 다시 1만 개로 개수를 늘려서 주문했을 게 틀림없다. 그건 그렇고, 구멍 파기를 어지간히 좋아하는 주민이로군. 나는 바로 물건을 발송했다.

또 얼마쯤 지나자, 그 별에서 이번에는 다른 주문이 들어왔다.

"흐음, 22673번 한 개란 말이지."

그것은 지구에서 캠핑 등을 갈 때 가져가는 일종의 간편 식품이었다.

"이상한 것만 주문하네. 보나마나 국토 발전에 열

을 올리는 중이겠지. 주민들이 삽과 도시락을 들고 고군분투하고 있을 게 틀림없어. 이런 별은 장래성이 매우 밝아. 판로 확장 삼아 직접 한번 가 볼까. 내가 없는 동안 잘 부탁해."

내가 자리를 비운 동안, 일처리는 친구에게 맡기기로 하고, 나는 삽을 판매한 돈도 수금할 겸 그곳에 가 보기로 했다. 우주선에는 주문을 받은 간편 식품 외에도 손목시계나 라디오 같은, 카탈로그에는 없는 고급품들도 함께 실었다. 손목시계는 그 별의 자전주기에 맞춰 바로 조정할 수 있는 제품이었고, 시계 밴드 역시 주민의 팔목이 아무리 굵어도 잘 맞도록 조정할 수 있었다.

그리고 돌아올 때는 서비스로 라디오를 두고 올 생각이었다. 나중에 그 별로 음악과 광고를 흘려보내면, 라디오 세트는 물론이고 잇따라 각종 주문들이 쇄도할 것이다.

나는 설레는 마음으로 우주여행을 계속하며 목적지인 별로 날아갔다. 그 별은 온통 구름으로 뒤덮여 있었지만, 나는 두려움 없이 착륙 태세에 들어갔다. 외제 고급품을 산더미처럼 싣고 온 상인이다. 구름 아래

세계에서는 환영해 줄 게 틀림없었다. 우주선은 불꽃을 아래로 분사하며, 구름 속으로 하강하기 시작했다.

바로 그때, 계기판 수치로는 지상까지의 거리가 아직 남아 있는데도 불구하고 선체가 갑자기 움직임을 멈췄다.

"이게 대체 무슨 일이지?"

허둥지둥 창밖을 내다본 나는 그 앞에 펼쳐진 광경을 보고 간이 떨어지는 줄 알았다. 거대한 손이 우주선을 움켜쥐고 있는 게 아닌가. 이래서는 시계 밴드를 아무리 최대한으로 늘려도 그 손가락조차 들어가지 않을 터였다.

그리고 그 손의 주인, 요컨대 거인의 몸은 이루 말할 수 없이 거대했다. 거인들은 여러 명 있었고, 개중에는 따분한 듯이 드러누워 귀를 파는 녀석도 보였다. 건설에 매진하는 활기 같은 건 눈을 씻고 찾아봐도 없었다. 찬찬히 살펴보니 그들이 애용하는 귀이개가 눈에 익었다. 그건 내가 전에 발송했던 삽이 분명했다.

"아무래도 내가 착각을 한 것 같군."

이것은 착각을 한 정도가 아니었다. 우주선을 움켜쥔 거인의 얼굴에 더할 나위 없이 기쁜 미소가 번지더니, 침을 줄줄 흘리는 게 아닌가.

나는 새삼 다시 우주선에 싣고 온 그들의 주문품을 찬찬히 살펴보았다. 그것은 카탈로그 사진으로도 바로 알 수 있었는데, 가늘고 긴 통조림과 소형 연료를 조합한 상품으로 '따뜻한 식사를 언제 어디서나 바로'라는 광고 문구가 붙어 있었다.

텔레비전 쇼

—여러분, 이제 곧 정부에서 제공하는 텔레비전 쇼 시간입니다.

아나운서의 목소리는 엄숙하고 위엄이 있었다.

—자녀분이 꼭 봐 주셔야 합니다. 쇼는 10분 후에 시작하겠습니다. 각 가정에서는 그때까지 자녀분을 텔레비전 앞으로 데리고 나와 주시길 부탁드립니다. 그럼, 잠시 동안 음악을 틀어 드리겠습니다.

이 목소리는 전파를 타고 막 해가 저문 밤하늘을 달려, 모든 가정으로 흘러들었다.

양쪽 다 마흔 살쯤 된 부부가 사는 이 가정도 예외

는 아니었다. 남편은 의자 깊숙이 앉아 아내가 따라 준 커피를 앞에 두고 색깔이 계속 바뀌는 소형 분수를 멍하니 바라보고 있었는데, 아나운서의 목소리에 퍼뜩 정신이 들었다.

"아, 또 그 텔레비전 쇼 시간이 됐군. 우리 애는 어디 있지? 빨리 데려와야지."

남편이 다정한 목소리로 아내에게 말했다. 전에는 험한 말투로 소리도 지르곤 했던 남자지만, 이 쇼 프로그램이 시작된 무렵부터는 그런 일은 전혀 없었다.

"글쎄, 공부방에 있나? 잠깐 보고 올게요."

자리에서 일어선 아내가 나지막한 한숨을 흘리며 방에서 나가 복도로 걸어갔다.

"얘, 텔레비전 쇼 시간이야."

아이를 부르며 방문을 두드렸지만, 공부방 안에서는 아무 대답도 들리지 않았다. 그래서 그녀는 살며시 문을 열었다. 문이 열림과 동시에 조명이 자동으로 켜져, 실내에는 부드러운 빛이 가득 찼다.

아무도 없는 방에는 벽 쪽 책꽂이에 빼곡히 꽂힌 수많은 책, 전기 모형을 만드는 자질구레한 재료, 라켓과 방망이 같은 운동기구… 모든 것들이 평소와 다름없이 단정하게 정리된 채 얌전히 조명 불빛을 들쓰고 있었다.

"또 어디로 나가 버렸네."

아이가 없는 방을 본 그녀는 모든 물건들을 마구 어질러 버리고 싶었지만, 그 충동을 억누르고 책상으로 다가갔다. 최소한 발소리라도 세게 내고 싶었지만, 이를 비웃기라도 하듯 바닥에 깔린 두툼한 카펫은 그 소리를 부드럽게 빨아들였다. 책상 위에는 공책과 책 두세 권이 역시나 단정하게 포개져 있었다.

"또 전자공학 공부나 하고…."

그녀는 화가 치미는 듯이 중얼거리며, 일단 손에 잡힌 책을 책상 위로 집어 던졌다. 그래도 이번에는 책이 소리를 내주었다. 그 바람에 공책 페이지가 가벼운 소리와 함께 뒤로 넘어갔고, 단정한 글씨로 빽빽하게 써 놓은 수식과 기호가 한동안 춤을 추었다.

"이런 공부를 해 봐야 아무 소용없는데."

거칠게 문을 닫은 그녀가 남편이 있는 곳으로 돌아갔다.

"어떻게 됐어?"

"공부방에는 없어요."

"그럼, 정원 철봉에서 체조라도 하나?"

아내가 창가로 다가가서 정원을 내다보았다. 기계 체조를 하고 있다면 밝은 조명등이 빛을 흩뿌리고 있을 테지만, 정원은 어두웠고 검은 철봉 주변에는 인기척이 없었다.

정원 저 너머 고속도로에서는 반딧불처럼 차가운 빛을 내뿜는 자동차가 물 흐르듯 조용히 달리고 있었다. 저 멀리 도심에서는 화려한 네온이 시시각각 색깔을 바꾸며 움직였고, 하늘 저 너머에서는 점멸하는 달 착륙선이 유유히 허공을 가로질렀다.

"정원에도 없어요. 어쨌거나 과학이 이렇게 발전했으니, 이젠 해결책이 좀 나올 때도 됐는데…."

돌아선 그녀가 창에 기대선 자세로 말했다.

"으응, 하지만 연구라는 건 시작부터 완성까지 상당한 시간이 필요한 법이야. 얼마 전까지만 해도 누가 이런 사태를 상상이나 했겠어?"

힘없이 대답한 남편이 딱히 들을 마음도 없이 텔레비전 음악에 조용히 귀를 기울였다. 음악 소리가 작아지며 아나운서 목소리로 바뀌었다.

—여러분, 쇼는 이제 7분 후에 시작합니다. 자녀분

에게 꼭 보여 주십시오.

텔레비전에서는 다시 음악 소리만 흘러나왔다. 남편이 혼잣말처럼 나지막이 중얼거렸다.

"우리 애는 텔레비전 쇼를 보고 싶어 하지 않아."

"그건 알죠. 하지만 그런 말을 하면 안 돼요. 연구가 언제 완성될지 모르잖아요. 그때까지는 텔레비전 쇼를 보여 주는 노력이라도 계속해야죠."

"그런데 과연 쇼를 보여 주면, 조금은 도움이 될까?"

"그거야 모르지만, 보여 주는 게 적어도 마이너스는 아닐 테니, 일단은 시도해 보는 게 부모의 의무 아닐까요?"

"어어…."

남편은 그쯤에서 생각이 떠오른 듯이 말했다.

"학교 실험실에 가 있는 거 아닐까?"

"그러게요. 언젠가도 그런 일이 있었죠. 바로 전화해 볼게요. 텔레비전 소리 좀 줄여 줘요."

아내가 전화기 옆으로 다가가 다이얼을 돌렸다. 그들의 아들은 역시나 그곳에 있었다.

"빨리 들어와. 집에 와서 텔레비전 봐야 해. 이제 곧 시작할 거야. 아빠도 걱정하셔."

"죄송해요, 말도 없이 학교에 와서. 그런데 좀 전에 책을 읽다가 갑자기 실험을 해 보고 싶어졌어요."

"그렇게까지 열심히 공부할 필요는 없잖니. 어쨌든 당장 들어와. 텔레비전 쇼 시간 전에는 반드시 들어와야 해."

"하지만 이제 막 실험을 시작했으니까, 쇼는 학교 텔레비전으로 보면 안 될까요?"

"그건 안 돼. 네가 정말로 쇼를 보는지 안 보는지 걱정되니까. 제발 부탁이니 집에 와서 같이 보자꾸나."

"네. 그럼, 바로 들어갈게요. 4분 정도면 집에 도착할 수 있을 거예요."

아들은 고분고분 대답하고 전화를 끊었다.

"역시 학교 실험실에 있었어요. 바로 들어온다니까, 쇼 시간에는 늦지 않을 거예요."

아내가 수화기를 내려놓으며 마음이 놓인 듯이 말했고, 남편도 안심이 되는지 텔레비전 음량을 원래대로 높였다.

—여러분, 쇼는 이제 5분 후에 시작합니다. 자녀분들에게 꼭 보여 주십시오. 인류의 빛나는 미래를 만

들기 위해.

아나운서의 목소리는 묵직하게, 그러면서도 어딘지 모르게 공허한 울림을 동반하며 흘러나왔다.

"아, 어쩌다 이 지경이 됐을까. 어머, 또 푸념을 늘어놓고 말았네."

"괜찮아, 어느 집이나 부모 심정은 다 똑같을 거야. 방사능이 너무 늘어난 탓이니, 우주선宇宙線(우주에서 지구로 쏟아지는 높은 에너지의 미립자와 방사선 등을 총칭하는 말-옮긴이)에 변화가 생긴 것 같다느니, 미지의 바이러스 탓이니, 대기 성분의 구성 비율이 조금 달라졌기 때문이라느니…. 학자들은 우리가 던지는 '왜'라는 질문에 늘 그런 답변들만 내놓지. 하지만 우리의 '왜'라는 질문은 그런 답변을 원하는 의문사가 아니야. 불안과 초조, 한탄이 뒤섞인 깊은 한숨이라고."

그는 홧김에 식어 버린 커피를 단숨에 들이켰다. 아내가 옆에 있는 의자에 앉았다.

"나는 이런 생각도 해 봤어요. 우리가 아주 젊었던 그 옛날, 전 세계가 전쟁의 공포에 떨면서 아무도 미래를 믿지 않았던 때가 있었잖아요. 그래서 신이 인류의 미래를 가로채 버리는 벌을 내린 게 아닐까요."

남편이 고개를 크게 끄덕이며 조용히 대답했다.

"으응, 그럴지도 모르지. 미래를 거부하려는 의식이 쌓일 대로 쌓이면, 이런 형태로 바뀌어서 나타나는 것도 충분히 가능한 일이겠지."

"사람들이 좀 더 일찍 깨닫고 손을 썼으면, 어떻게든 방법을 찾을 수 있었을지도 몰라요."

"그렇진 않을 거야. 어느 집이나 부모는 다 팔불출이니까. 하긴 남 얘기할 때가 아니지. 우리도 그랬으니까."

그가 쓸쓸하게 웃었다.

"하긴 그랬죠. 얌전하고 성실하고 공부도 열심히 하는 아이. 게다가 운동도 제대로 하고, 집에 데려오는 친구도 착한 아이들만 골라 왔고… 나는 경망스럽게도 여기저기 자랑까지 하고 다녔다니까요. 물론 다른 엄마들도 나처럼 자랑했지만, 그건 허영일 거라고 생각했죠. 나도 참 바보였어."

"나도 마찬가지야. 설마하니 모든 집이 다 똑같을 줄은 몰랐지. 그러니 좋은 친구만 데려올 수밖에…. 어느 집 아이나 모두 그랬으니까."

"나는 설명을 듣고도 그 사실을 받아들이기까지 한

참이나 걸렸어요. 그리고 가까스로 인정했을 때는 살짝 실망스러웠죠. 우리 아이만 그런 게 아니란 걸 알고….”

그녀가 쓸쓸하게 웃었다. 남편이 그 말을 받아 대화를 이어 갔다.

“인류를 위해서는 좋은 일일 거라고 간신히 스스로를 납득시켰을 때, 꼬리를 물듯이 그에 동반된 현상이 발견됐지. 그걸 알고는 고뇌의 밑바닥까지 곤두박질쳤어. 모든 부모가 똑같은 순서로 이런 과정을 거쳤을 거야.”

그는 자리에서 일어서서 한참 동안 환기장치 스위치를 켰다. 깊은 한숨을 밖으로 빼내기 위해.

―이제 2분 후에 시작합니다. 자녀분은 이미 텔레비전 앞에 모이셨나요? 모쪼록 쇼를 꼭 보여 줄 수 있도록 노력해 주십시오.

다시 음악이 흘렀다. 남편이 의자에 앉았다.

“이제 들어올 시간인데.”

바로 그때, 그 말에 대답이라도 하듯 초인종이 울렸고, 뒤이어 전기 오토바이를 현관 한쪽에 세우는 소리가 들렸다.

"아, 왔나 봐요."

문이 열리고, 아들이 들어왔다.

"너, 왜 이렇게 늦어?"

"죄송해요. 그래도 엄청 서둘러서 온 거예요."

아들이 정중하게 고개를 숙였다. 아버지가 텔레비전 앞 소파를 가볍게 두드렸다.

"됐다. 자, 어서 텔레비전 앞에 앉아라."

"네."

아들은 예의 바르게 자리에 앉아 두 손을 무릎 위에 올렸다.

"좀 더 편한 자세로 봐도 좋잖아."

"그런데 저는 이게 더 편해요. 익숙해서요."

텔레비전 음악이 끊겼다.

—여러분, 오래 기다리셨습니다. 그럼, 지금부터 정부에서 제공하는 쇼를 방영해 드리겠습니다. 자녀분과 함께 편안하게 감상해 주십시오.

새로운 음악이 시작되었다. 그것은 어른들에게는 음란한 감정을 자극하는 멜로디였다. 음악과 함께 컬러텔레비전 화면 양쪽 끝에서 남자와 여자가 모습을 드러냈다. 그러더니 춤을 추며 몸에 걸치고 있던 옷을 하나씩 벗어 던졌고, 마지막 속옷까지 다 벗고는 서로에게 다가가 끌어안았다.

"어떠냐. 너도 저걸 보면 조금은 흥분이 되니?"

걱정스러운 듯이 묻는 아버지에게 아들은 화면을 바라보며 침착한 목소리로 대답했다.

"네, 아빠. 저는 굉장히 흥분돼요."

그러나 그 대답이 부모에게 걱정을 끼치지 않으려는 거짓말이라는 것은 표정만 봐도 바로 알 수 있었다. 평소와 조금도 다르지 않은 아들의 고요한 눈빛에서는 불타오르는 욕정의 빛이라곤 전혀 찾아볼 수 없었으니까.

"그렇군. 그럼, 됐어. 끝날 때까지 봐야 한다."

아버지는 티 나지 않게 눈물을 슬쩍 훔치며 말했다. 음악의 템포는 빨라졌고, 화면 속의 광경은 더 농밀해졌다.

아이들에게 인류에게서 급속히 사라져 가는 성욕을 어떻게든 심어 주기 위해 정부에서 제공하는 호화로운 쇼. 이 쇼는 이렇듯 간절한 염원이 담겨 있었건만, 그저 덧없이 방영될 뿐이었다.

개척자들

"자, 이건 꼭 먹어야 해."

젊은 엄마가 어린 아이의 얼굴을 들여다보며 다정하게 말했다.

"싫어, 이건 너무 맛없어."

힘겹게 숟가락을 입에 넣어 줬지만, 아이는 바로 뱉어 내며 고개를 젓고 창문 쪽으로 얼굴을 돌려 버렸다.

두툼한 플라스틱으로 된 창밖에는 뾰족한 산이 솟아 있었고, 그 위에는 나란히 뜬 달 두 개가 빛나고 있었다. 산기슭 쪽에는 이곳과 똑같은 반구형 돔이 창밖으로 빛을 내뿜으며 몇 개나 흩어져 있었다.

"지구에서는 뭐든 다 구할 수 있는데."

엄마가 서글픈 목소리로 아이 아빠에게 말을 건넸다. 그들은 머나먼 이 행성의 개척민이었다. 그들과 그들 동료의 몇 대 위 조부모들이 돔을 지을 자재와 우주복, 식료품 제조기를 우주선에 싣고 머나먼 공간을 여행해서 이 별에 도착한 것이다.

식료품 제조기는 작은 소리를 내며 암석을 갈고, 지하수를 퍼 올리며 이곳의 대기와 조합해 식료품을 만들어 낸다.

그녀가 일어서서 한쪽에 있는 제조기로 다가가려는 것을 남편이 말렸다.

"안 돼, 어리광을 너무 받아 주면…."

그러고는 아이를 향해 위엄 있게 말했다.

"아빠 말 잘 들어. 맛이 없어도 참고 먹어야 해. 다네 건강을 위해서니까."

아이는 반항하지 못하고 마지못해 숟가락을 입으로 가져갔다. 태어났을 때부터 제조기로 만든 음식 맛에 길들여진 아이에게는 가끔씩 강요당하는 이 낯선 음식이 버거웠다.

"옳지, 꼭꼭 씹어 먹어."

그러나 아이는 그 말을 듣지 않았다. 입에 넣고 세 번 정도 씹더니, 옆에 있던 물과 함께 꿀꺽 삼켜 버렸다. 아이 아빠는 더는 강하게 말하지는 않았지만, 부부는 일단 안심하고 서로의 얼굴을 쳐다보았다. 아이는 재빨리 식사를 마치고 외쳤다.

"잘 먹었습니다!"

아이는 곧장 삼면 모니터가 있는 자기 방으로 돌아 갔다. 그 화면을 통해 다른 돔에 사는 아이들과 이야기를 나누며 노는 것이다. 아이가 자리를 뜬 식탁에서 부부는 둘만의 대화를 나누기 시작했다.

"무슨 좋은 방법이 없을까?"

"흐음, 없어. 정말 난처하군."

남편이 팔짱을 꼈다. 두 사람의 고민은 이 행성에 거주하는 모든 개척민에게도 공통되는 고민이었다. 그것은 이 별 특유의 병, 즉 급격한 경련과 함께 순식간에 죽어 버리는 병에 관한 것이었다.

물론 조사는 해 봤다. 방사능은 문제가 될 만큼 강하지 않았고, 돔의 대기도 지구와 완전히 똑같이 맞춰져 있었다. 또한 환자에게서는 어떤 병원균도 발견되지 않았다.

"이젠 정말 지긋지긋해. 지구로 돌아가고 싶어."

"그런 무리한 소릴 하면 안 돼. 지구에 가려면 시간이 오래 걸려. 게다가 우리는 아니, 이 별에 있는 사람들은 모두 이곳을 돔 없이도 살 수 있을 만큼 좋은 곳으로 만들려는 거잖아. 여기까지 어렵게 이뤄 놨는데, 이제 와서 지구로 돌아갈 순 없어."

남편은 팔짱을 낀 채, 시선을 다른 쪽 창으로 돌렸다. 달빛이 완성을 앞둔 커다란 저수지를 비추고 있었다. 이제 곧 두꺼운 암반을 뚫고 지하의 큰 수맥에서 물을 퍼 올릴 수 있을 것이다. 그리고 저수지에 가득 찬 물은 수면에 비친 몇 개나 되는 달그림자를 화려하게 춤추게 할 것이다.

그러나 그것은 아주 작은 시작일 뿐이며 해야 할 일들은 끝도 없다. 대기의 성분을 바꿔서 호흡할 수 있는 공기로 만들고, 너무 뜨거운 낮의 햇볕을 누그러뜨리는 것은 정신이 아득해질 정도로 까마득한 일이다.

또한 공작기계를 만들고, 그걸로 토목기계를 만들고, 그것을 조작해 가는 하루하루도 결코 만만한 과정은 아니리라. 그래도 조금씩이나마 새로운 세계가 만들어지는 광경을 바라보는 즐거움은 컸다.

"우리뿐이면 각오하고 살 수 있어. 하지만 아이를 생각하면…."

"흐음, 아이 생각을 하면 그렇지."

이는 개척민이면 누구나 똑같이 고민하는 부분이었다. 자기들 손으로 만들어 낸 이 세계에서 자신의 자손이 번성하고, 편안하게 살아가는 것이야말로 열심히 일하는 보람이었기 때문이다. 그런데 그런 아이들이 예의 그 몹쓸 병에 언제 습격을 당할지 모르는 현실은 너무나 슬프고 가혹했다.

"역시 원인은…."

"그건 거의 확정적이겠지."

개척민들은 그 병의 원인을 다각도로 조사했다. 결론적으로 그 원인은 음식물 말고는 생각할 수가 없었다. 기계로 합성한 음식물. 성분 면에서는 천연 재료와 똑같아야 할 테지만, 아마도 그 속에는 천연 재료에만 들어 있는 미량의 뭔가가 부족한 거겠지. 그것이 무엇인지는 아직 밝혀내지 못했지만, 그 결핍이 갑작스러운 경련과 죽음을 불러오는 게 틀림없었다.

"지구에서 뭘 좀 보내 주면 좋을 텐데."

"씨앗 한 줌이라도 좋아. 다들 얼마나 소중하게 키

우겠어."

두 사람은 포기한 듯한 목소리로 말했다. 선조가 지구에서 가져온 식물 종자는 당시 씨뿌리기에 실패하는 바람에 모두 못쓰게 되고 말았다. 그 후로 수백 년 동안 지구에서는 우주선 한 대도 오지 않았다.

지구는 대체 무엇 때문에 우주선 한 대조차 보낼 상황이 안 되는 걸까? 더 좋은 별을 찾아내서 모두 그쪽에 열중하고 있는 걸까. 아니면 우주선을 출발시키긴 했는데, 공간 상태가 변해서 방향이 어긋난 걸까?

지구 통신용 로켓도 수없이 발사했다. 그러나 그것 역시 지구에는 도달하지 못한 듯했다. 꽤 오래전, '지구에 항의하러 가겠다'고 출발한 사람도 있었다. 긴 불꽃을 남기며 허공으로 녹아들듯 빨려든 그 우주선을 모두가 기대감에 부풀어 배웅했다. 그러나 그로부터 백 년이나 지났건만, 아무도 돌아오지 않았다.

지구 따윈 기대하지 마. 우리에게는 이곳이 지구야. 이주민들의 자손은 그런 대화를 주고받으며 이곳을 살기 좋게 만드는 데만 집중하게 되었다. 예의 그 병이 심각한 문제로 떠오르기 전까지는….

"이 고기는 넣어 둬."

"당신은 안 먹어?"

"난 됐어. 그보다 당신이나 좀 먹지."

"나도 됐어. 아이를 위해 남겨 두자."

두 사람은 고기를 남겨 두기로 했다. 지구의 다이아몬드보다 훨씬 귀중한 천연 고기였다. 이 별의 유일한 생명체, 인간의 그것.

수명이 다해서, 혹은 사고로, 또는 예의 그 병으로 쓰러진 사람의 인육은 모든 가정에 공평하게 분배되었다. 그리고 그런 조치가 실행된 후로 예의 그 병으로 인한 사망률은 현저하게 줄어들었다.

당연히 처음에는 반대도 있었지만, 죽은 자의 그것이 뒤에 남은 사람에게 도움이 되고 그것이 습관이 되자, 사람들은 더 이상 이를 꺼려하지 않았다. 입에 익숙하지 않은 음식을 이따금 강요받는 아이들을 제외하면….

"그럼, 넣어 둘게."

아내가 고기를 플라스틱 상자에 넣었다. 박테리아가 없는 이 별에서는 음식물이 부패할 염려가 없었다.

"남겨 둘 가치가 있는지 없는지는 모르겠지만…."

"어제 82호 돔의 아이도 죽었어. 정말 끔찍해."

한동안 잠잠했던 예의 그 병이 또다시 늘어나기 시작했다. 합성 식료품만 먹는 인체에서는 몇 대가 지나면, 생명의 근원이라고 할 수 있는 물질이 차츰 희박해지는 듯하다. 이제 그 고기를 먹어도 그다지 효과가 나타나지 않으니.

하지만 효과가 없는 것 같다고 해서 배급받은 고기를 그냥 버릴 수는 없었다. 적어도 안 먹는 것보다는 낫겠지. 개척민들은 누구나 그런 믿음만을 유일한 위안으로 삼았고, 부모들은 자기들은 참더라도 아이에게만은 그 고기를 먹였다.

"연구는 어느 정도 진전됐을까?"

"으음, 연구소에서는 일단 그 물질을 예측한 모양이야. 하지만 그걸 생산해서 사용하기까지는 앞으로 시간이 한참 더 걸릴 것 같아."

불굴의 개척민들은 이 문제를 해결하기 위해 오랜 세월에 걸쳐 쉼 없는 노력을 계속해 왔다.

"그게 문제야. 불행한 일이 생기기 전에 완성되면 다행이지만, 혹시라도 그 전에 당신이나 나나 아이가 그 병에 걸리면…. 생각만 해도 끔찍해. 내 한쪽 다리를 잘라서 해결될 일이라면, 그렇게라도 하고 싶어."

남편이 두려움에 떠는 아내를 감싸 안으며 말했다.

"그래서 끝날 일이라면 나라도 그렇게 하지. 하지만 이 별의 누가 희생을 한대도 지금 상황에서는 아무 도움이 안 될 거야. 약이 완성될 때까지 무사하기만을 기도하는 것 말고는 달리 방법이 없어."

"나는 항상 기도해. 한시라도 빨리 생명체를 가득 태운 우주선이 이 별에 내려오게 해 달라고. 어떤 생명체든 좋으니까…."

"보나마나 어느 집이나 그렇게 기도하겠지. 약 완성을 코앞에 두고 가족이 죽으면, 그 비통한 마음은 아무리 세월이 흘러도 결코 치유되지 않을 테니까."

두 사람은 애타는 마음으로 나란히 붙어 서서 창밖으로 멍하니 시선을 돌렸다. 두 개의 달은 아까보다 간격이 벌어져서 산 그림자를 어지럽게 섞어 놓았다.

"어머, 별똥별이다."

"저게 지구에서 보낸 우주선이면 좋겠군."

두 사람은 그것을 눈으로 좇았다. 어두운 하늘에서 조그맣게 빛나던 그 물체가 허공 한가운데에서 커브를 그렸다.

"앗, 우주선이야. 빨리 모두에게 알려!"

"그래, 어서 알리자."

남편이 본부 돔으로 연결되는 전화기를 향해 소리쳤다.

"우주선입니다. 지금 상공을 날아가고 있어요!"

"네, 알겠습니다! 바로 불러 보겠습니다. 응답 상황은 라디오로 들어 주세요."

이 소식은 순식간에 모든 돔으로 퍼졌다.

우주선이다!

개중에는 안절부절못하고 전기 차를 몰아 본부 돔으로 달려가는 사람도 있었다. 그 모든 소동이 라디오에서도 흘러나왔다.

두 사람은 숨을 죽이고 라디오에 귀를 기울였다. 우주선과 교신이 시작되었다.

"여보세요? 들립니까?"

"여기는 우주선! 이 별에는 인류가 있군요. 정말 다행이야!"

승무원의 목소리도 한껏 들떠 있었다.

"몇백 년 전 이주민의 자손입니다. 모르셨습니까?"

"사고로 방향 측정을 할 수 없게 돼서 어디로 흘러가는지 몰랐습니다. 아, 정말 다행이다."

"우주선 안에 식료품은 좀 있나요?"

"합성 식품은 아직 남아 있어요."

듣고 있던 사람들의 실망스러운 한숨 속에서 승무원의 목소리가 이어졌다.

"지구에서 싣고 온 천연 식재료는 우리 일곱 명이 다 먹어 버렸어요."

"들었어? 지구에서 천연 식재료를 먹고 온 사람이 일곱 명이래."

모두가 내지른 기쁨의 환호성 때문에 우주선 안의 사람들은 지상의 통신을 잘 알아듣지 못했다.

"우리가 지구에서 왔다고 기뻐하는군."

"어지간히 그리웠나 봐."

"여성이 많은 거 아닌가?"

"그럴지도 모르지."

승무원들도 감격과 기대감에 설레어 떠들썩해졌다.

남편과 아내는 라디오에 귀를 기울이며 환한 얼굴로 마주 보았다.

"일곱 명이래."

"이젠 됐네. 약이 완성될 때까지는… 우리도 아이도 살 수 있겠어."

아내가 흘러내리는 눈물을 훔치면서 말을 이었다.

"모든 가정의 엄마들이 지금 얼마나 기쁠까…."

"아빠들 마음도 마찬가지야. 이제 됐어. 이 새로운 세계에서 우리 자손들은 끝없이 번성할 거야."

라디오를 통해 저마다의 흥분한 목소리가 흘러나왔다.

"곧 착륙합니다. 내려가 우리가 할 수 있는 일이면 뭐든 다 하겠습니다."

승무원들의 목소리가 들렸다.

"조심하세요. 착륙할 때 혹시라도 폭발하지 않게."

지상의 목소리가 대답했다.

우주선은 고도를 낮추며, 두 환호성의 거리를 조금씩 좁혀 갔다.

복수

갑자기, 정말로 너무나 갑자기 벌어진 일이었다. 어느 누구도 이런 일을 예상한 사람은 없었다.

세상에는 평론가를 비롯해 거리의 점쟁이까지, 예언 비슷한 것으로 밥벌이를 하는 사람이 헤아릴 수 없이 많았건만….

어느 날 밤, 백조자리 언저리를 망원경으로 들여다보던 천문학자가 큰 소리를 내지른 것이 시작이었다.

"저길 봐! 이게 대체 어떻게 된 거지?"

"왜 그래, 백조라도 날아왔나?"

그렇게 태평한 상황이 아니었다. 인류가 일찍이 본

적조차 없는 거대한 우주선 편대가 지구를 향해 날아오고 있었기 때문이다. 전 세계는 순식간에 대혼란에 휩싸였다.

"큰일 났다! 침략이다!"

대부분의 사람들은 그렇게 외쳤다. 논리적인 말이 아니라, 직감적으로 그렇게 느낀 것이다. 그러나 몇몇 사람들은 이렇게 말했다.

"아냐, 너무 호들갑 떨지 마. 우호 사절이나 무역 선단이겠지."

이것도 실은 공포에 전율하는 스스로를 진정시키려고 억지로 갖다 붙인 이유였다.

그리고 지구 각지에 잇달아 착륙한 그 우주선은 예상대로 사람들의 최악의 기대에 부응하기 시작했다.

열린 문으로 튀어나온 우주인들은 지구의 인간과 별반 다르지 않은 몸집이었지만, 그 표정은 증오로 가득했다. 그들은 마치 원수의 땅이라도 쳐들어온 듯이, 손에 든 은색 막대기를 마구 휘둘러 댔다.

온몸이 증오의 열기로 들끓는 종족인 걸까? 그들이 은색 막대기를 휘두를 때마다 그 끝에서 눈부신 백열 불꽃이 뿜어져 나와 주변의 풀과 나무, 건물 등을 순식간에 재로 바꿔 버렸다. 물론 멀찍이서 지켜보던 사람들도 예외는 아니었다. 비명을 지를 새도 없이 사람들이 사라져 갔다.

덧없는 저항이 시작되었다. 폭탄을 실은 제트기와 미사일이 애처로운 돌진을 거듭했다. 그러나 그것은 허망한 행위에 지나지 않았다. 대부분은 은색 막대기의 백열 불꽃에 의해 접근하기도 전에 격추되었고, 그것을 피한 소수도 강한 전자파 같은 것에 가로막혀 불발되었다. 요컨대 도무지 맞설 수가 없었던 것이다.

"도저히 안 되겠어. 공격은 중지하자."

"그래. 공격을 중단하고 항복의 뜻을 전하자."

공격을 중단해 봤지만, 난동을 부리는 그들의 기세는 조금도 꺾이지 않았다. 도시에서 도시로 이동하며 은색 막대기를 마구 휘둘러 모조리 불태워 버렸다.

"어떻게든 좀 해 보세요!"

도망 다니는 사람들에게 독촉을 받은 학자들은 망원경과 집음기를 사용해 멀찍이서 그들의 언어를 연구하고 배웠다.

"가까스로 놈들의 언어를 알아냈습니다. 이제 놈들에게 말을 걸어서 어떻게 하면 속이 풀릴지 한번 물어보죠."

"부탁합니다. 이래서는 모조리 파멸이에요."

뒤이어 커다란 확성기가 준비되었고, 대화를 시도해 보았다.

"당신들은 어디에서 오셨습니까?"

우주인들이 내뱉듯이 대답했다.

"율 별에서 왔다. 무슨 불만이라도 있나?"

"불만 같은 건 없습니다만, 이건 너무 심한 거 아닙니까? 대체 어떻게 하실 생각인가요? 우리 선조가 그 별에서 무슨 기분 나쁜 일이라도 했나요?"

도통 영문을 알 수 없어 머뭇머뭇 물어봤는데, 그 대답은 이러했다.

"너희 선조를 알 게 뭐야! 그냥 이 별이 마음에 안 들어서 난동을 부리는 거지."

"제발 살려 주십시오. 반드시 마음에 들게 해 드릴 테니, 제발 지구에 오신 목적이라도 알려 주십시오."

머리를 조아리며 애원하는데도 놈들은 점점 더 못마땅하다는 표정으로 대답했다.

"닥쳐, 너희 같은 놈들한테 말해 줄 필요는 없다. 불만 있으면 덤벼!"

도무지 손을 쓸 수가 없는 상태였다. 꼬리에 꼬리를 무는 처참한 파괴, 악몽 같은 광경이 이어졌다. 맞서면 죽임을 당했고, 얌전히 있어도 놈들에게는 여전히 눈에 거슬리는지 역시나 또 죽임을 당했다.

사람들은 그저 죽어라 도망만 다녔고, 그러는 사이 인구는 점점 더 줄어 갔다. 도시는 잇달아 폐허로 변했고, 녹음이 우거진 산은 민둥산으로 변했다. 풍년이 든 농장도 재만 남은 황폐한 들판으로 변했다.

"아, 이 상태로 가면 머지않아 모든 게 멸망이야. 대체 어쩌다 이런 비극적인 시대에 태어났지!"

그런데 완전히 파멸될 때까지는 끝나지 않을 것 같았던 그 지옥의 시대도 결국은 끝이 났다. 놈들은 이제 파멸을 즐기는 것도 진력이 났는지, "어때, 뜨거운 맛 좀 봤지? 억울하면 율 행성으로 찾아와"라는 밉살스러운 말을 남기고, 잇따라 우주선에 오르더니 편대를 짜서 사라졌다.

"아, 드디어 갔네."

살아남은 사람들은 공허한 눈빛으로 그들이 떠나는 모습을 멍하니 바라봤다. 이들은 한동안 폐허가 된 지상을 어찌할 바를 모르고 방황하며 의미도 없는 말을 중얼거렸다.

그러나 인류가 영혼까지 송두리째 잃어버린 것은 아니었다. 모든 게 파괴됐지만, 한때는 찬란한 문화를 이루고 향유했던 사람들이다. 다시 조금씩 일어설 기력을 되찾았다.

"자자, 이미 지나간 일은 잊어버립시다."

"맞아. 어느 시대에나 재난은 있어. 어쨌든 일단은 재건에 힘을 모읍시다!"

그렇게 폐허를 정리하고, 땅을 고르고, 거기에 다시 건물을 세우고, 어떻게든 생활을 향상시키려 노력했다. 하지만 그런 와중에도 머릿속에 늘 맴도는 생각은 지구를 이 지경으로 망쳐 놓은 율 행성 놈들이었다.

"정말 극악무도한 놈들이야."

"그런 놈들이 이 우주에 존재하게 놔둘 순 없어."

"철천지원수 같은 율 행성 놈들!"

밤이 되면 사람들은 수많은 별들 중에서 율 행성을 찾아내 증오로 이글거리는 시선을 쏘아 보냈다. 하지만 그래 본들 아무 소용도 없었다. 율 행성은 '와서 덤벼 봐'라고 비웃듯이 눈부시게 반짝였다.

"나쁜 놈들! 놈들을 반드시 쳐부수고 싶어!"

"그래. 무슨 수를 써서라도, 아무리 세월이 많이 걸리더라도 이 원한은 풀어야지."

모두가 불길처럼 타오르는 복수심으로 하나가 되었고, 그걸 위해서라면 아무리 고된 노동이라도 참고 견뎌 냈다. 노인들은 '원수를 갚으라'는 유언을 남겼고, 새로 태어난 아이들이 처음 듣는 말도 '원수를 갚으라'는 것이었다.

이 슬로건을 바탕으로 복원은 눈부신 속도로 진전되었다. 옛날처럼 사람들이 서로 대립하며 진보해 가는 방식이 아니었기 때문에 그 속도는 놀라울 정도로 빨랐다.

얼마 후 지구는 파괴 전의 상태로 돌아갔고, 나아가 그것을 뛰어넘는 세계가 구축되었다.

"으음, 상당히 많이 복원됐군. 이젠 놈들을 물리칠 실력도 거의 갖춰졌어."

"하지만 복수는 신중을 기해야 해. 조금만 더 준비하자고."

그리고 드디어 복수의 날이 찾아왔다. 인류의 노력의 결실인 거대한 우주선들이 아침 햇빛에 찬란하게 빛나며 그 웅대한 자태를 드러낸 채 공항에 늘어섰다.

우주선 안에는 과학의 정수를 다 쏟아부은 최신 무기가 실렸다. 거기에 뛰어난 젊은이들이 올라탔다.

"부탁한다!"

"원수를 갚기 전에는 죽어도 돌아오지 않겠습니다!"

양쪽의 외침 속에서 우주선은 잇달아 발진했고, 편대를 짜며 창공으로 사라졌다.

사람들의 기대를 짊어지고 지구를 떠난 우주선은 암흑의 공간에서 긴긴 여행을 계속했다.

"이봐, 율 행성이 가까워졌어."

"극악무도한 놈들이 벌인 짓에 대한 원수를 이번에는 반드시 갚아야 한다!"

우주선은 무선으로 연락을 주고받으며 차례로 용감하게 율 행성에 착륙을 시도했다. 그런데 이게 어찌된 일일까? 그들은 전혀 저항하지 않았다.

"이상하네. 너무 간단하잖아. 놈들은 마음 놓고 자고 있는 건가?"

"그런 건 상관없어. 박살 내 버려!"

젊은이들은 증오로 이글거리는 눈으로 우주선에서 뛰쳐나가 절대 방어할 수 없는 가스탄을 온 사방에 발사했다. 그런데 그때 한 사람이 소리를 질렀다.

"저 사람들 좀 봐!"

"앗….."

비명을 지르며 이리저리 도망치는 율 행성의 주민들을 본 일동은 매우 놀랐다. 일찍이 지구를 그토록 철저히 파괴했던 증오스러운 무리와는 전혀 다른 주민들이었기 때문이다.

"이런 젠장, 놈들에게 속았어!"

그러나 오랜 세월 쌓일 대로 쌓인 증오, 거기에 지금 또다시 속아 넘어갔다는 분노까지 더해지는 바람에, 그저 발만 동동 구르며 분해하는 것만으로는 도저히 그 감정을 다 해소할 수 없었다.

"야, 이 눈엣가시 같은 밥맛없는 새끼들아!"

그렇게 부르짖으며 인류는 무저항이나 다름없는 평화로운 율 행성 주민들을 쫓아가 괴롭히고, 도시들을 파괴하며 울분을 풀기 시작했다. 그리고 굳이 말할 필요도 없겠지만, 철수할 때는 아무렇게나 방향을 가리키며 이렇게 소리쳤다.

"꼴좋다. 우리는 저 구울 행성에서 왔다. 억울하면 찾아와. 언제든 상대해 주마!"

마지막 사업

"정말 시끄러운 세상이야."

"단 한 번뿐인 귀중한 인생을 이런 자극과 소음의 바닷속에서 지내게 될 줄 누가 알았겠나."

클럽에 모인 사업가들의 화제는 언제나 이런 내용이었다.

"남해에서 적당한 섬을 찾아서 가끔 휴양이라도 하는 건 어떤가?"

"그야 좋지. 고요함은 역시 천연의 자연이 최고야. 방음장치로 만들어 낸 인공적인 고요는 아무래도 성에 안 차."

소리라고 해 봐야 야자나무 잎을 스치는 갯바람과 항구로 밀려드는 하얀 파도 소리뿐이고, 눈에 들어오는 광경은 파란 바다와 달빛뿐이었다. 이렇듯 한정된 사람들만 그런 곳에서 한동안 정적을 음미할 수 있었다.

그러나 그런 호사도 그리 오래 지속되지는 않았다. 다른 사람들에게 오지 말라고 막지도 못하고 우물쭈물하는 사이, 옥상에 대형 스피커를 설치한 원색의 호텔들이 늘어섰고, 그 안에는 텔레비전 화면과 음악 장치가 무수히 들어찼다. 그리고 모터보트와 카지노, 주정뱅이, 관광객 무리를 가득 태운 제트기 정기편 소리가 밤낮을 안 가리고 공기를 찢어 놓았다.

사업가들은 허둥지둥 철수했다.

"대중들이 기뻐하고 돈이 벌리는 건 좋지만, 우리의 소망은 도무지 뜻대로 풀리질 않는군. 이래서는 세계 어디를 가도 소용없어."

"그래서 말인데, 생각을 한번 근본적으로 바꿔 보자고. 도망치려고 하니까 자꾸 쫓아오는 거 아닌가."

"무슨 좋은 아이디어라도 있는 듯한 말투군."

"실은 학자에게 돈을 좀 주고 연구를 시켰어. 어떤

답이 나올지는 모르지만, 어찌됐든 이제 슬슬 완성될 무렵이거든. 다 같이 들으러 가 보겠나?"

"꼭 같이 듣고 싶네."

일동은 기대를 가득 안고 연구소로 향했다.

"아하, 이런. 그럼, 일단…."

학자는 제법 그럴듯하게 설명을 늘어놓기 시작했다.

"원래 시끄럽다는 것은 상대적인 현상입니다. 소음 쪽에 손을 쓸 방법이 없으면, 아무래도 인간 쪽을…."

"이봐, 학설은 그 정도면 됐으니 연구 결과부터 빨리 보여 주지?"

"그럼, 이쪽으로 오시죠."

일동은 한 남자가 들어가 있는 유리 상자 앞으로 안내되었다.

"이건 뭐지?"

"이 안으로 소리를 넣어 보겠습니다. 잘 봐 주십시오."

제트기 소리, 교통사고 소리, 곳곳에서 수집한 여자 비명 소리, 벨소리, 빌딩 공사 현장 소리…. 온갖 소리들이 녹음기에서 확대되어 상자 속으로 들어갔다. 그런데도 안에 있는 남자는 미소를 머금은 채 태연하기 그지없었다.

"호오, 효과가 대단하군. 이유가 뭐지? 약을 먹었나? 좋아, 나도 빨리 먹어 보고 싶군."

"응, 훌륭해. 선생이야말로 현대의 구세주군."

악수 공세를 받은 학자는 우쭐한 기분에 무심코 이런 말을 내뱉고 말았다.

"아니, 그렇게까지 칭찬받을 일은 아닙니다. 인간의 두뇌를 민감하게 만드는 약을 만들기는 매우 어렵지만, 이것은 소리에 대한 불감증, 쉽게 말하면 둔감하게 만드는 약이니까요."

그 말에 좌중의 분위기는 순식간에 싸늘해졌다.

"이봐, 정말 그걸 먹을 생각이야?"

"말도 안 돼, 설령 먹는다고 해도 그건 제일 마지막이지."

그들은 다시 우울한 표정으로 클럽에 모였다.

"아아, 현대사회에서는 고요함의 가치가 다이아몬드 이상이군…."

그들의 깊은 한숨을 휘젓듯이 한 사람이 참견하고 나섰다.

"맞아, 고대사회에서는 고요함이 쓰레기보다 못했

어."

"오호, 자네 아주 좋은 대목을 짚었어. 그렇다면 현대에서 빠져나가면 되잖아."

"하지만 과거로 돌아갈 수가 있나?"

"나도 어쨌든 명색이 사업가 아닌가. 과거로 돌아간다는, 어린애들도 안 속을 제안을 하진 않아. 냉동 수면을 떠올린 거지."

"아하, 미래를 노린단 말이지?"

"그렇지. 아무래도 이런 불협화음 시대가 영원히 계속될 것 같진 않아. 겨울잠을 자다가 좀 더 나은 시대가 된 후에 깨어나서 소중한 인생을 유용하게 보내겠다는 말이지."

"과연, 명안이로군. 좋아, 당장 시작하자고!"

시간의 저편, 머나먼 미래에서 장밋빛 구름을 찾아낸 사업가들은, 방법은 오직 이것뿐이라는 듯이 공동으로 새로운 사업에 착수했다.

이들은 지반이 단단한 산맥 속에 거대한 지하실을 만들고, 그 내부로 원자력발전기나 전자냉동 장치 등등 필요한 설비들을 잇달아 운반한 후, 오로라 수면 회사를 창립했다.

"뒷일은 잘 부탁하네. 자네들만 믿고 모든 걸 맡길 테니까."

"네, 걱정하지 마십시오. 저희 손으로 회사를 더욱 번창시키겠습니다. 자 그럼, 다녀오십시오."

직원들의 배웅을 받으며, 현대판 '잠자는 숲속의 공주'인 오로라 공주들은 언젠가 찾아올 정적이라는 필립 왕자를 기다리며 깊은 잠에 빠져들었다.

그런데 예전의 남쪽 섬에서도 그랬듯이, 사람들은 잇달아 그들을 따라갔다.

"나도 이런 한심한 시대에서 인생을 더 이상 허비하고 싶진 않아. 전 재산을 털어서 저들처럼 미래로 한번 가 볼까?"

"나도 같이 갈래."

부자들은 일가를 거느리고 미래로 이주하기 시작했다. 오로라 수면 회사의 사업은 나날이 확장되었다. 그러나 돈이 없는 사람들은 이 현상이 전혀 달갑지 않았다.

"나쁜 놈들, 이건 너무 심하잖아. 지들은 잠들어 있을 테니, 그동안 살기 좋은 세상을 만들어 두란 얘기냐."

그러나 이런 불만도 얼마 지나지 않아 잦아들었다. 계속된 호황에 오로라 회사는 더더욱 사업을 확장했고, 그로 인해 가격을 인하하기 시작했다.

"어때, 우리도 슬슬 떠나 볼까? 감당할 수 있는 수준으로 가격이 떨어진 것 같은데."

"조금 더 기다리면 더 싸지지 않을까? 지금까지도 몇 차례나 떨어졌잖아."

"그야 그렇지만, 미래를 위해 젊음을 조금이라도 더 남겨 두고 싶달까. 양쪽의 균형점을 찾는 게 문제야."

"그러네. 그럼 큰맘 먹고 가 볼까?"

사람들은 이러쿵저러쿵 계산을 하면서도 너 나 할 것 없이 미래를 향해 대대적인 이민을 시작했다. 이렇게 되자, 이는 유행 현상으로 굳어졌다.

"저어, 실은 돈이 없는데… 미래에 일해서 꼭 갚을 테니, 제발 부탁 좀 드립니다."

개중에는 이런 어처구니없는 부탁을 하는 사람도 나타났다.

"뭐, 그럽시다. 그렇게까지 나오면, 내친김에 보내 버려야지. 괜히 주변에서 알짱거리면 외려 더 거슬리니까."

오로라 회사는 결국 직원 이외의 인간을 모조리 지하 수면실로 보내 버렸다.

"자, 이젠 더 이상의 사업 확장은 불가능해. 그럼, 난 출장 좀 다녀오겠네."

회사 간부가 부하 직원에게 말했다.

"출장은 어디로?"

"그야 당연히 미래로 가야지. 손님들이 눈 뜰 때, 나 혼자만 늙어 빠져서 어서 오시라고 마중을 하다니, 그건 너무 추하잖아. 그런 생각을 하면 불안해서 견딜 수가 없어. 뒷일은 잘 부탁하네."

이런 식으로 회사 직원들도 윗사람부터 차례로 줄어들었다. 원자력 전원은 몇 만 년은 지속될 테고, 새로운 고객을 찾을 영업부도 필요 없었다. 사업에 지장을 주는 요소는 하나도 없었다.

"이봐, 나도 출장 간다. 뒷일을 잘 부탁해."

맨 마지막이라는, 이 불운한 제비에 당첨된 사람은 조금 멍한 구석이 있는 말단 직원이었다.

"네. 그럼, 잘 다녀오십시오."

그는 인기척이 사라진 빌딩을 한 달에 한 번꼴로 꾸준히 청소했다. 그리고 아주 가끔 말을 할 수 있었다.

시한장치 스위치로 인해 겨울잠에서 깨어나 어슬렁어
슬렁 나오는 사람이 있었기 때문이다.

"이봐, 어떻게 된 거야? 아무도 없어?"

"아 네, 모두 잠드셨습니다."

"뭐라고? 그렇다면 이런 시기에 깨어나 봐야 아무
소용없겠군. 그럼, 백 년쯤 더 자 두기로 하지."

사정을 알고 나면, 하나같이 다시 수면실로 돌아
갔다.

홀로 남은 직원은 청소를 하지 않는 날에는 옥상에
둔 의자에 기대앉아 아무도 없는 거리를 멍하니 바라
보며 시간을 보냈다.

"아 이런, 다들 잠들어서 더없이 조용한 세상이로
구나. 누구에게도 방해받지 않고 이렇게 조용한 일생
을 보내게 될 줄은 꿈에도 몰랐어. 그건 그렇고, 다들
언제까지 잘 생각이지? 저런 식이면 깨어날 필요가
있을까?"

그는 이따금 그런 말을 중얼거렸지만, 그렇다고 그
가 그 해답을 알 리도 없었다. 고개를 흔들며 또다시
먼 허공으로 시선을 던졌다.

그러던 어느 날.

"앗, 저건 뭐지? 비행긴가? 그런데 나 말고는 아무도 없을 텐데."

그는 혼잣말을 중얼거리며 옥상 의자에서 몸을 일으켰다. 뭔가가 편대를 짜고 머나먼 허공을 가로지르며 날아왔다.

"이상한 별이군."

착륙한 우주선 안에서 타 행성의 우주인 하나가 말했다.

"정말 그러네. 겉보기에는 문명이 없는 것도 아닌데, 사람 그림자 하나 보이질 않잖아. 멸종했을지도 모르지. 나가 봐야 소용없겠어."

"그래도 힘들게 여기까지 왔잖아. 우리가 찾는 게 있을지도 모르지. 일단은 좀 둘러보자고."

"그건 그렇고, 사멸의 원인은 뭘까?"

그때 관측실에서 보고가 들어왔다.

"이렇다 할 강력한 방사능이나 병원균은 없습니다."

"좋아, 조심해서 나가 보자."

타 행성의 우주인 일행은 조마조마한 마음으로 조심스럽게 거리를 돌아보았다.

"사체 하나 안 보여. 기분 나쁜 별이군."

"이래서는 아무 소용없어. 그만 포기하고 철수하자니까."

그런데 바로 그때, 한 명이 소리치며 빌딩 위로 광선총을 겨눴다.

"아, 저기 뭐가 있다!"

"잠깐! 쏘지 말고 기다려!"

동료가 허둥지둥 총을 낚아챘기 때문에 은색 광선은 빌딩 한 모퉁이를 날려 버리는 선에서 끝났다.

"저 녀석을 잡아서 조사해 보자."

타 행성 우주인 일행은 빌딩으로 향했다. 옥상 위에 있던 직원은 간이 떨어질 만큼 놀랐다. 머리가 큰, 다람쥐 같은 꼬리가 달린 괴물이 나타난 데다, 영문도 모를 무기로 빌딩을 허물었으니까. 후들거리는 다리로 두려움에 떨고 있는데, 그들이 가까이 다가왔다.

"우리가 판단하건대, 당신이 이 별의 지배자 같군. 그래서 부탁이 좀 있는데."

말도 통하지 않는 데다 공포감만 더해져서 직원은 그저 바들바들 떨기만 했다. 타 행성인들은 그의 몸짓에 기세를 얻어 이야기를 이어 갔다.

"오호 이런, 의사소통이 될 줄이야, 정말 잘됐군. 사실 우리 별은 식료품이 부족해서 곤란을 겪고 있어. 뭐든 보존할 수 있는 식료품이 있으면, 우리에게 좀 팔아주었으면 하는데."

직원은 벌벌 떨면서 냉동실을 가리켰다. '내가 뭘 알겠는가? 말도 통하지 않는데. 볼일이 있으면 저 영리한 사람들에게 물어보시오'라는 뜻을 담아서.

끈질긴 놈

"자 그럼, 우리가 이 별을 접수하자."

"좋아. 물도 있고 기후도 좋아 보이고, 식물들도 자라는군. 목장을 만들기엔 더할 나위 없이 좋겠어."

허공에 멈춘 우주선 안에서 머리에 금색 뿔이 난 생명체들이 개척 정신을 불태우며 대화를 나누고 있었다. 그들의 붉은 촉수 끄트머리가 가리키는 곳에는 달이 하나 딸린 초록빛 행성이 있었다.

"저 별을 목장으로 만들면, 우리 행성의 생활은 훨씬 좋아질 거야. 정말 기쁘군."

"그런데 저기서 가축을 키우려면, 일단은 지상에 우글거리는 저 동물들부터 퇴치해야겠어."

"그래야지. 그럼, 일단 시험 삼아 한 마리만 잡아서 그 약점을 조사해 보기로 하지."

"그건 좋은 생각이야. 그런데 낌새를 알아채고 경계하면 곤란해. 몰래 잡아들이자."

그들은 우주선을 이동시켜서, 그 행성의 밤 쪽으로 돌아갔다. 그리고 호젓한 강가에 살며시 전자 그물을 던졌다.

"앗, 손맛이 느껴졌어. 뭔가 잡힌 것 같아."

"그래? 좋았어, 포획물을 빨리 끌어 올려."

그들은 전자 그물을 우주선으로 끌어 올렸다.

"아하, 이게 바로 지상의 생명체로군. 일단 세게 쳐 보자."

그들이 버튼을 눌렀다. 그러자 자동 채찍이 찰싹찰싹 소리를 내며 규칙적으로 포획물을 계속 때렸다. 그런데 포획물은 여전히 똑같은 말만 중얼거리며 가만히 서 있었다. 딱히 위축된 기색도 보이지 않았다.

"끈질긴 놈이군. 좀처럼 항복하질 않아. 그럼, 이번에는 약품을 써 봐."

강력한 산과 알칼리, 그리고 각종 독약 액체가 샤워기에서 잇달아 쏟아져 내렸다.

"이상해. 여전히 안 죽어!"

"거참, 희한하네. 게다가 끊임없이 뭐라고 떠들어대고 있어. 이번에는 불이다."

활활 타오르는 불꽃이 서서히 온도를 높여 가며 세차게 발사되었다.

"아직도 움직인다. 온도를 좀 더 높여!"

"더 이상은 안 됩니다."

"고열에는 죽지 않는 생명체일지도 몰라. 다른 방법을 모조리 시도해 보자."

극도의 저온에 담그고, 해머로 내리치고, 강렬한 방사능도 쏘였다. 게다가 음식을 전혀 안 주는데도 처음과 비교해 조금도 약해지지 않았다.

"이건 정말 놀랍군. 뭘 해도 죽질 않아."

"지상에 이런 말도 안 되는 놈들이 판을 치고 있는 줄은 꿈에도 몰랐어. 아무래도 이 별을 목장으로 만드는 건 그리 쉽진 않겠어."

"으응, 일단은 포기하기로 하지. 저 포획물을 우리 별로 가지고 가서 연구소에 부탁해 적당한 박멸 방법을 찾아 달라고 하자. 그것이 완성되면 다시 돌아오기로 하고."

그들은 아쉬워하며 우주선을 출발시켰다. 초록빛 별을 떠나는 우주선 한 귀퉁이에서는 그들의 전자 그물에 걸린 포획물이 여전히 구슬픈 가락으로 쉼 없이 중얼거렸다.

"원통하도다, 원통하도다.*"

*　　うらめしや, うらめしや. 일본에서 유령이 나타날 때 하는 말.

처 형

　그 남자는 낙하산을 벗을 기력도 없이 모래 위에 덩
그러니 드러누운 채, 하늘을 이리저리 둘러보며 뭔가
를 찾았다.

　맑게 갠 하늘에 뜬, 작은 깃털 같은 구름 옆에서 순
식간에 작아지는 우주선을 발견했다. 방금 전, 낙하산
을 멘 그를 떨어뜨리고 간 우주선이었다. 그것은 더욱
작아지며 하늘로 녹아들듯 사라졌다.

　그와 지구의 연결 고리는 이걸로 완전히 끊어졌다.
이젠 더는 주어진 현실을 외면할 수가 없다. 앞으로는
언제 모습을 드러낼지 모르는 죽음을 기다리는 시간

만 이어질 뿐이다. 그는 이미 처형의 땅, 붉은 행성에 떨어진 것이다.

불볕더위라고 할 정도는 아니지만, 무덥긴 했다. 갈증을 느낀 그는 옆에 굴러다니는 은색 구슬을 보았다. 구슬은 햇빛을 받으며 조용히 빛나고 있었다.

문명이 발전하면 범죄가 늘어나지 않을까? 옛날에 누구나가 품었던 이런 불안은 이미 현실로 드러났다. 반짝반짝 빛나는 경금속 빌딩. 복잡하게 얽히고설킨 자동 장치들의 배선. 크고 작은 온갖 전자 부품. 이렇듯 무미건조한 것들만 가득한 도시의 어디에서, 또 왜, 생생한 범죄들이 발생하는지 다소 미스터리이긴 했다. 그러나 범죄는 분명 일어났다. 살인, 강도, 기물 파손, 폭행. 게다가 헤아릴 수 없는 상해와 절도.

물론 이에 대한 대책은 완벽하게 갖춰져 있었다. 전자두뇌를 사용한 스피드 재판. 예전에는 몇 년이나 걸렸던 재판 과정이 개선되어서 검사, 변호사, 판사의 역할을 재판 기계 한 대가 실행했다. 체포된 다음 날에는 형이 확정된다. 그 형은 무거웠다. 비참한 피해자의 기억이 옅어지기 전에 확정하는 형은 무겁지 않으면 안 되었다.

그 정도 형벌이면 피해자가 불쌍하다, 이런 소박한 대중의 요구가 형을 점점 더 무겁게 만들어 갔다. 그럴 때마다 재판 기계의 배선이 교체됐고, 형은 보다 무거워졌다. 게다가 종교를 거의 없애 버린 후로는 범죄를 억누를 방법이 무거운 형벌을 내리는 것밖에 없었다. 범행보다 형벌이 더 고통스럽지 않으면, 별 도움이 되지 않을 테니까.

마지막 처형 방법으로 고안해 낸 것이 붉은 행성을 이용하는 방식이다. 탐험 로켓이 맨 처음 그 별에 도달한 뒤로 기대감에 부푼 나머지, 한동안은 소동이 이만저만이 아니었다. 학술 분야에서의 새로운 발견, 산업 분야의 새로운 자원 확보, 그리고 관광 여행까지….

그러나 철저한 조사가 실시되고, 채산 가능한 자원을 모조리 채취한 후의 행성은 더 이상 의미가 없었다. 지구의 인간들은 끝도 없는 우주 진출을 계속하느니, 지구를 천국으로 완성하는 쪽이 더 현명한 방법임을 깨달았다.

그래서 그 별은 처형지가 되었다. 범죄자들을 소형 우주선에 태워 낙하산으로 떨어뜨렸다. 은색 구슬 하나만 건네준 채로.

　그 남자는 은색 구슬을 두려움 가득한 시선으로 뚫어져라 쳐다봤다. 점점 더 심해지는 갈증이 그로 하여금 낙하산을 벗고, 구슬로 다가가게 만들었다. 남자가 조심스럽게 그 구슬을 손으로 들어 보았다. 하지만 거기 붙어 있는 버튼을 누르는 것은 여전히 망설여졌다.

　맨 처음 한 번은 괜찮겠지? 그러나 곧이어 그런 위안을 무력화시키듯, 그의 머릿속에는 지구에서 들었던 "첫 번째에 당한 녀석도 있대"라는 소문이 생생하게 떠올랐다. 그는 주위를 살펴보며 이 버튼을 멀리서 누를 수 있는 묘안은 없을까 고민했다. 하지만 이를 비웃듯, 구슬을 넘겨주며 "버튼은 손으로 누르지 않는 한, 절대 작동하지 않아"라고 했던 우주선 승무원의 말이 떠올랐다. 아마 그 말이 맞을 것이다. 다른 방법이 가능하다면, 이 은색 구슬의 가치는 사라질 테니까.

　갈증은 더욱 심해졌다. 타액은 아까부터 전혀 나오질 않았다. 더는 참을 수가 없었다. 그는 높은 곳에서 뛰어내리기 일보 직전 같은 공포와 자포자기가 뒤섞인 심정으로 버튼에 얹은 손가락에 힘을 주었다.

　지익. 구슬에서 소리가 났다. 그는 허겁지겁 손가락

을 뗐다. 소리가 멈췄다. 살았다! 버튼 반대편의 바닥을 살짝 누르자, 그 부분이 빠지며 은색 컵이 나왔다.

컵 바닥에는 물이 조금 담겨 있었다. 그는 그것을 정신없이 입으로 들이부었다. 물론 들이부을 만한 양은 아니었지만, 갈증은 일단 조금 가라앉았다.

그는 혀를 컵 속에 넣고 바닥까지 핥으려 했지만, 그건 불가능했다. 하긴, 혀가 닿는다고 해도 한 방울이나 있을까 말까 한 정도였다. 그는 찰칵 소리를 내며 컵을 원래 위치로 밀어 넣었다.

그래 좋아, 그렇게 하면 돼. 좀 더 마시고 싶지 않아? 은색 구슬이 미소를 건네듯이, 바르르 떨리는 그의 손 위에서 반짝반짝 빛났다.

저 멀리 지평선 너머에서 폭발 소리가 들려왔다.

은색 구슬은 지름이 약 30센티미터로, 표면에는 미세한 구멍이 수없이 많이 나 있었다. 누르는 버튼이 하나, 그 반대편에는 컵을 꽂는 주둥이가 있었고, 버튼을 누르면 그 컵에 물이 담긴다.

이것은 대기 중의 수증기 분자를 강력하게 응결시키는 장치로, 인공 선인장이라고도 불린다. 이 별을 여행하는 사람에게는 없어서는 안 될 필수 장치였다. 그러나 문명의 이기利器에는 반드시 두 가지 측면이 있게 마련이다. 그가 갖고 있는, 또한 지금 이 별에 있는 모든 사람이 갖고 있는 이 은색 구슬은 실은 처형 기계다. 물론 물은 나온다. 그러나 일정한 횟수 이상으로 버튼을 누르면, 내부의 초소형 원자폭탄이 폭발해서 주변 30미터의 사물들을 한순간에 날려 버린다.

그리고 그 폭발까지의 횟수는, 그 누구도 알 수 없었다.

누군가 저질렀군. 남자는 반사적으로 손에 든 은색 구슬을 모래 위에 내려놓고, 두세 걸음 물러섰다. 하지만 버튼을 누르지 않았는데 폭발하는 경우는 없다. 그는 그걸 새삼 깨닫고, 더 이상은 멀어지지 않았다. 그렇다고 구슬을 쳐다보고 싶지도 않았다. 갈증은 어느 정도 가라앉았다.

이제부터는 뭘 해야 할까? 그는 우두커니 선 채, 주위를 둘러보았다. 지평선이 가까운 이 별에서는 그리 멀리까지는 볼 수가 없었다. 보다 멀리 보려면 옆에 있는 모래언덕으로 올라가야만 했다.

모래언덕에 올라서자, 건너편에 작은 번화가가 보였다. 번화가라고 해 봐야 건물이 서른 채가 될까 말까 한, 옛날 서부극에나 나올 법한 볼품없는 거리였다. 개척 시대의 흔적일 뿐, 현재까지 살고 있는 사람이 있을 리 없었다. 그와 같은 사형수를 마주칠 가능성도 저런 곳에서는 적다.

그러나 여기서 멍하게 가만있는 것도 더는 견딜 수 없었다. 죽음을 응시하며 꼼짝 않고 기다리는 것보다는 뭐든 마음을 달랠 수 있는 방법을 궁리하는 게 낫다. 그러려면 인기척 없는 저 번화가를 목표 삼아 일단 걸어 보는 것도 한 가지 방법이겠지. 도로는 모래언덕 끝자락에서부터 시작되어 그 번화가로 이어졌다.

저곳까지 가 보자. 그는 은색 구슬을 가지러 돌아갔다.

설마 날 놔두고 갈 생각은 아니겠지?

구슬은 모래 위에서 얌전히 기다리고 있었다. 구멍이 수없이 파인 구슬의 표면은 반짝반짝 빛을 내며, 소유주의 그때그때의 심정을 반영해 표정을 짓는 것처럼 보였다. 그는 구슬을 품에 안고 모래언덕을 넘어 도로로 내려갔다. 포장된 도로는 군데군데 모래에 파묻

혀서 걷기 힘든 곳도 있었지만, 그는 그 길을 따라 번화가로 걸어갔다.

빌어먹을! 어쩌다 이 지경이 되어 버렸지. 그러나 그런 불평이 더 이어지지는 않았다. 아우성을 쳐 본들 아무런 도움도 되지 않기 때문이다. 그는 분명 사람을 죽였고, 살인자가 이곳에서 처형되는 것은 지구의 메커니즘 중 하나였다.

그 동기나 이유 따윈 문제가 되지 않았다. 죽일 마음이 있었든 없었든, 살해당한 쪽에서는 매한가지였으니까. 지구의 무게에 필적한다는 비유까지 쓰는 개인의 생명. 그것을 빼앗은 자가 용서받을 수 있는 이유는 없다.

게다가 설령 변명할 기회가 주어진다고 해도 대부분의 사람들은 자신들의 범행을, 그 동기를 제대로 설명하지 못했다. 그 역시 마찬가지였다. 물론 원인은 있었다. 뭐라 설명하기는 어렵지만, 그것은 충동이라고 불러야 할 무언가였다.

아침부터 밤까지 단조로운 소리만 계속 들으며 점멸하는 램프만 응시하는 일. 그것이 모인 일주일. 그것이 모인 한 달. 그 한 달이 모인 일 년. 그런 일 년으로 채워지는 일생.

그러나 그런 일상에 불만을 품기 시작하면, 그걸로 끝이다. 도망치려 해도 갈 곳이 없다. 기계는 머지않아 그런 반항심을 품은 인간을 꿰뚫어 보고 정리해 버린다. 정리해 버린다고 했지만, 기계가 직접 손을 쓰는 건 아니다. 그 인간으로 하여금 범죄를 저지르게 만드는 것이다.

조바심은 야금야금 그런 사람의 내면에 쌓여 간다. 술이나 섹스로 푸는 동안은 그나마 낫다. 마약으로 치닫는 사람도 생긴다. 마약을 못 구한 사람은 도저히 해소할 길 없는 속마음을 억누르지 못해 사소한 일에도 폭발해 버린다.

그렇게 폭행을 저지르게 된다. 그리고 그의 경우는 살인이었다. 그렇다 보니 살인은 계획적이지도 않고, 원한이나 금전, 질투 같은 이렇다 할 동기도 없었다. 따라서 이곳 붉은 행성의 죄수들 중에는 피해자의 얼굴조차 기억하지 못하는 사람이 많았다. 그도 마찬가지였다.

그러나 어쨌든 간에 살인은 살인이다.

이처럼 기계에 맞서 대등하게, 혹은 그 이상의 관

계를 맺고자 하는 인간은 감쪽같이 기계의 수법에 넘어가서 법원으로 보내진다. 법원의 기계는 냉정하게 작동해 오심 같은 건 결코 없는, 더할 나위 없이 정확한 판결을 내린다. 뇌파 측정기, 안개처럼 내뿜는 자백 약, 최신식 거짓말탐지기가 한 세트로 편성돼 일련의 작동을 하면서 순식간에 사실을 재현해 버리니까.

"나에게는 인간성이란 게 없나?"

흔하디흔한 이런 반문에 기계는 인공적인 목소리로 천천히 대답한다.

"피해자를 생각해 봅시다."

그리고 명백한 사고나 정당방위인 경우를 제외하고, 살인범은 모두 이 행성으로 보내 은색 구슬에게 처형을 위임하는 것이다.

검거율이 거의 100퍼센트에 가까운 데도 범죄는 사라지지 않았다. 교묘한 숙청. 기계와 공존할 수 없는 사람, 동물적 충동을 가진 사람을 정리해 버리려는 것일지도 모른다. 그렇다 보니 아이러니하게도 이곳으로 보내진 사람들은 생명에 집착하는 마음이 강했다.

제기랄. 그는 불만을 뭔가에 집중시켜서 그 대상을 증오하고 싶었다. 그러나 기계를 증오할 수는 없었다.

인간 재판관이 단 한 사람이라도 있었다면, 그를 머릿속에 떠올리고 증오하며 얼마간 심리적 위안을 얻을 수 있었을지도 모른다.

그러나 세상은 그렇게 뜻대로 풀리는 구조가 아니었다. 갈 곳 없는 그의 불만은 어디로도 발산되지 못했다. 이것 역시 처형을 한층 더 고통스럽게 하기 위해 고안해 낸 하나의 수단일지도 모른다.

또다시 목이 말랐다. 지구보다 산소가 적었으므로 호흡을 더 많이 해야 했고, 습도도 낮아서 몸에서 더 많은 수분이 빠져나갔다. 물을 마시고 싶다. 콧속과 목이 뜨거운 소금으로 채워진 것 같았다. 남자는 품에 안고 있던 구슬을 힐끗 쳐다보았다.

빨리 버튼을 눌러.

냉정한 아양을 머금은 비웃음처럼 보였다. 그 옛날 마타하리*인가 뭔가 하는 여자 스파이의 윙크가 이런 느낌이었을까. 그는 시시한 연상을 떠올렸다는 생각

---

*   본명은 마그레타 G. 젤러(1879~1917)로, 제1차 세계대전 기간 동안 독일과 프랑스 사이를 오가며 스파이로 활동했다. 미녀 스파이의 대명사로 불린다.

에 쓸쓸하게 웃었다.

번화가가 가까워졌다. 저곳에 도착하기 전까지는 물을 마시지 않겠다. 그는 그렇게 결심하고 물을 절약할 구실로 삼았다. 그곳에는 어쩌면 뭔가가 있을지도 모른다. 지금 폭발해서 죽느니, 번화가를 보고 나서 죽는 게 후회도 적을 것 같았다. 그는 아주 가느다란 관으로 숨을 쉬듯, 헐떡이는 숨결로 번화가에 들어섰다.

집들은 길 양쪽으로 열 채 정도씩 늘어서 있었다. 그의 눈에 맨 처음 들어온 광경은 오른쪽 한가운데쯤에 있는 집 한 채가 사방으로 폭발해 괴멸된 흔적이었다. 무심코 발걸음이 멈춰졌다.

전에 이곳에서 당한 녀석이 있다. 아마 그 남자도 사막을 지나 이곳까지 걸어왔겠지. 이곳에 오면, 끝없는 죽음의 공포에서 구원해 줄 뭔가가 있을지도 모른다는 기대감을 안고.

한 채 한 채 돌아본 후(사실은 도착하자마자였을지도 모르지만), 그 집의 침대 위나 의자 위, 아니면 집 앞의 디딤돌 위에서 마지막 물을 마시려고 했다. 집 한 채는 산산조각이 났고, 양쪽 옆에 있던 집도 거지반 무너져 있었다. 길 건너 맞은편 집의 유리창도 엉망으로 깨져 있었다.

남자는 그 흔적을 바라보며 우두커니 서 있었다. 생각하지 않으려고 애를 써 보지만, 자기에게 그런 상황이 닥칠 경우를 상상하지 않을 수 없었다. 마음을 다른 데로 돌리려고 해도 도무지 그럴 수가 없었다. 황혼이 내려앉아 그의 그림자가 엉망이 된 번화가로 길게 드리워질 때까지.

석양빛은 불그스름한 사막 위를 달리며 저물어 갔다. 그러고는 늘어선 그 집들의 흠집에서 비껴나 그의 얼굴을 정면으로 내리쬐며 붉게 물들였다. 그는 또다시 강렬한 갈증이 솟구쳐 구슬을 바라보았다. 은색 구슬도 선명한 붉은빛으로 불타올랐다.

나 어때?

구슬이 그를 유혹했다. 이때만큼은 여느 때의 냉정함은 느껴지지 않았다.

좋아. 남자는 앞으로 걸어가 산산조각이 난 슬레이트와 불연 건축재들이 흩어진 파편 위에 섰다. 사막을 가로지르는 새빨간 석양빛, 아무도 없는 거리… 지금이라면 죽어도 좋을 것 같았다. 지구의 문명에 녹아들지 못했던 그에게는 오히려 멋진 죽음을 맞기에 적당한 장소였다. 그는 태양을 마주하고 선 채로 버튼을 만졌다. 예전에 여기서 죽은, 누구인지도 모를 남자에게 친밀한 감정까지 들었다. 지금이다. 그가 과감히 버튼을 눌렀다.

지익. 구슬이 나지막한 소리를 냈지만, 그는 석양을 바라보고 조금만 더 견디자며 손가락의 힘을 빼지 않았다. 소리가 멈췄다. 컵에 물이 가득 찼던 것이다.

남자는 정신을 차리고, 무심코 컵을 빼냈다. 차가운 물이 찰랑찰랑 차오른 컵. 그 컵이 묵직하게 그의 손에 들려 있었다. 그는 더 생각할 여유도 없어, 그것을 정신없이 입으로 가져갔다.

컵이 이에 부딪치며 물이 조금 흘러넘쳤고, 입안 가득 들어찬 물은 부어오른 목을 제대로 통과하지 못해 역류하며 입술로 흘러내렸다. 그는 흘러내린 그 물을 떨리는 손으로 컵에 받았다. 애써 마음을 진정시키고, 다시 조금씩 입에 머금으며 잔을 비웠다. 목을 타고 흘러간 물이 식도를 지나 위로 들어갔고, 온몸으로 고루 스며드는 것을 그는 또렷하게 느낄 수 있었다.

컵을 거꾸로 들고, 남은 한 방울까지 목구멍으로 다 털어 넣자, 갑자기 한기가 느껴졌다. 소리도 없이 밤이 찾아왔는지 태양은 이미 저물고, 주위에는 차가운 바람만 불고 있었다.

죽음을 의연하게 받아들일 수 있을 것 같았던, 조금 전까지의 마음가짐은 완전히 자취를 감추었다. 생에 대한 집착, 죽음의 공포, 지금 이 순간을 무사히 넘겼다는 안도감이 별안간 물밀듯이 밀려들었다. 무너져 내린 집터에서 정체를 알 수 없는 뭔가가 슬며시 일어서기 시작한 것 같은 감각에 그는 소름이 돋았다.

도로로 쏜살같이 물러선 그는 들어온 곳과 반대 방향으로 빠르게 걸어갔다. 길은 다시 사막으로 뻗어 있었다. 방한 기능이 있는 옷이라 추위를 걱정할 필요는 없었지만, 인간미의 파편조차 찾아볼 수 없는 사막으로 나가 방황하고 싶지도 않았다.

한동안 서성거린 후, 남자는 번화가의 맨 끝자락, 폭발로 날아가 버린 집의 맞은편 끝에 있는 집의 문을 열었다. 잠금장치가 돼 있진 않았다. 문을 열자, 발전장치가 작동하며 집 안의 조명이 일제히 켜졌다.

노란빛이 감도는 부드러운 조명이, 예전에 이 집에 살았던 주민들을 비췄던 똑같은 빛으로 집 안을 환하게 밝히며 오랜만에 손님을 맞아들였다. 책상과 의자, 그리고 마룻바닥 위에 먼지가 쌓여 있었다. 그는 본능적으로 부엌 쪽을 찾아 문을 열었다. 스테인리스로 된 싱크대 위에는 수도꼭지가 있었다.

수도꼭지에 손을 얹었다. 그러나 그것은 돌아가지 않았다. 힘을 더 주었다. 역시나 움직이지 않았다. 그는 수도꼭지를 새삼 다시 살펴보고 씁쓸하게 웃었다. 손잡이가 이미 끝까지 열려 있었기 때문이다.

당연한 일이겠지. 이 별이 처형지로 결정되어 주민들이 지구로 이주할 때, 수도 장치는 완전히 제거되었다. 그렇기 때문에 수도꼭지부터 파이프를 따라 온 집 안, 그리고 온 마을을 조사해도 그 끝에는 아무것도 없을 터였다.

그는 방으로 돌아와 의자에 앉았다. 조금 전 책상 위에 던져 둔 은색 구슬로 시선을 돌렸다.

내가 있잖아, 시시한 생각은 하지 마.

그렇게 말을 건네듯, 은색 구슬은 노란색 조명 밑에서 빛나고 있었다.

그다지 많이 움직이지도 않았건만 몸속에 무거운 피로가 쌓여 있는 느낌이 들었다. 갈증을 가라앉히고 나자, 이번엔 견딜 수 없는 공복감이 밀려왔다.

남자는 허리에 달려 있던 봉지를 열고, 빨간 알 하나를 꺼냈다. 그것을 컵에 가득 찬 물에 녹이면 한 끼 식량이 된다. 그는 책상 위에 봉지를 다 쏟고, 안에 든 알을 세어 보려고 했지만, 또다시 그것을 건네줄 때 승무원이 했던 무정한 말이 떠올랐다.

"세어 봐야 아무런 도움도 안 돼요. 1인당 100알씩 주는 게 규정이니까."

그는 그때 이렇게 되물었다.

"100끼니가 한도로군요?"

"꼭 그렇다고 할 순 없죠. 어딜 가나 많이 남아 있을 거예요. 부족하면 그걸 사용하게 되겠죠. 뭐 하긴, 그때까지 버틸 수 있을지 없을지는 장담할 수 없지만요."

폭발까지의 횟수는 구슬에 따라 모두 달랐고, 승무원들도 모르는 일이었다. 이 집의 식료품 상자를 찾아보면, 이것과 똑같은 빨간 알이 있겠지. 그걸 찾아내봤자 지금은 달라질 게 없다.

배 안 고파?

은색 구슬이 이번에는 식욕으로 유혹했다. 공복감이 점점 심해졌을 테지만, 타액은 전혀 나오지 않았다. 물, 그리고 음식. 그는 기일이 정해지지 않은 처형의 그날까지 그 두 가지에 계속 시달릴 수밖에 없는 운명이었다.

구슬로 다가간 남자가 버튼을 만지작거렸다. 공복이 더 참기 쉬워. 안 그래? 그런 생각이 퍼뜩 떠올라서 버튼을 누르지 않았다. 그런데 그때 한 가지 생각이 떠올랐다. 거기서 누르자. 아까 봤던 무너진 집터. 조금 전에는 다행스럽게도 그냥 지나쳤던 곳이다. 한번 폭발한 자리에서는 두 번 다시 폭발이 일어나지 않는, 그런 징크스가 있을 듯한 기분이 들어서였다.

제멋대로 징크스를 만들어 내고는, 그것에 매달리는 심정으로 밖으로 나왔다. 물론 다른 집들은 조명이 하나도 켜지지 않아서 길은 어두웠고 바람도 별로 없었다. 그는 그 징크스만 생각하려고 애쓰며, 아까는 도망쳤던 무너진 집터에 서서 바로 버튼을 눌렀다.

지익. 과거의 모든 인생이 공포 속에서 한 바퀴 돌아갔고, 소리가 멈출 때까지 계속 회전했다.

휴우. 깊은 한숨이 흘러나왔다. 컵 주둥이까지 찰랑찰랑 차오른 물은 이 별의 작은 달 하나를 비추고 있었다. 흘리면 안 돼. 그는 물을 한 모금 마시고, 불이 켜진 집까지 조심조심 들고 갔다. 달은 컵 속 수면에 뜬 채로 집 입구까지 따라왔다.

은색 구슬을 의자 위에 내려놓고, 빨간 알을 컵 속에 넣었다. 알이 녹으며 희미한 소리와 함께 거품을 일으켰고, 물은 노란색으로 물들었다. 그리고 표면에 초록색 막이 뜨면 완성되는 것이다.

그것을 입안으로 흘려 넣었다. 크림 상태가 된 걸쭉한 액체는 서서히 입안, 볼 안쪽, 이 사이, 혀, 위… 구석구석까지 상큼한 맛을 골고루 전달했고, 식도를 지나 위로 들어가 온몸에 활기를 되살리기 시작했다. 매운 맛 종류는 아니었다. 그렇게까지 잔혹하지는 않군. 그는 그런 생각을 하며 남은 액체를 다 마셨다.

살아 있다는 실감과 살고 싶다는 욕망이 잇달아 솟구쳐서 그는 도무지 감정을 주체할 수 없었다. 잠을 잘 수 있을지는 모르겠지만, 잠을 청하는 것 말고는 들끓는 감정을 처리할 방법이 달리 떠오르지 않았다.

실내 한쪽에 누울 만한 소파도 있었지만, 남자는 계단을 올라 2층으로 갔다. 문이 살짝 열려 있는 방을 들여다보니 침대가 있었다. 아래층만큼 먼지가 쌓여 있지는 않았다.

여기서 자자. 그는 만에 하나, 정말로 만에 하나 구

슬을 도둑맞을 경우를 상상하고, 구슬을 가져다가 침대 옆 의자 위에 놓았다. 그 방에서 라디오를 발견하고 전원을 켰다. 고장 난 것 같지는 않았지만, 다이얼을 아무리 돌려도 잡음 하나 들리지 않았다. 그는 침대에 누워서 구슬을 힐끗 쳐다봤다.

벌써 자? 세수도 안 해?

어처구니가 없었다. 지구에서는 신물이 나도록 타성처럼 굳어졌던 습관. 잠들기 전에 하던 샤워나 양치질이 얼마나 귀중했는지 새삼 절실히 깨달았다. 그는 침대에 달린 스위치로 방 조명을 모두 껐다.

희미한 달빛이 비쳐 들었지만, 그에게까지는 닿지 않았다. 남자는 창문으로 하늘을 올려다봤다. 반짝이는 별들 중 푸른 별이 있었다. 지구에서는 절대 볼 수 없는 유일한 별. 그것은 바로 지구였다.

푸른 별. 지구의 푸른빛은 바다의 빛깔이었다. 지구는 물의 별이다. 그는 바다로 풍덩 뛰어들고 싶었다. 비, 긴긴 장마도, 느닷없이 쏟아지는 소나기도, 또한 무시무시한 폭풍우도 이 붉은 별에는 전혀 없다. 그리고 눈, 얼음, 북극과 남극도 마찬가지다. 어디가 북극일까. 그로서는 어림잡을 수가 없었다.

이 별의 물은 사라진 지 오래다. 극지방의 얼음은 모두 분해되어 산소는 공중으로 흩어졌고, 수소는 모조리 에너지원으로 사용되었다. 개척 시대에는 무엇보다 산소가 최우선으로 만들어졌다. 이곳의 물은 공기 중에 아주 조금 남아 있었고, 높은 하늘에서 가끔 구름이 되기는 하지만, 비가 되어 내리는 일은 결코 없었다. 은색 구슬을 사용하지 않는 한, 이 별에서는 액체인 물을 얻을 방법은 전혀 없는 것이다. 그 은색 구슬도 이곳에서는 이제 만들 수가 없다. 내부에 함유된 촉매에는 지구에서만 구할 수 있는 원소를 쓰기 때문이다.

빌어먹을 지구 놈들. 그는 지구를, 그를 이 지경으로 몰아붙인 문명을, 마음속 깊이 저주했다. 아무런 도움이 되지 않더라도 그 푸른 별을 향해 증오심을 집중시키기로 마음먹었다. 그러나 푸른색은 곧바로 물을 연상시켜서 비, 눈, 안개, 물보라, 시냇물… 온갖 종류의 풍부한 물을 떠올리게 하는 통에 도저히 증오심을 불태울 수가 없었다.

이것도 처형의 일환일까. 지구는 조용히 평화롭게 빛나고 있었다. 그처럼 동물적 충동을 일으키는 자들을 잇달아 숙청해 낸다면, 지구는 점점 더 평화로워지겠지. 그가 아무리 강렬하게 염원하고, 아무리 오래 뚫어져라 응시해도, 저 별에서 핵전쟁이 일어나 갑자기 빛이 증폭될 가능성은 없었다.

남자는 지쳐 있었다. 구슬을 내려놓은 의자에 등을 기대고 있다 보니, 어느새 스르르 잠이 들었다. 그 순간을 기다렸다는 듯이 악몽이 엄습했다. 그러나 피곤이 잠을 깨우지 않아, 그 악몽은 아침까지 계속 그를 괴롭혔다.

다음 날 아침. 잠에서 깬 남자는 2층 발코니로 의자를 옮기고 거리를 내려다봤다. 집들을 다 뒤지면, 화장품이나 전기면도기가 나올지도 모르지만, 그런 걸 사용할 필요는 없었다. 상쾌한 아침. 건조한 공기는 서늘했다. 그러나 그것은 그야말로 한순간이다. 이제 곧 견디기 힘든 낮더위가 시작될 것이다.

거리에는 달그락거리는 소리도, 벌레의 날갯짓 소리도 없었다. 움직이는 물체라고는 오직 그 자신뿐이었고, 소리가 날 가능성이 있는 거라곤 그의 은색 구슬뿐이었다. 누구든 대화를 나눌 상대가 없을까. 그때 구슬이 반짝하고 빛을 발했다.

나로는 만족이 안 돼?

발끈한 그가 발코니 바닥 위에 있던 구슬을 가볍게 찼다. 구슬이 소리를 내며 포장도로로 굴러 떨어졌고, 다시 더 굴러가다 맞은편 집에 부딪쳐서 멈췄다.

큰일 났다. 망가졌나? 잔인함을 한가득 머금은 구슬이지만, 망가지면 곤란하다. 남자는 큰길로 튀어 나가 구슬을 집어 들었다. 겉보기에 이렇다 할 변화는 없었다. 조심조심 흔들어 보았지만, 아무 소리도 나지 않았다. 버튼. 그러나 손가락을 대자, 생생한 공포가 되살아났다. 이건 시험해 보는 거야. 고장이 났나 시험해 보는 거라고. 괜찮겠지? 방망이질 치는 가슴으로 기도를 하며 살며시 눌렀다. 소리가 나지 않았다. 고장 났나? 살짝 힘을 넣으며 다시 한번 눌렀다.

지익. 소리가 났다. 거슬리는 그 소리다. 그는 귀를 틀어막아 버리고 싶은 마음에 손가락을 뗐다. 구슬은 고장 나지 않았다. 구슬은 그렇게 쉽게 고장 나는 게 아니었다. 상공에서 떨어뜨려도 내부의 완충장치로 견뎌 낼 수 있는 정도다. 게다가 이 별에 남아 있는 어떤 도구를 써서 억지로 열어 보려 해도, 거의 불가능에 가까울 정도로 엄청나게 견고한 금속으로 덮여 있었다.

과거, 이 별로 보내진 한 냉정한 범죄자가 어떻게든 구슬을 열어 보려고 모든 지능을 짜내 시도했다는 소문이 지구까지 전해진 바 있다. 기술자 출신인 그는 마침 주변에 있던 기구를 사용해서 신중하게 계획을 진행했고, 일단은 성공했다. 하지만 그러기가 무섭게 구슬은 곧바로 폭발하고 말았다. 다만 그 남자는 구슬로부터 멀리 떨어져서 교묘하게 작업을 수행했기 때문에 죽음을 면할 수 있었다.

하지만 그 성공은 아무런 의미도 없었다. 그때까지는 죽음의 공포를 대가로 치르면 물을 얻을 수 있었지만, 그 후로는 무엇을 내줘도 물을 얻을 수가 없었다. 기술자 출신 범죄자는 결국 다른 사람의 구슬을 훔치려고 했다. 그러나 그때만큼은 나머지 사람들도 필사적으로 협력해서 막아 냈다. 다음 날 그 남자는 가슴을 쥐어뜯고, 자기 팔을 물어뜯어 피를 빨아 먹으며 죽어 갔다. 이 이야기를 지구의 선량한 인간들은 즐겁게 들었다. 물론 누군가가 지어낸 이야기인지도 모른다. 이 붉은 행성에서 살아 돌아온 사람은 없었으므로. 어쨌든 구슬이 매우 견고한 것만은 분명했다.

그는 컵 바닥에 조금 담긴 물을 곧바로 들이켰다.

그날은 해가 질 때까지 그곳에 있었다.

갈증을 더 이상 참을 수 없을 때면 무너진 집터로 가서 두려움에 떨며 버튼을 눌러 물을 마셨고, 물을 마시면 생에 대한 집착이 다시금 되살아났다. 나머지 시간은 발코니 의자에 앉아 초조와 불안 속에서 얼마쯤 다가왔는지도 모를 죽음의 그림자만 줄곧 생각했다. 태양이 그의 머리 바로 위에서 도로로 내리쬐고, 그러다 살짝 기울며 그를 그늘에서 쫓아내는 과정이 네 번이나 되풀이되었다.

폭발까지의 시간은 무엇을 기준으로 했을까. 범죄의 정도일까. 그렇다면 죄질이 나쁜 범행일수록 폭발 시간이 짧아지는 걸까. 아니면 더 길게 괴롭히기 위해 시간을 오래 끄는 걸까. 침착하게 사고할 수 없는 머리는 바로 이 지점에서 막다른 벽에 가로막혔고, 계속 똑같은 곳에서 다람쥐 쳇바퀴 돌 듯했다. 그러나 설령 침착하게 생각한다 해도 그 답을 알 수 있을 리 없었다.

오후가 되자, 남자는 기분 전환을 위해 서른 채 가까운 집들을 면밀히 조사하기 시작했다. 그러나 눈에 띄는 물건은 아무것도 없었다. 집들에 남아 있는 물건들로 추측하건대, 예전에 이 근처에 우라늄 광산이 있었고, 이곳이 그것을 채취하는 광부들이 살았던 곳임을 알 수 있었다. 그러나 그런 사실 또한 지금의 그에게는 아무런 의미도 없었다. 우라늄이 있어도 아무 소용이 없었고, 지하수가 없는 별에서는 설령 굴이 남아있대도 물이 있을 리 없었다.

집들의 부엌도 꼼꼼히 조사했다. 안심하고 마실 수있는 물 한잔이라도 있을까 하고. 그러나 싱크대 수납장에는 건조식품만 쌓여 있었다.

그리고 마지막 집의 싱크대 수납장을 열었다. 그의눈앞에 병 두 개가 모습을 드러냈다. 하나는 노란색이고, 다른 하나는 갈색이었다. 그가 노란색 병으로 손을뻗었지만, 손이 떨려서 제대로 잡지 못하는 바람에 바닥에 떨어지며 깨져 버렸다. 석유벤진 냄새가 순식간에 실내에 가득 찼다. 그는 다른 한 병을 힘껏 움켜잡았다. 유명한 식품 회사의 마크가 찍혀 있었다. 그러나그 밑에 바로 보이는 "농축 소스"라는 글씨. 그는 그것을 바닥에 내동댕이쳤다. 걸쭉한 액체가 바닥에 퍼지기 시작했다.

맥이 빠져 그 집을 나오던 남자는 벽에서 지도를 발견했다. 집의 표식을 조사하고, 편지 쪼가리까지 찾아내서 지도에서 현재 위치를 알아냈다. 그러나 그것을 알아내 본들, 한시도 휴식을 허락하지 않는 이 모진 시련 속에서는 아무런 위안도 되지 않았다.

그는 구슬이 기다리고 있는 원래 집으로 돌아갔다.

이제 어떡할 거야?

다음 마을로 가 봐야지. 이제 더는 이곳에 머무를 수가 없었다. 그는 구슬을 안고 그곳을 떠났다. 돌아보니 번화가는 기울어 가는 석양빛을 받아 작고 붉게 불타오르고 있었다. 그곳은 머지않아 다른 인간이 찾아올 때까지 무인의 상태인 채로 있겠지.

날이 저물고, 수많은 별들은 더욱 찬란히 빛났다. 흐린 날이 없는 이 별에서는 별빛과 작지만 두 개나 있는 달빛으로 밤에도 길을 잃을 염려가 없었다. 그는 저 멀리 굽이치는 모래언덕 능선으로 눈길을 던지고, 다시 별자리를 올려다보며 계속 걸었다. 지구만은 최대한 보지 않으려고 애썼다. 그러나 은하수는 우윳빛 강물이 되고, 다른 별들도 술잔 모양, 분수 모양, 물병 모양으로 별자리를 만들고, 달은 작은 브랜디 잔이 되며 그를 끊임없이 괴롭혔다.

한잔 어때?

품에 안은 구슬에서 유혹의 감촉이 전해졌다. 남자는 길가에 주저앉아 무릎 위에 구슬을 올렸다. 하늘을 올려다보고 애써 우주의 장대함을 떠올리며, 손가락을 버튼에 얹었다. 그러나 손가락은 좀처럼 움직이지 않았다.

빨리 눌러.

구슬은 차가웠고, 별빛을 받아 반짝였다. 그는 다시 우주의 장대함을 떠올리며 결심을 굳히고, 버튼을 눌렀다.

옛날의 사형은 죽을 각오를 한 번만 다지면 끝났겠지만, 이 구슬은 몇 번이고 계속해서 죽을 각오를 요구했다. 그리고 옛날 사형은 다른 사람이 강제로 죽여줬지만, 이 방법은 반드시 찾아올, 언제일지도 모를 기일을 스스로 재촉해 가는 것이었다.

그는 정신적으로 극도로 지쳐 갔다. 그리고 그 대가로 물 한 잔을 얻었고, 또다시 밤길을 계속 걸어갔다. 새벽녘이 가까워진 무렵에 지평선에서 작은 섬광을 보았다. 잠시 후 희미한 폭발음이 들렸다.

태양은 이 별의 반대편을 돌아 다시금 지평선으로 떠올랐다. 아침은 밤의 어둠을 물리치고, 하늘의 별을 지워 버리며 찾아왔다.

남자는 길 저 너머에서 건물 한 채를 발견했다. 주유소였다. 그곳의 유리는 엉망으로 깨져 있었는데, 길 맞은편에 있는 집이 산산조각 났기 때문이다. 그는 폭발해 버린 그 집터로 다가갔다. 그리고 이상한 것을 발견했다.

무너진 집터 한가운데 움푹 팬 자리가 있었다. 저게 뭐지? 그것을 지켜보던 그의 얼굴색이 변했다. 이중 폭발. 누구나 한 번 폭발한 자리는 안전하다는 징크스를 만들어 내는 법이다. 그런 사람들 중 하나가 날아가 버린 사실을 여실히 보여 주는 흔적이었다.

그는 배가 고팠다. 주유소 안으로 들어가서 웅크려 앉았다. 밤새도록 아무것도 먹지 않았다. 또다시 몇 번이나 망설이다 버튼을 눌렀다. 구슬에서 나는 소리를 더는 듣고 싶지 않았기 때문에 신발을 벗고 양손으로 귀를 틀어막은 후, 눈을 질끈 감은 채 발가락으로 버튼을 눌렀다.

버튼은 인체를 식별하는 능력이 갖춰진 것인지, 발

가락인데도 지금까지와 다름없이 작동해 주었다. 소리가 흐려지긴 했지만, 한층 더 무의미하게 온몸으로 울려 퍼졌다. 그는 빨간 알을 넣어 배를 채우고 쓰러져 잠이 들었다. 꿈은 꾸지 않았다.

오후 늦게 눈이 떠졌다. 그리고 여전히 목이 말랐다. 건물을 둘러보니 스쿠터가 보였다. 저 건너편에서 날아가 버린 누군가가 타고 온 스쿠터일까. 극도로 초조한 기분에 휩싸여 차라리 사고로 죽기를 바라며 미친 듯이 스쿠터를 몰고 온 녀석. 그리고 끝내 이곳에서….

그는 그런 상상을 떨쳐 버리고, 스쿠터를 수리하기 시작했다. 밤이 되어서도 램프를 켜고 계속 고쳤다. 아침이 되어 지하실을 조사해 보니 가솔린 깡통이 나왔다. 차라리 거기에 불을 붙여 버릴까? 그러나 그 방법으로는 안전하고 확실한 죽음을 얻을 수 없었다. 그는 가솔린을 스쿠터에 넣었다.

그냥 나한테 맡겨 두는 게 안전해.

구슬이 속삭였다.

남자는 스쿠터 앞에 달린 바구니에 구슬을 싣고 그곳을 떠났다. 속력을 차츰 높였다. 그 스쿠터의 예전주인이 그랬던 것처럼. 빨리, 더 빨리. 다만, 서두를 목적이 있어서가 아니라, 그것 말고는 달리 할 일이 없었기 때문이다.

죽음을 잊을 수는 없었지만, 바람을 맞으며 더위는 조금 달랠 수 있었다. 사막 사이에 낀 도로에 사고를 일으킬 만한 원인 같은 건 없었다. 사고사조차 허락되지 않는다고 말할 수 있을까. 이따금, 정말로 아주 이따금 도로가 팬 곳에서 스쿠터가 튀었다. 구슬은 그럴 때마다 살짝 솟아오르며 신바람이 난 듯이 흔들거렸다.

그가 갑자기 브레이크를 잡았다. 길가에서 뭔가가 반짝이는 게 보였다. 그것은 은색 구슬이었다. 그 옆에 보이는 사람의 뼈. 병이라도 걸렸던 건지, 수명이 다할 때까지 폭발이 없었던 건지는 알 수 없었지만 일단은 달려가서 구슬을 주웠다.

됐어. 횡재했어! 그러나 막상 버튼을 누르자니, 고민에 빠지지 않을 수 없었다. 이 구슬도, 내가 가지고 있는 구슬도, 가능성은 마찬가지다. 이 구슬 주인이 폭발을 예감하고, 갈증을 견뎌 내다 죽었을지도 모른다. 지금 이것을 주워서 구슬이 두 개가 되었다고 한들 두 배로 도움이 되는 건 아니라는 말이다. 안전성도 높아지지 않는다. 그뿐인가, 새로운 것을 주움으로써 지금 갖고 있는 구슬의 가치를 잃게 되는 건지도 모른다.

그는 구슬을 내려놓았다. 모래에 얕은 구멍을 파고 뼈를 넣었다. 행복한 자일까, 불행한 자일까. 그는 잠시 고개를 숙인 후, 그 옆에 구슬을 넣고 모래를 덮었다. 먼 훗날, 오랜 세월이 지나 이곳이 더 이상 처형지가 아니게 될 때, 이 구슬이 과연 다시 파헤쳐지는 일이 있을까. 이 구슬의 성질을 전혀 모르는 사람의 손에 의해.

그러나 그는 그 이상 시시한 공상의 나래를 펼치지 않았다. 그의 생명은 갈증이 절정에 달할 때까지 유지될 것이다. 구슬 소리가 무사히 다 울리고 나면 다시 새롭게 태어나고, 또 그 다음 갈증까지 잠시 동안의 유예를 얻는 과정의 반복. 그토록 짧은 생명의 주기에서는 그 다음 생명을 생각할 여유 따윈 없었다. 그렇다 보니 장래에 대한 터무니없는 공상을 펼치는 능력은 완전히 사라져 버렸다. 그는 스쿠터로 돌아와 시동을 걸었다. 스쿠터의 진동에 구슬이 기쁜 듯이 뛰어 오르며 뱅글뱅글 춤을 추었다.

이상한 구슬은 안 주웠네.

남자는 한동안 천천히 달렸지만, 또다시 차츰 속도를 최대한으로 높였다. 그런데도 핸들을 쥔 손은 결코 실수가 없어서, 사고가 날 행운 같은 건 기대하기 어려워 보였다. 그는 그러한 인체 구조에 저주를 퍼부었다.

또다시 밤이 찾아왔다. 남자는 길가에 드러누웠다. 옷깃을 여미니 추위는 그리 심하지 않았다. 별을 올려다보고, 은하수를 바라보았다. 물. 그리고 아까 파묻고 온 구슬을 떠올렸다.

지구에 대한 반항으로 그 구슬을 사용할 걸 그랬나? 그러나 그의 감정은 달랐다. 별다른 후회는 없었다. 왜일까? 역시 자기 구슬이 더 좋았던 것이다. 이미 몇 번이나 생사의 고비를 함께 넘어온 구슬. 맨 처음 품었던 증오도 이제는 일종의 애착 같은 걸로 변해 버린 걸까. 그는 스쿠터에서 구슬을 들고 왔다.

옆에 있게 해 주는 거야?

구슬이 하늘의 별빛을 모아 그에게 윙크를 했다. 남자는 구슬을 품에 안고 누웠다.

불현듯 여자 생각이 났다. 이곳에 떨어진 후로는 처음이었다. 이토록 모진, 끊임없는 정신적 고통 속에서는 그런 생각을 할 여유가 없었다. 이 별에 여성은 없었다. 여성은 기계와도 담담하게 조화를 이뤄서 우리처럼은 안 되는 걸까. 그런 생각에 잠겨 있는 사이, 그는 이 별에서 허락된 유일한 구원인 잠 속으로 빠져들었다.

악몽은 아니었다. 장밋빛 꿈이었다. 여성이 있었다. 그는 아침까지 꿈속의 여성과 즐거운 시간을 보냈다. 서로 장난을 치고, 유두를 간질여 자지러지게 웃게 만들고, 아무 이유도 없이 마구 떠들어 댔다. 그러나 그녀는 키스만은 절대 허락하지 않았다.

다시 아침이 왔다. 더위에 눈을 뜬 남자는 구슬을 품에 안은 채 길가에 누워 있었다. 그런데 구슬 상태가 좀 이상했다. 아래쪽을 살펴보니 컵에 물이 한 잔 담겨 있었다. 잠결에 자기도 모르게 버튼을 누른 것이다. 그는 구슬을 가볍게 쓰다듬고 먼지를 닦아 준 다음, 컵 속에 빨간 알을 넣었다. 그리고 처음으로 공포 없이 얻은 물 한 잔을 마셨다. 그러나 이런 행운은 이번이 마지막이겠지. 원한다고 해서 꿈을 꿀 수 있는 건 아니니까.

기분 좋게 시작한 하루도 순식간에 원래대로 돌아
갔다. 그는 무더위 속에서 도로를 달렸고, 가끔 멈춰서
구슬을 증오하고 두려워하고 전율하며 그 절정의 고
비를 넘어 물을 얻는 과정을 되풀이했다.

그날 그는 길을 걷고 있는 한 노인을 만났다. 조금
은 익숙해져서 브레이크를 잡고, 말을 건넸다.

"저어…."

위해를 가할지도 모른다는 생각에 그는 노인에게
서 한시도 눈을 떼지 않았다. 악인이라고 할 수는 없
겠지만, 그와 마찬가지로 사람을 죽인 범죄자임은 틀
림없으니까.

그러나 노인은 분명 그가 보일 텐데도 알아채지 못
하는 기색이었다. 그대로 스쳐 지나갈 뻔했다. 그가 노
인의 어깨에 손을 얹었다. 노인이 멈춰 섰다. 실제로
얼마나 나이가 많은지는 알 수 없었지만 얼굴 생김새
는 확연한 노인이었다. 수염으로 뒤덮인 그의 얼굴 속
두 눈은 엉뚱한 방향을 바라보고 있었다.

미쳤군. 그는 허둥지둥 손을 뗐다. 자신의 미래를
본 듯한 기분이었다. 머지않아 나도 이렇게 되는 걸까.
차라리 그게 더 행복할까. 이렇게 돼도 죽음의 공포는

여전히 남아 있을까. 계속 걸어가는 노인을 멍하니 지켜보며 이런저런 상념에 잠겨 있던 그는, 문득 뭔가 해야 할 것 같다는 생각이 들었다. 그리고 곧이어 그것이 무엇인지도 알았다.

그래. 저 자를 위협해서 물을 빼앗자. 사유 능력을 잃었으니, 의외로 시키는 대로 해 줄지도 모르지. 그는 허둥지둥 노인을 따라가 앞을 가로막고 말했다.

"그 버튼을 눌러."

노인이 느릿느릿 버튼에 손가락을 얹었다. 그는 쏜살같이 40미터쯤 달려가서 귀를 막고 엎드렸다. 이젠 됐겠지. 그가 고개를 들었다. 노인이 그에게 손짓을 하고 있었다. 무슨 뜻이지? 그가 머뭇거리며 가까이 다가갔다. 노인이 귀찮다는 듯이 말했다.

"어이, 자네 신입이로군…."

말투는 정상이었다. 그리고 표정의 변화 없이 말을 이었다.

"쓸데없는 생각하지 마. 하긴, 처음에는 별수 없겠지. 나도 그랬으니까…."

노인이 길가에 앉으며 말했다.

"자네도 곧 이렇게 돼. 진짜 금방이야. 남에게 대

신 물을 빼라고 시킨다. 그건 기발한 생각이긴 해. 하지만 어림없는 짓이야. 30미터나 떨어져서 기다리는데, 나온 물이 그 거리를 뛰어오는 동안 남아 있겠나? 아무리 위협해도 소용없어. 이 별에는 갈증 이외의 고통은 없으니까. 게다가 누구나 남의 손에 살해당하고 싶어 하잖나. 지구에서는 자살 직전까지 갔던 녀석도 여기서는 스스로 못 죽어. 죽여 줄 놈도 없지. 지구에서 살인을 저지르고 온 놈들뿐인데도 말이야. 고통받는 동료가 한 사람이라도 많으면, 그만큼 마음은 더 편해지니까."

"…."

"최면술을 걸어 보려 해도 소용없어. 그 어떤 수단도 통하지 않을 만큼 강력한 경계의 벽으로 가로막혀 있어서지. 그걸 깨뜨릴 수 있는 최면술은 없고, 또 어찌어찌해서 최면술을 걸었다고 해도, '지익' 하는 저 소리에는 최면술을 중단시키는 작용이 있는 것 같더군. 정말 기가 막히게 잘 만들어진 놈이야. 무슨 방법을 써도 남에게 대신 누르게 할 순 없어. 뭐 하긴, 그러니 아직까지도 이 구슬을 사용하겠지."

"…."

"누구나 처음 왔을 때는 아까 같은 시도를 해 보지. 그러다 자포자기하고 난동을 부리는 녀석도 있어. 하지만 난동을 부려도 별수 없어. 게다가 그리 오래 가지도 않아. 사고로 죽고 싶다는 생각도 하지. 하지만 여기는 살인도 없지만 사고도 없어. 지진도 없고, 화재도 없지. 태풍이나 홍수는 제발 와 달라고 기도를 드리고 싶은 심정이야. 교통사고는 보이는 대로야. 암울한 말만 하게 돼서 미안하군. 있는 거라곤 단 하나. 자는 동안 옆방에서 쾅하고 터져 주는 것뿐이지. 하지만 그것도 뜻대로 풀리진 않아. 역시나 서로서로 미리 조사를 하게 마련이니까."

"…."

"그리고 또… 아아, 이젠 다 귀찮군. 결국 머릿속에 남아 있는 한 점을 응시하고, 그 점에 얽매여서 살아가는 거지. 그게 뭔지는 알 게 뭐야. 은색 구슬일지도 모르지. 아, 쓸데없는 소릴 늘어놨군. 하지만 말을 안 해 주면, 당신이 언제까지 따라다닐지 모르니 말이야. 잘 있게. 목이 마르군. 물 한잔 주겠나?"

그는 아까부터 대답할 말이 없었다. 노인이 다시 걷기 시작했다. 그가 노인의 등에 대고 물었다.

"이 별에 떨어지고 얼마나 지났죠?"

그러나 노인은 뒤도 돌아보지 않고 말했다.

"그걸 알아서 뭐 하나."

맞는 말이었다. 이곳에서의 시간은 시간이 아니었다. 아주 길고 아주 짧은, 시간과는 전혀 다른 무엇이었다. 그는 스쿠터를 느릿느릿 몰았다.

기운이 없어졌네.

은색 구슬이 바구니 속에서 빈정거리듯 흔들렸다.

남자는 마을 몇 개를 지나 큰 도시로 들어갔다. 개척 시대에는 10만 명쯤 살았을까. 그 무렵에는 활기로 넘쳐나고, 개발이니 연구니, 어딘가의 위성이니 소행성이니 하며 바쁘게 움직였겠지. 그러나 지구의 천국화로 모두가 귀환해 버린 지금, 이곳은 처량하기 그지없었다. 거리에는 역시나 폭발로 날아간 흔적이 보였고, 한가운데 높은 빌딩도 윗부분이 사라지고 없었다.

그는 도시를 한차례 돌아보았다. 그곳에서 열 사람 정도를 스쳐 지났다. 발코니 소파에 누워 있는 사람. 거리를 멍하게 걷고 있는 사람. 현관 앞 디딤돌에 앉아 있는 사람. 그러나 그들은 그가 나타나도 아무런 반응을 보이지 않았다. 그는 살짝 부끄러운 마음이 들어서 스쿠터를 세웠다.

어느 집으로 들어갔다. 그 집으로 들어가기 전에 양쪽 집을 두 채씩 조사해 아무도 없는 것을 확인한 후, 지난번에 만났던 노인의 말을 떠올리며 쓸쓸하게 웃었다.

남자는 여전히 지독한 정신적 동요를 감내하며 물을 마셨고, 그 집의 침대로 파고들었다. 적어도 몇십 명 정도가 이 도시에 있을 테지만, 인기척이라곤 전혀 느껴지지 않았다. 막 잠에 들자마자 절규를 들은 것 같기도 한데, 그것은 어쩌면 악몽 속에서 들은 소리일지도 모른다. 새벽녘이 가까워지자 폭발음이 들려왔다. 그것은 악몽이 아니었다.

그는 그 도시에 계속 머물렀다. 어디를 가나 마찬가지였기 때문이다. 시간관념이 사라진 지 오래되었으므로 이곳에 온 지 얼마나 지났는지도 전혀 알 수 없었다. 구슬을 바라보며 최대치의 공포를 반복해서 경험했다. 그는 머리가 점점 멍해졌다. 그러나 갈증과 공포는 처음과 조금도 달라지지 않았다. 소리가 멎을 때까지 되풀이되는 과거 기억의 회전속도는 점점 더 빨라졌다. 체력이 떨어지기 시작했지만, 그것 또한 공포를 약화시키는 데는 아무런 도움도 되지 않았다.

은색 구슬은 이제 표정을 만들지 않았다. 그의 내면의 표정이 일정했기 때문일까? 구슬은 그저 '구슬의 빛이 환해지면 끝이 가깝다'고 생각하면 더 환해졌고, '빛을 잃기 시작하면 끝이다'라고 생각하면 광택이 흐려지며 그를 괴롭힐 뿐이었다. 그도 도시의 다른 주민들과 완전히 똑같아졌다. 폭발 소리에도 무감각해졌다. 하지만 버튼을 누를 때의 공포는 변함이 없었다.

이럴 줄 알았다면 처음에 좀 더 느긋하게 지냈으면 좋았을 거라는 생각이 들었다. 그러나 내일까지 폭발하지 않는다고 해서 지금 안심할 수 있는 건 아니었다.

그는 그 옛날 지구에 있었다는 신에 관해 생각해 보고 싶었다. 그러나 그에 관한 지식은 전혀 없었다. 아는 거라곤 지옥에 관한 내용뿐이었다. 다만, 더는 나빠지지 않는다고 보장해 주는 지옥 이야기가 지금의 그에게는 오히려 부러울 뿐이었다.

그는 어느 날, 도시를 잠깐 벗어나 우주 공항까지가 보았다. 금속판을 쫙 깔아 놓은 드넓은 공항. 그곳에서 우주선이 뜨고 내리던 것도 벌써 오래전 일이다.

저 멀리 높은 탑 위에 누군가가 서 있는 모습이 보였다. 공항 사무실에서 망원경을 찾아 탑 위를 바라봤다. 그 탑 위의 인물도 망원경으로 하늘을 보고 있었다. 혹시 모를 석방의 요행을 기다리는 걸까, 불시착하는 우주선을 기다리는 걸까. 아마 양쪽 다겠지. 저 녀석은 신입이겠군. 그는 망원경을 내려놓고 도시로 돌아왔다.

그리고 또다시 긴 시간. 절대 싫증을 모르는, 진지한, 무한한, 완전히 똑같은 반복. 이것은 그가 불만을 품었던 기계문명이 선사한 완벽한 징벌이었다.

또다시 긴 시간. 그는 미치기 일보 직전인 상태로 그것을 기다렸다. 그러나 그마저도 허락되지 않는 건지 이젠 속수무책이었다.

또다시 길고 긴 시간. 결국 그는 절규했다.

절규. 자기 안의 모든 것, 지구에서 품었던 불만, 이별에서 시달린 고뇌를 모조리, 한꺼번에 토해 내듯 처절한 절규를 부르짖었다. 주위 상황이 조금 변한 게 느껴졌다. 잘은 모르겠지만, 모든 게 다 씻겨 내려간 기분이었다. 구슬을 보았다. 구슬은 어느새 표정을 되찾아 한 번도 본 적 없는 온화한 미소를 머금고 있었다.

이제 좀 눈이 뜨였어? 결국 똑같잖아.

뭐가 똑같다는 걸까? 아, 그렇지. 그는 곧바로 알아차렸다. 이것은 지구의 생활과 똑같았던 것이다. 언제 나타날지 모르는 죽음. 스스로 매일 죽음의 원인을 만들어 내며, 그 순간을 끌어당긴다. 이곳의 은색 구슬은 작고, 그래서 신경이 쓰일 뿐이다. 지구의 그것은 거대해서 아무도 신경 쓰지 않는다. 그 정도 차이뿐이다. 왜 지금껏 그걸 깨닫지 못했을까.

이제야 깨달았나 보네.

구슬이 상냥하게 웃었다. 그는 구슬을 끌어안고 버튼을 눌렀다. 처음으로 침착한 마음으로 누를 수 있었다. 물이 나왔다. 그는 그것을 마시고, 다시 물을 뽑아 빨간 알을 넣어 입으로 흘려 넣었다. 방을 둘러보고 지독하게 때가 탄 침대를 알아차렸다.

"그래…."

그는 욕실로 들어갔다. 지독하게 더러워진 옷을 벗고, 구슬을 안고 욕조 안에 앉았다. 컵을 빼 버리고, 버튼을 계속 눌렀다. 이제는 '지익' 소리도 신경 쓰이지 않았다. 오히려 즐겁게 울려 퍼졌다. 그는 계속 소리를 내며, 리듬을 붙여 노래를 불렀다. 문과 창문을 열어 바람을 통하게 해 놓고 물을 받았다. 물은 조금씩 욕조를 채웠다.

그는 지구의 문명에 앙갚음을 한 것 같은 기분을 느꼈다. 물은 계속 고여서 물결을 일렁이며 흘러넘쳤다. 그는 구슬을 끌어안았다. 지금까지의 기나긴 잿빛 시간에서 해방된 것이다. 지구에서 추방된 신이란 이런 존재가 아니었을까.

그의 눈앞이 갑자기 찬란한 빛으로 가득해진 것 같았다.

식 사 전 수 업

"자, 잘 기억해 두세요. 곰팡이는 수분이 풍족하고 온도가 적당한 곳에서 피는 거예요."

학생들은 모두 얌전히 선생님의 설명에 귀를 귀울였다. 그러던 중에 한 학생이 잘 외워 두려는 마음에 그랬는지, 선생님이 한 말을 되풀이했다.

"수분이 없으면, 안 되는 거네요?"

"그렇죠. 여기 경단이 몇 개 있죠? 그중에서 불이랑 가장 가까이 있는 걸 봐 주세요. 지금 이건 온도가 너무 높은 거예요. 봐요, 이렇게 수분이 다 증발해 버렸죠? 그래서 여기에는 곰팡이가 피질 않아요."

학생들은 그 경단을 확인한 후, 고개를 끄덕거렸다.
선생님이 설명을 이어 갔다.

"곰팡이에는 수분이 필요하다는 걸 이제 알겠죠?
하지만 수분이 있어도 온도가 너무 낮으면 곰팡이가
피질 않아요. 이번에는 이쪽, 불에서 가장 멀리 떨어져
있는 경단을 보세요. 수분은 함유하고 있지만, 온도가
낮아서 곰팡이가 피지 않았죠?"

"정말 그러네요."

"이런 자연의 법칙을 알면, 남은 음식을 보관할 때
어떻게 해야 좋을지 알 수 있겠죠. 그래요. 건조시키거
나 냉동시키면 되는 거예요."

학생들은 조금 지루해졌다. 아이들은 속으로 재미
없는 얘기는 그만하고 어서 경단이나 먹게 해 주면 좋
겠다고 생각했다. 학생 하나가 눈치 빠르게 경단 하
나를 가리키며 질문을 가장해 선생님에게 넌지시 운
을 띄웠다.

"저기요, 선생님. 곰팡이가 핀 그 경단은 먹을 수
있나요?"

그러나 너무 에둘러 운을 띄운 것인지 선생님에게
는 통하지 않았던 모양이다.

"괜찮아요, 먹을 수는 있어요. 이것은 물과 온도가 적당해서 이렇게 곰팡이가 피기 시작해 버렸네요. 이 대로 놔두면 곰팡이가 속까지 파고들어서 먹을 수 없 게 된답니다. 하지만 이건 이제 막 곰팡이가 피기 시작 한 거라 표면을 잘 닦아 내면 괜찮아요. 그리고 하나 더. 곰팡이는 시간이 지나면 포자가 멀리까지 날아가 는 성질이 있어요. 그것이 온도와 습도가 맞는 대상과 만나면, 다시 늘어나기 시작해서…."

선생님의 설명이 좀처럼 끝날 것 같지 않자, 학생 중 몇 명이 무심코 속마음을 털어놓았다.

"저기요, 선생님. 아직 먹으면 안 돼요? 먹어도 되 잖아요?"

선생님이 아이들을 제지했다.

"자자, 잠깐만 기다리세요. 곰팡이를 조금 더 조사 한 다음에 먹어야 해요. 먼저 곰팡이를 조금 떼어서 확 대해 볼까요? 곰팡이에는 다양한 종류가 있어요. 이 경단에는 어떤 곰팡이가 피었을까요? 검은곰팡이일 까요? 노란곰팡이일까요? 아니면 흰곰팡이일까요?"

예의범절이 바르지 못한 학생 하나가 더는 기다리 지 못하고 결국 침을 흘리고 말았다.

"엄청난 집중호우네."

"정말 싫다. 또 홍수야?"

그러나 홍수보다 훨씬 더 끔찍한 사태가 곧바로 뒤를 이었다. 별안간 하늘에서 나타난 거대한 핀셋이 남자 하나를 집어 올린 것이다.

신용 있는 제품

우주 진출을 막 시작하려는 지구로 어디선가 홀연히 나타난 거대한 원반 모양 물체가 찾아왔다. 우주인 하나가 원반 모양의 우주선에서 나와 흘러넘칠 듯한 환한 미소를 머금고 말했다.

"실례합니다, 지구인 여러분. 저는 영업 사원입니다."

물 흐르듯 유창한 말투에 사람들은 모두 어안이 벙벙해졌다. 어디서 말을 배웠을까 하는 근본적인 의문을 품을 새도 없이, 우주인 영업 사원은 곧바로 지구 전체의 책임자가 있는 곳으로 안내되었다.

"대체 뭘 하러 온 거요?"

책임자는 일단 당연한 질문부터 던졌다.

"인사가 조금 늦었습니다만, 저는 영업 사원입니다. 드디어 지구 여러분도 우주 진출을 시작하시려나 본데, 진심으로 축하의 말씀을 드립니다."

우주인이 청산유수로 말을 쏟아 냈다.

"축하도 좋지만, 지구에 관한 소식을 어떻게 알았지?"

"저희의 조사망은 구석구석까지 빈틈없이 퍼져 있습니다. 이상한 전파나 탐사기 등을 우주로 보내시면, 그걸 계기로 영업 사원이 바로 찾아뵙게 되어 있지요. 아마 지구에 가장 먼저 찾아온 건 저희 회사인 줄 압니다만."

"호오, 이건 놀랍군. 그나저나 영업 사원이라고 했는데, 뭘 팔 생각인가?"

"무기입니다."

"이런, 죽음의 장사꾼이로군. 그런 건 필요 없어."

"그러십니까? 하지만 우주로 진출하시면 언젠가는 다른 별과 전쟁도 벌이게 될 겁니다. 그때 가서 '아, 미리 사둘걸' 하고 아쉬워하셔도 소용없어요."

"우리가 무지한 부분을 파고들 속셈이로군. 장사 수완이 정말 뛰어난데."

"의심하시는 것도 당연합니다만, 저희 회사는 그렇게 엉터리 방침으로 장사하진 않습니다. 오랜 신용을 기반으로 하고 있죠. 그렇지 않으면 나중에 불만이 쏟아져서 우주에서는 더 이상 일을 할 수 없게 되니까요. 지구 여러분도 우주로 나와 보시면 알게 될 거예요. 저희가 얼마나 신용 있는 회사인지…. 뭐, 아무튼 사든 안 사든 상관없으니, 구경이라도 한번 하시죠."

"구경하는 건 좋은데, 대체 무슨 무기가 있다는 거지?"

"저희 회사에서는 방어용과 공격용, 두 종류 무기를 제작합니다. 양쪽 다 우주 최고의 제품이죠. 그럼, 먼저 방어용부터 보여 드리겠습니다. 제가 그것을 사용해 막아 낼 테니, 한번 공격해 보시죠. 어떤 무기를 사용하시든 상관없습니다."

광활한 사막에서 실험이 실시되었다. 전 인류는 텔레비전을 통해 그 광경을 지켜보았다.

"그럼, 시작하시죠."

장치를 옆에 놓고 선 우주인 영업 사원을 향해 소

총과 대포를 발사했다. 탄환은 모두 우주인 영업 사원 주위를 둘러싼 보이지 않는 막에 부딪쳐서 허망하게 튕겨져 나왔다.

"이쪽으로 와 보실 분은 없습니까?"

몇몇 사람이 머뭇거리면서도 영업 사원 옆에 섰다. 눈에 보이지 않는 막은 그들까지 지켜 냈다.

"아무리 강력한 무기라도 상관없습니다. 걱정 마시고 시도해 보세요."

다이너마이트, 그리고 급기야 핵무기까지 사용해 봤지만, 그 방어 장치로 보호한 공간은 무사했다. 영업 사원은 기회는 이때다 싶어 목소리를 높였다.

"어떻습니까? 이걸 사 두셨다가 만일의 사태가 발생하면, 이 방어막으로 지구를 에워싸면 됩니다. 그럼 어떤 공격이 들어와도 안심하고 생활할 수 있을 겁니다. 이 제품은 단연 우주 최고입니다. 제아무리 우주가 넓어도 이것을 돌파할 수 있는 무기는 절대 없습니다."

그 말이 채 끝나기도 전에, 눈앞에서 엄청난 효과를 목격한 사람들은 모두 감탄했다.

"만일을 대비해서 사 두는 게 좋을지도 모르겠군.

이상한 별에서 공격이라도 하면, 지금까지 쌓아 온 노력도 다 물거품이 될 테니까. 그런데 얼마지?"

"금괴 100톤입니다. 조금 비싸다 싶으시겠지만, 이것만 갖고 계시면 무슨 일이 벌어져도 안심할 수 있습니다."

흥정이 마무리되고 거래가 끝나자, 영업 사원이 또다시 운을 뗐다.

"그런데 공격용 무기는 안 필요하십니까?"

"아니, 다른 별을 침략할 생각은 없어."

"하지만 막상 우주로 진출하고 나면 마음이 바뀌실 겁니다. 억지로 강요하는 건 아니니까 잠깐 구경이라도 하시죠."

또다시 실험이 시작되었다. 영업 사원은 가늘고 긴 통을 선보였다. 그 끝에서 내뿜는 강력한 불빛을 막아 낼 수 있는 것은 없어 보였다.

"어떻습니까? 우주로 진출할 때 이것만 준비해 두시면 어떤 별이든 정복할 수 있을 겁니다. 고작 금괴 100톤으로 이 우주에서 아무도 막을 수 없는 무기를 손에 넣는 거예요."

분명 공격용 무기도 대단했지만, 지구 측 책임자는

이쯤에서 이의를 제기하기로 했다.

"거짓말 마."

"저희 회사는 제품에 책임을 갖고 있습니다. 창립이래, 제품을 구입해 주신 고객께서 불만을 제기한 적은 한 번도 없습니다. 이는 무척 큰 자랑이지요. 저는 영업 사원이지만, 우주의 신을 걸고 장담할 수 있습니다."

"이봐, 우리 지구인을 너무 우습게 보지 말라고. 만약 그 효능이 엉터리면 어떻게 할 건데?"

"만약 사용해 보시고 혹시라도 의심스러운 점이 있으면, 바로 환불해 드리겠습니다."

"흐음, 환불해 주겠다…. 그럼, 그 공격용 무기라는 것도 사야겠군. 하지만 한동안 여기서 기다려줘야겠어. 정말이지 이 우주에는 한시도 방심할 수 없는 녀석들이 우글거리는 것 같으니 말이야."

영업 사원은 총 200톤의 금괴를 받아 들고 기다렸다.

곧바로 실험이 시작되었다. 사람들은 호기심을 가득 안고 텔레비전으로 그 상황을 지켜보았다. 그런 분위기 속에서 우주 최고의 방어 장치에 우주 최고의 공격용 무기를 조준했다.

발사!

"어떻습니까? 무슨 불만이라도 있으신가요?"

영업 사원의 말에 누구 한 사람도 불만을 제기하지 않았다.

"불만이 없으신 것 같으니, 이제 그만 실례하겠습니다. 구입해 주셔서 감사합니다. 어느 별이나 다 똑같군…."

영업 사원은 원반을 조정해서, 전 우주적인 신용을 자랑하는 본사의 소재지, 점점 더 커져 가는 눈부신 황금빛 별을 향해 날아갔다. 두 무기가 격돌할 때 발생한 충격파로 순식간에 생명을 잃은 전 인류를 남겨 둔 채.

폐허

"자, 여러분. 이제 다 왔어요."

아이들을 인솔해 온 선생님이 말했다.

봄 햇살을 한껏 빨아들인 완만한 언덕은 부드럽게 일렁이며 먼 바다까지 이어졌다. 언덕은 작은 꽃들이 떠다니는 초록빛 바다 같았다. 아지랑이 너머로 보이는 진짜 바다는 하얀 파도로 치장한, 숨 쉬는 파란 언덕을 연상시켰다. 하늘에는 구름 토끼 몇 마리가 떠 있었고, 그 토끼들은 종다리 소리를 냈다.

그 언덕 너머에 폐허가 있었다. 물론 옛 도시의 흔적이 그곳뿐인 건 아니었지만, 고대 도시 중 발굴된 곳은 그 주변이 유일했다.

"자 보세요, 여기가 30만 년 전의 마을 모습이에요."

선생님이 언덕 위에서 손으로 가리키자, 반장인 듯
한 아이가 공부를 좋아할 것 같은 목소리로 말했다.

"건물이 굉장히 컸네요."

"부서진 파편들을 맞춰서 옛날 마을을 재현한 거예
요. 자, 가 볼까요."

공부를 별로 안 좋아할 것 같은 아이들이 그 뒤를
따라 언덕을 내려가 폐허로 다가갔다. 몇 개씩이나 늘
어선 네모난 건물이 입을 다문 채 그들을 맞아들였다.
콘크리트를 깔아 놓은 길에서는 소리가 나지 않았다.
옛날과는 달리, 지금 그 위를 걸어가는 그들은 신발을
신지 않았으니까. 길가에 서 있는 나지막한 기둥. 거기
에는 〈POST〉라고 쓰여 있었지만, 읽을 수 있는 사람
은 아무도 없었다.

"선생님, 이건 뭐예요?"

반장으로 보이는 아이가 질문거리를 찾아내고, 신
이 나서 물었다.

"그건 일종의 종교적인 장식품으로 여겨지고 있어
요. 분명 옛날 사람들은 소원이나 희망을 여기에 대고

호소했겠죠."

뒤쪽 줄에 있는 아이들이 선생님의 설명에도 아랑
곳 않고 시큰둥하게 떠들어 댔다.

"저런 게 소원을 들어줄 리 없잖아. 옛날 사람들은
바보였네."

아이들은 벌써 지루해졌다. 군데군데 네모난 큰 구
멍이 뚫린, 돌로 된 건물만 늘어서 있는 폐허는 아이들
의 흥미를 불러일으킬 수 없었다.

"선생님, 우리 도시락 먹어요."

한 아이가 말을 꺼내자, 모두가 "배고파요!"라며 아
우성을 쳤다.

"그럼, 저기 깃발이 보이죠? 저기까지 가서 점심을
먹기로 해요."

폐허의 끝자락에는 빨간 깃발을 내건 작은 찻집이
있었다. 하얀 수염을 기른 노인 혼자 그곳을 운영하
고 있었다.

"어이쿠 이런, 오늘은 소풍을 나오셨군요. 아이들은
건강해서 좋겠어요. 얼른 차를 준비해 드리죠."

노인이 인사를 건네며 대나무로 짠 의자를 내주려
했지만, 아이들에게 그런 건 필요하지 않았다. 자고로

도시락이란 촘촘히 깔린 푸릇푸릇한 풀밭 위에 드러누워 먹어야 제맛이기 때문이다. 의자에 앉은 사람은 선생님뿐이었다.

"어쨌든 아이들을 데리고 걷는 건 너무 힘들어요. 애들은 이런 데 흥미가 없으니까요."

"그야 그럴 테죠…."

노인이 차를 따라 주며 선생님에게 다시 말을 건넸다.

"…내 나이 정도 돼야 이런 데 흥미가 생겨요. 나도 젊은 시절에는 옛날 것에는 흥미가 전혀 없었죠. 하지만 지금은 이런 폐허가 좋아요. 특히 달빛 밝은 밤에 이 거리를 혼자 걷는 걸 좋아하죠. 이 마을에는 어떤 사람들이 살았을까 상상하면서 말이죠. 건조한 고대 악기 소리가 이 근방에 떠들썩하게 울려 퍼졌을 무렵. 거리는 번쩍번쩍 빛나고, 건물의 네모난 구멍에는 투명한 물질이 끼워져 있고, 그 안에는 우리로서는 상상도 못 할 엄청난 물건들, 그러나 아무 의미도 없는 물건들이 늘어서 있었겠죠. 그 사람들은 어떤 인생을 살았을까요? 나는 그걸 알고 싶어진답니다. 그리고 지금 우리의 인생과 비교해 보고 싶어진단 말이죠. 나이를 먹고 보니, 죽기 전에 확인하고 싶은 겁니다. 그 무렵의 인생에 비교하면, 그래도 지금 내 인생이 조금 더 낫다는 것을요."

선생님은 식사를 잠시 멈추고 차를 마신 후, 그 말에 대답했다.

"그야 물론 할아버지의 인생이 훨씬 낫겠죠. 이 마을이 한창 번창했을 무렵, 세계 대부분이 문명과 함께 순식간에 날아가 버렸으니까요. 그 원인은 잘 모르겠지만, 뭔가 엄청나게 무시무시한 폭발물이 사용된 모양이에요. 그런 걸 지니고 살아가는 삶을 상상해 보세요. 그건 정말 살아도 사는 게 아닐 거예요."

"듣고 보니 그렇겠군요. 그런데 그들은 왜 힘들게 구축한 문명을 없애 버렸을까요? 분명 마음 깊은 곳에서는 공허함을 느꼈던 거겠죠. 그런 공허함을 채우려고 물질들을 이것저것 조합해서 마음을 딴 데로 돌렸던 걸까요? 그런 공허한 삶을 자손에게는 절대 물려주고 싶지 않은 마음에 문명을 끝내 버렸을지도 모르겠군요."

"글쎄요, 과연 어땠을까요? 그들이 그런 고상한 생각을 할 수 있었을 것 같진 않아요."

"그래서 나는 이런 생각도 해 봤어요. 그 강력한 폭

발물에 익숙해져서 의외로 태평하게 지냈을지도 모른다고. 상상조차 할 수 없는 그 강한 무신경. 살짝 부러운 마음도 들더군요."

식사를 마치고 배가 두둑해진 선생님은 노인의 이야기에 맞장구쳐 주는 게 슬슬 귀찮아지기 시작했다.

"할아버지는 사색을 좋아하시나 봐요. 그런 건 아무려면 어때요. 벌벌 떨고 살았든, 아무렇지 않고 태평했든 딱히 신경 쓸 건 없잖아요. 까마득한 옛날, 이미 30만 년 전에 죽어 버린 사람들이 어떻든 무슨 상관이겠어요. 우리랑은 아무런 관계도 없는데. 설령 있다고 해도, 이제 와서 어쩔 수도 없고요. 폐허를 걸으며 옛날 생각을 하는 것도 좋지만, 가끔은 저 언덕 너머도 산책해 보세요. 바다를 끼고 있는 초록빛 언덕, 깨끗한 공기, 그리고 따뜻한 햇살을 받으며 하루하루를 살아갈 수 있으니 얼마나 좋아요. 그거면 충분하잖아요?"

"그럴까요? 하지만 선생도 나이를 먹으면 언젠가는 이런 생각을 하게 될지도 몰라요."

노인은 좀 더 얘기하고 싶은 눈치였지만, 어떻게 말해야 할지 망설여지는 듯했다. 아이들은 이미 한참 전에 점심을 다 먹었다.

"이제 슬슬 나가야겠네요."

"이제 어디로…?"

"바닷가에 가서 조개껍데기 줍기라도 시켜 줘야죠."

선생님이 언덕을 뛰어다니는 아이들을 불러 모았다.

"얘들아, 다들 모여. 이제 갈 거야!"

폐허 속에서 숨바꼭질을 하며 노는 아이도 있었다. 그중 한 아이가 울음을 터뜨렸다.

"어이쿠 저런, 어딜 다쳤나 보네."

울면서 뛰어오는 아이를 선생님이 달래 주었다.

"자자, 그만 울어. 그냥 살짝 까진 거잖아."

선생님이 다정하게 그 아이가 다친 여섯 손가락을 어루만져 주었다. 물론 어루만지는 선생님의 네 팔에도 각각 여섯 손가락이 달려 있었고, 이들의 여섯 손가락에는 30만 년 전과 조금도 다르지 않은 따뜻한 봄바람이 스치듯 불어와 부드러운 감촉으로 휘감겼다.

순교

"과연, 어떤 게 나올까요?"

"글쎄요. 나도 잘은 모르지만, 아무튼 지금까지 그 누구도 상상조차 못 했던 기계라고 하더군요."

어느 날 저녁, 작은 강당의 좌석을 70퍼센트가량 메운 호기심 많은 사람들은 초조하고 설레는 마음으로 옆 사람과 대화를 나눴다.

바쁘지도 않은데 자꾸 시계만 들여다보는 사람. 무의식적으로 구두코로 바닥을 콕콕 찍는 사람. 단물 빠진 껌을 열심히 씹어 대는 사람. 하나같이 안절부절못하며 뭔가를 기다리고 있었다.

그런데 뭔가를 간절히 기다리며 초조해하는 사람은 비단 그 회장에 모인 사람들만은 아니었다. 모든 사람들이 항상 그랬다. 그리고 지금까지 그런 기대를 채워 주기 위한 수많은 유행들이 '이 정도면 만족하겠느냐'는 식으로 계속 밀려들었다. 그러다 머지않아 시들해지고, 어디론가 사라져 버리는 패턴이 되풀이되었다.

그러면서도 사람들은 결코 유행 불감증에 걸리는 법이 없었다. 언제나 뭔가 새로운, 좀 더 강렬한 유행이 나타날 거라 믿으며 그것만을 삶의 낙으로 알고 간절히 기다렸다.

짧은 벨소리가 울리고, 단상에 한 남자가 모습을 드러냈다.

"여러분, 잘 오셨습니다. 이렇게 많은 분들이 참석해 주실 줄은 몰랐습니다. '획기적인 새로운 발명품 공개 실험'. 무료입장이긴 하지만, 단지 이 정도 포스터 문구로 이토록 많은 분들의 관심을 불러일으킬 줄은 몰랐습니다. 호기심이 강하신 걸까요? 아니면 이 현대 사회에 엄청난 변화가 일어나길 고대하고 계셨던 걸까요? 어느 쪽이든, 잠시 후면 틀림없이 그 기대를 충족시킬 수 있으리라 생각합니다."

기술자 타입의 마흔쯤 되어 보이는 그 남자는 이따금 말을 더듬거리며 설명을 이어 갔다. 그러고는 고개를 가볍게 숙이고 잰걸음으로 물러나더니, 기계처럼 생긴 물건을 품에 안고 돌아와 책상 위에 내려놓았다. 스스로도 홀딱 반한 모양인지, 남자는 한동안 말없이 기계를 바라보았다. 객석의 시선도 일제히 그곳으로 쏠렸다.

그것은 네모난 은색 상자였는데 안테나인지, 거미집처럼 생긴 생선뼈 같은 것이 군데군데 튀어나와 있었다. 상자 위에는 마이크 같은 것이, 옆에는 스피커 같은 것이 붙어 있었다.

"저게 뭘까? 흔히 있는 전자파 치료기의 일종일까?"

"아니, 가정용 무선전화기겠지."

"난 소형 거짓말탐지기인 줄 알았는데… 그런 종류면 딱히 놀랄 만한 물건이라고 소개할 순 없겠지."

객석이 조금 술렁거렸다. 그 소리를 들었는지, 단상의 남자가 정신을 차리고, 기계를 어루만지며 이야기를 시작했다.

"자, 바로 이 기계말입니다만, 여기에는 아무런 속임수도 없습니다. 그렇다고 해서 결코 요술 같은 것도 아니지요. 그야말로 정교한 기계, 저의 기술이 집약된 고심의 결정체입니다. 이 마이크에 대고 말을 하면, 이쪽 스피커로 대답을 들을 수 있습니다. 뭐, 일종의 통신기계죠. 하지만 평범한 통신기계라면, 새삼스레 제가 들고 나올 필요도 없겠죠. 이것은 완전히 새로운 통신기계입니다. 사후 세계에 있는 고인과 통신이 가능합니다."

객석 곳곳에서 실소가 터졌다.

"잠깐, 다들 웃지 마세요. 하긴, 웃는 것도 무리는 아니죠. 옛날부터 뭔가 새로운 물건을 선보일 때는 예외 없이 웃음이 터졌어요. 인간이라는 존재는 자기 상식과 어긋나는 상황을 맞닥뜨리면 당황하죠. 그래서 그걸 얼버무리기 위해 웃을 수밖에 없고요."

웃음을 예견했다는 남자의 말에 객석은 조용해졌고, 그 고요함 속에서 설명이 이어졌다.

"그런데 이런 기계를 만들어서 과연 무슨 도움이 될까요? 실험이 성공해도 죽은 사람들에게 이런저런 푸념이나 듣게 되겠죠. 살아가는 것만으로도 벅찬데, 거기에 저들의 속박으로 인한 짐까지 짊어지는 게 고작 아니겠는가? 상식적으로 봐도 그런 생각이 들 테고, 저도 당연히 그런 생각은 해 봤습니다. 지금까지 아무도 연구하려 들지 않았던 것은 바로 그런 이유 때문이겠죠. 하지만 그런데도 저는 굳이 만들어 냈습니다. 이유가 뭘까요? 실은 오 년 전에 세상을 뜬, 지극히 사랑했던 아내와 다시 한번 이야기를 나누고 싶었기 때문입니다. 아, 저에게는 너무나 과분한 멋진 여성이었습니다."

단상의 남자는 추억에 빠져들었는지, 입을 다무는 것도 잊은 채 기계에 다시 손을 얹었다. 킥킥거리는 웃음소리가 객석을 떠돌았다.

"또다시 웃음소리가 들리는군요. 뭐, 어쨌든 그런 이유로 아이도 없었겠다, 저는 근무처인 전기 연구소에서 퇴근하면 매일같이 이 기계의 조립에만 열중했던 겁니다. 그리고 마침내 완성한 것이 오늘로부터 약 한 달 전입니다. 그 한 달간 저는 여유만 생기면, 이 기계에만 붙어 지냈습니다. 텔레비전을 처음 산 사람 같은 심정이었죠. 끊임없이 아내와 얘기를 나누고, 저세상 상황도 어느 정도는 알게 됐습니다. 그래서 이것을 저 혼자만의 비밀로 간직할 게 아니라, 모두에게 발표하는 게 좋겠다고 생각하게 된 겁니다."

그가 책상 위에 놓인 물을 마시고 말투를 살짝 바꿨다.

"우리 인간을 끊임없이 괴롭히는 것이 뭘까요? 다들 시치미 뗀 표정을 짓고 있지만, 그것은 바로 죽음의 공포입니다. 그러나 이젠 안심하셔도 됩니다. 이 기계의 완성으로 저세상이 멋지다는 게 검증됐습니다. 최신 과학이 죽음의 공포를 극복해 낸 것입니다. 옛날 사람들은 종교의 힘으로 그런 안도감을 얻었습니다. 그런데 과학이 그것을 없애 버렸죠. 생각해 보면 과학이란 잔혹한 것입니다. 수명을 늘리고, 그 대신 저세상에 대한 안도감을 가로챘으니까요. 수명은 짧았어도 안도감이 있었던 과거의 생과 비교하면, 과연 어느 쪽이더 나을지 생각해 보시기 바랍니다."

남자가 잠시 뜸을 들이고는 이내 말을 이었다.

"현대는 불로장생의 약과 불안감을 부채질하는 약을 동시에 먹고 있는 거나 다름없습니다. 그런데 과학은 뒤늦게나마 그에 대한 속죄로 이 기계를 만들어 냈고, 드디어 죽음의 공포에서 벗어날 수 있게 된 겁니다. 하긴, 이론만 떠들어 대며 여러분의 애만 태우면 아무 소용없겠죠. 곧바로 실험을 시작하겠습니다. 아,

미처 말씀을 못 드렸는데, 이 실험이 끝난 후 돈을 요구할 생각은 추호도 없으니, 안심하고 봐 주십시오."

그 말을 끝내자마자, 그가 즉석에서 기계를 향해 아내를 불렀다.

"나야, 도라코."

또다시 웃음소리가 일었다. 최신 발명품에는 어울리지 않는 '도라코'라는 촌스러운 이름과 바보스러울 정도로 진지한 그의 태도가 불러일으킨 웃음이었다.

"왜요, 여보…."

기계의 스피커에서 흘러나온 목소리가 관객들의 웃음소리를 삼키며 울려 퍼졌다. 살짝 기운 없는 밝고 맑은 목소리. 진짜 저세상에서 온 목소리인지 아닌지는 의심스러웠지만 어쨌든 이 세상 소리로는 여겨지지 않는 울림을 머금고 있었다. 목소리가 이어지며 말했다.

"이렇게 많은 사람들 앞에서 불러내면 어떡해요. 다행히 내 모습이 보이지 않으니 망정이지, 너무 창피하잖아요. 악취미야, 정말."

남자가 기계를 끌어안는 듯한 자세로 대답했다.

"아니, 화내지 마. 죽음이 무섭지 않다는 걸 사람들

에게 알려 주려는 거니까."

"괜한 짓 하지 말고, 빨리 오기나 해요. 남들이야 아무려면 어때요. 당신 오지랖은 정말 알아줘야 한다니까. 그렇게 설명해 줬는데도 아직까지 우물쭈물하면 어떡해요. 이젠 적당히 좀 해요."

남자는 '녹음테이프라도 틀어 놓은 거 아니냐'고 속삭이며 반신반의하는 청중을 향해 호소했다.

"어떻습니까? 조금은 믿음이 가십니까? 이 회장 안의 몇 분은 이미 믿기 시작하셨을 거라고 생각합니다. 저는 그거면 만족합니다. 나머지 분들도 언젠가는 믿게 되겠죠. 그럼, 저는 아내가 재촉을 하니, 이만 실례하겠습니다."

책상 위의 컵에 물을 따른 그가 주머니에서 꺼낸 약봉지 같은 걸 그 속에 털어 넣더니, 단숨에 잔을 비웠다.

갑자기 단상 쪽으로 쓰러진 그의 얼굴은 고통이 빛으로 일그러져 있었다. 이건 예삿일이 아니라며 앞쪽 좌석에 앉은 두세 사람이 뛰어올라 남자를 일으켜 세웠을 때는 이미 숨이 끊긴 후였다.

"이봐, 빨리 의사를 불러!"

446

"아니, 이미 늦었어. 경찰에 연락해!"

저마다 소리치며 우왕좌왕할 뿐이었다.

"어떻게 된 거지?"

"정말 죽었을까?"

나머지 사람들도 서로 말을 주고받았지만, 의문사만 연발할 뿐, 대답할 수 있는 사람은 아무도 없었다.

바로 그때, 회장 뒤쪽 문이 거세게 열리고, 경찰과 의사로 보이는 남자가 뛰어 들어왔다.

"다들 조용히 하세요!"

단상으로 올라간 젊은 경찰이 구경꾼들을 자리로 쫓아냈고, 뒤따라 올라간 의사가 웅크려 앉아 사체의 맥박을 짚었다. 관객들은 이제는 해결이 되겠거니 하는 분위기로 그 광경을 조용히 지켜보았다.

바로 그 순간, 책상 위에서 한동안 잠잠하게 있던 기계가 소리를 냈다.

"그냥 놔둬요. 이미 죽었으니, 아무리 만져도 소용없어요. 게다가 살인도 정신이상으로 인한 발작도 아닙니다. 계획적인 자살이에요. 본인이 직접 하는 말이니, 이보다 확실한 건 없어요."

그것은 바로 방금 죽은 남자의 목소리였다. 사람들

은 아까부터 계속 아연실색해 있거나 반신반의하던 상태였기 때문에 조금 술렁거리는 정도였지만, 지금 막 도착한 의사와 경찰은 간이 떨어질 정도로 놀랐다.

"누가… 뭐라고? 이게 대체 어떻게 된 거지?"

그 말에 기계가 의기양양하게 대답했다.

"회장에 계신 여러분은 이 기계에 관해 이미 잘 알고 계십니다. 말하자면 이것은 고인과 대화를 나눌 수 있는 기계입니다. 발명의 아버지 에디슨도, 마술왕 후디니도, 죽으면 꼭 연락해서 저세상 상황을 알려 준다고 했는데, 그렇게 되진 않았죠. 그것은 무리입니다. 수신기가 없는 곳에서 방송을 하는 거나 마찬가지죠. 하지만 저처럼 제대로 만들면, 보시는 바와 같습니다. 그런데 본의 아니게 사체 처리로 폐를 끼치게 된 것 같군요. 저는 상관없으니 적당히 처리해 주세요. 필요 없어진 헌 신발이나 다름없으니까 너무 신경 쓰실 건 없습니다."

의사는 도무지 믿기지 않는다는 표정으로 팔짱을 낀 채, 사체와 기계를 번갈아 쳐다보았다. 그러나 시골 출신인 듯한 성실해 보이는 젊은 경찰은 수첩을 한 손에 들고 기계 마이크에 말을 건넸다.

"그건 그렇고, 잠깐 여쭤보고 싶은 게 있는데, 뭘 마신 겁니까?"

"청산가리를 마셨어요."

그 말을 들은 의사는 그 말이 맞는다고 경찰에게 고개를 끄덕였다.

"어떻습니까? 죽은 후의 느낌은?"

"생각했던 것보다 멋져요. 아내 도라코에게 전부터 꽤 많이 듣긴 했지만, 이렇게 기분이 좋을 줄은 몰랐어요. 벗어던지고 나니, 비로소 육체라는 게 얼마나 무거웠는지 실감이 납니다. 마치 새봄이 와서 두꺼운 겨울 코트를 집어넣고, 휘파람을 불며 초원을 거니는 기분이랄까요. 사실은 그보다 한 차원 높은 상태이긴 하지만, 표현할 방법이 없군요."

"그곳에는 다른 고인들도 많이 계시겠군요."

경찰이 이따금 연필로 받아 적으며 심문을 이어 갔다.

"네. 당연히 많죠."

"그럼, 굉장히 혼잡하겠네요?"

"혼잡하다고요? 아하, 그렇군. 육체를 갖고 있는 사람이 아무도 없어서 그런 느낌은 전혀 없어요."

"그렇다면 부탁이 하나 있습니다. 죽은 사람이 다

있는 곳이라면, 얼마 전에 강도를 쫓다가 저수지에 떨어져서 순직한 야마다 형사를 불러 주시겠습니까? 거기가 정말로 사후 세계라면 가능하겠죠? 하긴, 찾는 일이 만만치 않을지도 모르겠군요."

경찰은 드디어 이걸로 정체를 밝혀낼 수 있겠다 싶었다. 그런데 기계에서 들려온 대답은 시원시원했다.

"물론이죠. 금방 찾아요. 아, 당신이 야마다 씨인가요? 자, 말씀하시죠."

곧이어 다른 목소리로 바뀌었다.

"아하 이런, 자네였어? 오랜만이야. 목소리가 서로 통하니 정말 편리하군."

"헉, 야마다! 이 목소리는 틀림없군. 그런데 정말 안타깝네, 그런 사고가 나서…."

경찰이 엉겁결에 수첩을 바닥에 떨어뜨렸지만, 그걸 주울 생각도 하지 않고 몸을 기계 쪽으로 내밀었다.

"천만에. 물론 사고가 났을 때는 그런 마음도 들었지만, 상황이 이런 줄 알았으면 좀 더 일찍 죽을걸 그랬어. 우리 둘 다 흉악범을 쫓으며 수없이 위험한 고비를 넘겼는데, 생각해 보면 다 바보 같은 짓이야. 자네도 시시한 일은 그만 접고 이쪽으로 오지 그래? 고생

고생해서 범인을 잡고, 게다가 사형시켜서 결국 이쪽으로 넘기는 거잖아. 그야말로 도둑 좋은 일만 해 주는 격이지. 너무 안타까워서 보고만 있을 수가 없어. 나쁜 놈들은 최대한 장수시켜서 괴롭혀야 해. 자네도 상사에게 이 상황을 보고하고, 사형 제도 폐지를 건의해."

"야마다, 그게 정말이야? 설마 옛날 친구한테 거짓말하는 건 아니겠지?"

"정말이고말고. 자네한테 거짓말해서 무슨 소용이 있겠나. 놀아 본 놈이 논다고, 유흥이 뭔지 모르는 녀석은 그 재미도 모를 수밖에. 자네가 못 믿는 것도 무리는 아니겠지. 물론 죽는 순간은 조금 괴롭지만, 좋은 약은 입에 쓴 정도랄까. 어쨌든 그 순간만 지나면 생각했던 것보다 나쁘지 않은 건 확실해."

"알았네. 방금 죽은 녀석의 말만으로는 왠지 좀 못 미더웠는데, 자네가 하는 말이니 진짜겠지."

경찰이 바닥에 떨어진 수첩을 발로 걷어차고 말했다.

"그래, 옛날부터 이따금 의문이 들곤 했었어. 별다른 이유도 없이 이렇게 살아도 괜찮을까 하고. 물론 그런 고민을 해 봤자 이렇다 할 결론을 내릴 수 있는 것도 아니었지. 그런데 그 진상이 이런 거였군. 그러니

백날 고민해도 모를 수밖에. 정작 실상은 너무나 놀랍군."

나지막이 중얼거리던 젊은 경찰이 느닷없이 허리에 찬 권총을 뽑아 안전장치를 풀더니, 자기 심장을 향해 쏘았다. 아까부터 어리둥절하게 이 상황을 지켜보던 의사는 총소리를 듣고서야 정신이 번쩍 들었다.

"대체 뭐 하는 짓이야!"

의사가 허겁지겁 달려갔지만, 이미 엎질러진 물이었다. 의사의 외침에 대답하듯 기계에서 또다시 소리가 나왔다.

"앗, 선생님. 무심코 그만 일을 저지르고 말았습니다. 뒤처리를 부탁드립니다. 정중하게 다룰 필요는 없습니다. 쓰레기통에 밀어 넣든가 하수도에 적당히 던져 주셔도 됩니다."

의사는 몹시 당황했다.

"아니 이런, 어처구니없는 일을 떠맡기는군. 경찰이 너무 무책임하잖아! 빨리 돌아와!"

"죄송하지만, 이젠 돌이킬 수가 없어요."

"흐음, 하지만 괴롭겠지?"

"설령 그 순간은 괴롭더라도, 고생 끝에 낙이…. 앗,

역시 괴로워. 정말, 끔찍한 곳이에요. 이런 줄 알았으면 죽지 말걸. 아까 자살한 아저씨와 야마다 녀석한테 속았어! 선생님, 도와주세요. 캄퍼 주사(심부전에 걸렸을 때 쓰이는 강심제 주사-옮긴이)라도 놔 주시면, 다시 살아날 수 있을지 몰라요."

의사가 가방에서 황급히 주사기를 꺼냈지만, 뭔가 낌새를 알아채고 동작을 멈췄다.

"아하 과연, 그렇게 꾸며 낸 목소리로 뒤처리를 시킬 속셈이군. 이게 대체 어찌된 일인가. 아 맙소사, 지금까지 환자를 구하려고 죽을힘을 다해 고생했는데, 그게 다 쓸데없는 짓이었단 말인가. 그렇다면 앞으로는 뭘 하며 살아가야 하지? 도무지 짐작조차 할 수 없군. 그렇다면 차라리…."

의사는 손에 든 주사기에 극약처럼 보이는 액체를 넣더니 자기 팔에 찔렀다.

쓰러진 의사가 움직임을 멈춰 버렸을 즈음, 회장 사람들은 더는 아무도 입을 열지 않았다. 책상 위에 놓인 죽음의 은색 기계. 사람들은 그 기계에 완전히 매료된 듯 넋을 놓고 바라보고 있었다.

그 정적 속에서 젊은 아가씨 하나가 경쾌한 구두 소

리를 울리며 기계로 다가갔다. 그리고 돌아가신 엄마라도 불러낸 듯 중년 부인의 목소리와 잠시 대화를 나누고는, 별안간 양말을 벗어 자기 목에 감아 사정없이 당기더니, 그 자리에 푹 고꾸라졌다.

뒤이어 올라간 신사풍의 남자와 중학생으로 보이는 소년은 각자 불러낸 누군가와 대화를 마친 후, 각각 넥타이와 허리띠를 사용해 목에 휘감고 죽었다. 사람들은 마치 최면술에 걸린 듯이 잇달아 일어났고, 서서히 기계 주위로 몰려들었다. 그러고는 차례대로 믿을 수 있는 부모나 친구를 불러내서 저세상 상황을 확인하려고 시도했다. 질문에 대답하는 죽은 이들의 말투는 하나같이 즐겁게 들렸다.

또다시 몇 명이 자살했다. 기계로 다가가려면 사체의 산을 넘어야 했기 때문에, 배려심 많은 누군가가 기계를 단상에서 갖고 내려왔다.

바로 그때, 사이렌 소리와 함께 수많은 경찰들이 들이닥쳤다. 선두에 선 지휘관 같은 사람이 큰 소리로 외쳤다.

"여러분, 여기에서 당장 나가세요! 그렇지 않으면 체포합니다!"

그러나 기계 옆에서 얘기할 순서를 기다리고 있던 사람들은 아무도 떠나려 하지 않았다. 때마침 기계와 대화를 나누고 있던 대학생이 마이크에 대고 물었다.

"경찰이 당장 여기서 나가라는데, 어떡하지?"

곧이어 스피커가 안타까워하는 말투로 이렇게 대답했다.

"죽음을 경험한 친구가 하는 말이랑 아무것도 모르는 녀석들이 하는 말 중에 어느 쪽을 믿어야 할지 망설여진다는 거야?"

"그래, 알았어."

대학생이 회장 한쪽에 있던 의자를 들고 경찰을 향해 휘두르며 소리쳤다.

"난폭한 경찰 놈들! 방해하지 마!"

그 모습은 아주 즐거워 보였다.

"네놈이었구나, 이 소동의 주동자가!"

영문도 모른 채 들이닥친 경찰들이 그렇게 생각하는 것도 무리는 아니었다.

"저항하겠다는 건가? 멈추지 않으면 쏜다!"

경찰이 대학생을 향해 권총을 조준했지만, 그렇다고 겁을 먹을 대학생이 아니었다. 외려 높이 치켜든 의자로 옆에 있는 경찰을 사정없이 내리쳤다. 그 바람에 방아쇠가 저절로 당겨져서 총성과 함께 대학생이 바닥에 쓰러졌다. 큰일 났다는 표정으로 죽은 대학생을 내려다보는 경찰들의 귀에 기계에서 흘러나온 비웃는 듯한 소리가 들렸다.

"아니 뭐, 그렇게까지 심각한 표정을 지을 건 없어. 정말 고맙군. 아, 속이 후련해."

그것은 방금 전 대학생의 목소리였다. 경찰들은 어안이 벙벙해질 수밖에 없었다. 게다가 기계를 둘러싸고 고장을 막으려는, 뭔가에 홀린 듯한 사람들의 분위기 때문에 앞으로 나갈 수도 없었다. 개중에는 기계 순서를 기다리는 줄에 늘어서는 경찰까지 나오기 시작했다.

밤이 되었지만, 그 소식을 들은 사람들이 꼬리에 꼬리를 물고 몰려들었다. 그들은 기계에 말을 걸었고, 나름대로 납득하며 잇달아 죽어 갔다.

다음 날 아침이 되자, 기계는 강당 밖의 큰길로 옮겨졌다. 이쯤 되자 간단한 규칙이 생겼다. 기계를 사이에 두고 한쪽에는 사체의 줄이 이어지고, 반대쪽에는 순서를 기다리는 사람들의 행렬이 이어졌다. 기계와 대화를 끝낸 사람은 뒷사람에게 그것을 넘겨주고, 자기는 사체의 줄에 섰다.

느릿느릿 쓰러져 가는 그 도미노는 흡사 롤러가 땅을 고르는 듯한 광경이었다. 또한 시간의 흐름이 인간의 생명을 잇달아 쓰러뜨려 가는 모습을 저속 필름으로 촬영해서 보여 주는 것 같기도 했다. 그러나 기계를 점점 앞으로 나아가게 하는 힘은 어디까지나 사람들의 의지에서 나왔다.

재미있는 점은, 살아 있는 사람들의 줄에 선 이들이 모두 똑같은 생각을 하지는 않아도, 이들이 반대편 줄로 들어갔을 때는 모두 의견의 일치를 보았다는 점이다.

그 사체 중에는 사복형사도 잠복해 있었다. 시치미 뗀 얼굴로 줄을 서서 기계를 망가뜨리려고 시도하다 군중에게 맞아 죽었기 때문이다. 그런데 곧바로 기계에서 이런 소리가 흘러나왔다.

"아, 이젠 속이 후련해. 하지만 어차피 죽일 바엔 좀 더 편하게 죽여 주면 좋잖아."

그 말을 들은 사람들은 서로 고개를 끄덕이며, 적어도 자기 얘기가 끝날 때까지는 기계를 고장 내면 안 되겠다며 계속 주의를 기울였다.

어느 학자는 연구할 목적으로 그 줄에 섰다. 자기 순서가 오자, 찬찬히 들여다보며 구조를 조사하면서 시험 삼아 옛날 은사를 불러냈다.

"오랜만이군. 자네도 빨리 오지 그래? 그나저나 군중이 정말 어마어마하구만. 이쪽에서 본 구조를 알려 줄 테니, 한 대 더 만들면 어떤가? 사람들을 도울 수 있을 거야."

"사람을 돕는다고는 하지만, 지금으로서는 어떤 게 사람들을 돕는 길인지 전혀 모르겠습니다. 하지만 즐거워 보이는 선생님의 목소리, 그것만으로도 충분합니다."

학자는 주머니에서 메스를 꺼내더니, 자기 목덜미를 찔렀다.

점심 무렵까지 기계는 또다시 3킬로미터쯤 이동했고, 뉴스로 소식을 들은 사람들이 속속 몰려들며 자기 차례를 기다리는 대열에 합류했다.

인간이라는 존재는 과연 뭘 위해 살아갈까? 그 대답이 나온 것이다. 바로 죽음의 공포만으로 인류는 지탱되어 왔다. 문명의 진보는 미지에서 비롯되는 공포를 잇달아 없애 나갔고, 죽음이야말로 마지막 남은 단 하나의 최대 공포였다.

그러나 그것도 미지였던 탓일 뿐, 이제는 기계가 그 검은 구름을 걷어 냈다. 시치미 뗀 얼굴로 애써 소변을 참으며 간신히 적당한 장소에 도착한 것 같은 상태. 이 소란을 멈출 수 있는 것은 아무것도 없었다.

처음 시작했을 때, 권위 있는 학자가 확실하게 부정이라도 했으면 좋았겠지만, 그런 사람들은 불가사의한 현상에 대해 단언하지 않는다. 그래서 소문은 온갖 것들을 마음대로 변형해 버리는 매스컴을 거쳐 대중에게 전달되는 동안, 학자의 묵인이라는 결과를 낳고 말았다. 게다가 오로지 화려한 것만을 좇는, 기회 포착만을 노리는 이름뿐인 학자도 많았다. 이들은 유행이 시작되면, 조건반사적으로 맞장구를 치며 대중의 비위 맞추기에 급급했다.

또한 대중도 암시에 걸리기 쉬워졌다. 철이 들 무렵부터 계속 암시에 걸려 왔으니, 오히려 암시에 걸리고 싶었는지도 모른다. 개중에는 텔레비전으로 중계되는 상황을 보고, 저런 사람까지 죽었다며 깨끗하게 자기

생을 포기해 버리는 사람도 있었다. 그도 그럴 게, 그
것은 암시라기보다 명백한 현상이었으니까.

물론 비판적인 사람도 많았다. 그러나 그들도 마찬
가지로 이 소동에 가담했다.

"텔레비전이나 신문 보도에 진실이 있었던 예가 없
다. 내 눈으로 직접 확인하기 전까지는 모를 일이다."

이들은 지극히 상식적인 말을 하고, 기계를 향해 여
행을 나섰다. 믿는 사람이든 안 믿는 사람이든, 각지
에서 기계의 초대를 받은 사람들의 무리는 오아시스
를 향해 가는 사막의 대상大商, 성지로 향하는 순례자
를 연상시켰다.

기계에 도달한 이들은 신뢰할 수 있는 고인을 불러
내어 확인했다. 개중에는 기계 성능에 의문을 품는 사
람도 있어서 고개를 갸웃거리며 들여다보는 사람도
있었다. 그러나 첨단 과학을 실감케 해 주는 기계적인
아름다움을 접하면, 그것이 자신의 무지를 비웃는 것
처럼 느껴졌다. 이성으로는 대항할 수 없는 뭔가가 있
었다. 이런 사람들도 마지막에는 눈싸움에 졌을 때처
럼, 나지막이 중얼거리며 죽어 갔다.

"과학이 이뤄 낸 일이니, 잘못은 없겠지."

지금까지의 인생을 돈벌이에만 열중하며 죽음의 공포를 외면하고 살아온 무리도 있었다. 이들은 사람들의 행렬 옆에서 안락사 약을 팔기 시작했다. 이제 곧 죽으려는 사람들은 갖고 있던 돈을 모두 건네주고 그 약을 샀다. 그때까지 존재했던 장사 중에서 이보다 더한 이윤을 남긴 예는 없었다.

그러나 이렇게 어리석은 장사도 없었다. 돈이 욕심나면, 줄줄이 늘어선 사체들의 주머니를 뒤지면 된다. 그것을 훔쳐도 비난하거나 탓할 사람도 없었다. 게다가 돈을 쓸 데도 없었다. 그것을 깨닫자, 그들은 약을 무료로 나눠 줬고, 마지막 알약은 자기가 먹었다. 지폐는 바람에 흩날렸고, 동전은 둔탁하게 빛나며 길거리에 나뒹굴었다. 아무도 그걸 주우려 하지 않았다.

기계로 향하는 사람들을 막을 방법은 전혀 없었다. 정부는 대책을 세우려 했지만, 어쩔 도리가 없었다. 자유의사로 선택하는 죽음을 금지시켜야 할지 말지에 관한 논의는 아무런 의미가 없었다. 금지시켜야 한다는 주장이 옳다고 하더라도 금지시킬 방법이 없었다. 예전에는 가장 유력했을지 몰라도, '죽음'이라는 으름장은 이미 무력화되었다. 장관 중에서도 그 행렬에 가담하는 사람이 나오기 시작했다.

종교 관계자가 기계 옆에서 사람들의 마음을 돌리려고 시도해 봤다. 그러나 모두 추상적인 종교보다는 과학과 지인의 목소리, 그것을 느끼는 자신의 눈과 귀를 더 믿었다.

그 목사도 얼마 후 죽었다. 생애를 다 바쳤을 종교의 무력함을 생생히 목격한 탓도 있겠지만, 행렬 뒤쪽에서는 이런 소문도 돌았다.

"목사도 기계와 대화한 모양이야."

"아마, 그리스도와 대화를 나눴겠지."

외국에서도 많은 사람들이 왔다. 개중에는 유명인도 섞여 있었다.

기계는 계속 옮겨지며 국토를 횡단했다. 각지에 사람이 없는 마을이 늘어났다.

쥐 죽은 듯 고요한 거리에서 불도저가 움직이고 있었다.

물론 불도저가 저 혼자 움직일 리는 없다. 운전석에 한 남자가 타고 있었다. 그 밖에 인기척이라곤 찾아볼 수 없었다. 인기척 비슷한 것을 굳이 꼽자면, 중앙으로 뻗은 넓은 도로에 끝도 없이 늘어서 있는 사체 행렬뿐이었다.

그는 그 길고 작은 산맥을 향해 불도저를 몰고 가서 묵묵히 뒤처리를 계속할 뿐이었다. 강으로 흘려보내거나 지하철 입구로 밀어 넣으며 묵묵히 그 일을 계속했다. 하긴, 대화를 나눌 상대도 없었다.

"저기요. 왜 그런 일을 하세요?"

갑자기 들려온 목소리에 뒤를 돌아보니, 한 여자가 서 있었다.

"어, 살아남은 사람이 있었나? 아니 뭐, 딱히 할 일도 없고, 왠지 눈에 거슬린다 싶기도 하고…."

"모두 죽어 버린 거죠?"

"으음, 행복하게 죽어 갔지."

"나도 옆에 태워 줘요."

"좋지."

그녀가 불도저에 올라탔다.

"그 기계는 지금쯤 어디로 갔을까요?"

"모르지. 외국으로 건너갔다고 하던데, 세계 일주도 시간문제겠지. 꼭 알고 싶으면, 이 사체 행렬을 따라가면 알 수야 있겠지만, 그런 짓을 한들 무슨 소용이겠나."

그는 사체의 산맥으로 불도저를 몰았다.

"노아의 방주를 놓친 것 같은 기분이네요."

"이 불도저가 노아의 방주일지도 모르지. 어느 쪽이 방주인지 누가 알겠나."

"당신은 기계랑 얘기해 봤어요?"

"어어, 아버지부터 시작해서 친구를 몇 명이나 불러내서 얘기해 봤지. 내 뒤에 선 녀석이 빨리 끝내라고 어찌나 재촉을 하던지…. 그래도 난 개의치 않고 대화를 나눴어. 이구동성으로 죽길 잘했다고 기쁜 듯이 얘기하면서 빨리 오라고 권하더라고. 아마 그 목소리는 진실일 테고, 실제로도 그럴 거야."

"그런데 왜 안 죽었어요?"

"이유는 잘 모르겠지만, 나에게는 믿는 능력이 결여된 것 같아. 죽은 사람들과 나의 차이는 거기 있겠지. 그들은 과학의 성과인 기계, 친형제나 친구의 목소리, 그리고 자신의 귀와 눈과 판단력, 거기에 저세상이라는 이상적인 나라의 존재… 그런 것들을 믿을 수 있었던 모양이야. 그건 그렇고, 아가씨는 어떻게 된 거야? 기계랑 대화는 해 봤나?"

"저는 왜 그런지 처음부터 그 기계에 관심이 없었

어요."

"기계로 불러낼 믿을 만한 사람이 없었다는 말인가?"

"그거랑은 좀 달라요. 아무도 안 믿는다고 말하는 사람도 꽤 있었지만, 그런 사람들도 모두 죽었잖아요. 다른 건 몰라도 자기 판단은 믿으니까. 이렇게 살아남은 저 역시도 믿는 능력이 결여된 걸까요?"

"뭐, 그런 셈이겠지."

불도저는 사체의 산을 밀면서 앞으로 나아갔다.

"살아남은 사람은 남들보다 못한 걸까요?"

"남들보다 못한지 아닌지, 행복인지 아닌지, 그런 걸 누가 알겠나."

또다시 불도저는 한동안 전진했고, 갑자기 뒤를 돌아본 여자가 말했다.

"어머, 동료가 있어요."

그녀를 따라 뒤를 돌아본 그의 눈에도 멀리서 뒤따라 걸어오는 몇 사람이 보였다. 살아남은 동료들. 그들은 종교는 물론이고, 과학도 인간도 자기 자신도 죽음도 믿을 수 없는 동료들이었다.

"흐음, 그래. 앞으로는 저 사람들과 함께 새로운 사회를 만들어 가야겠군."

"어떻게 될까요?"

"낸들 아나."

그는 불도저를 계속 앞으로 몰았다.

작가 후기

　신초샤에서 발행한 단행본『인조 미인』과『사색 판매원』에서 19편을 고르고, 그 밖의 단편집에 수록된 작품을 보태 50편으로 엮은 자선집이 신초문고의『완벽한 미인』이다. 호시 신이치라는 작가의 입문서로는 적당하지 않을까 생각한다.

　그 책을 계기로 쇼트-쇼트란 장르에 관심이 생겼다면, 나로서는 매우 고마운 일이다. 또한 좀 더 읽어 보고 싶은 마음이 들었다면, 더더욱 고마운 일이다. 하지만 그런 독자가 단행본『인조 미인』과『사색 판매원』을 모두 구입한다면, 작품이 중복되는 경우가 있기 때문에 저자로서는 마음이 매우 불편하다. 단행본『인조 미인』의 경우, 이미 절판되긴 했지만.

　그런 까닭에 이 책을 만들었다. 다시 말해『인조 미인』과『사색 판매원』에서 신초문고『완벽한 미인』에

수록하지 않았던 단편들을 모두 모은 것이 이 책이다. 그러므로 『완벽한 미인』을 구입했다면 단행본 『인조 미인』과 『사색 판매원』을 살 필요는 없다. 이상의 설명을 이해하셨을까?

1961년 4월, 가가린 소령을 태운 소련의 우주선이 발사되어 인류는 최초로 대기권 밖으로 나갔다. 그때 『주간 아사히』가 임시 증간호를 기획해서 우주 특집을 냈다. 이 책에 실린 「불만」「신들의 예법」「멋진 천체」 3편은 『사색 판매원』이라는 제목을 붙여 특집호에 발표했던 작품이다.

처음에는 『우주에 오신 것을 환영합니다』라는 제목을 붙여서 넘겼는데, 편집부에서 목차에 우주라는 단어가 너무 많아 곤란하다고 해서, 의논한 끝에 『환영합니다, 지구 씨ようこそ地球さん』라고 제목을 바꿨다.* 결과적으로는 더 산뜻한 제목이 되었다.

그 후로 우주 진출이라는 시대적 흐름이 이어졌고, 덕분에 나에게도 작품 의뢰가 들어와서 어느새 작가가 되었다. 행운이다. 그와 관련해서 자기반성도 했다.

---

*   한국어판 제목은 『사색 판매원』이다.

말하자면 작품 소재를 선택할 때, 시사 풍속과 밀접한 내용은 최대한 피하려고 한 점이다. 본래 쇼트-쇼트, 즉 초단편 소설은 장편이나 중편에 비해 가볍게 여겨지는 경향이 있다. 거기에 더해 뉴스거리 같은 소재를 다루면, 한때의 인기에 영합하는 더더욱 가벼운 작품이 되어 버린다. 그 점을 깨달은 뒤로는 줄곧 그런 방침을 지켜 왔다.

이런 점에서 이 책에 수록된 「탐험대」는 몇 안 되는 극히 예외적인 작품이다. 과거, 일본의 남극 탐험대가 귀로에 오르면서, 그동안 함께했던 사할린 허스키 두 마리를 수용할 수 없어 그대로 남겨 두고 온 일이 있었다. 그 후, 개들은 이빨로 사슬을 끊고, 펭귄 같은 것을 잡아먹으며 살아남아, 이듬해에 다시 그곳을 방문한 탐험대와 재회했다. 매스컴은 이를 극적인 기사로 대서특필했고, 타로와 지로라는 두 개의 이름을 칭송하는 유행가까지 만들어졌다.

그러나 나는 뭔가가 마음에 걸렸고, 펭귄의 입장도 생각해 보자는 뜻에서 쓴 작품이 바로 이 「탐험대」다. 당시에는 읽으면 바로 알 수 있는 내용이었지만, 지금은 이렇게 설명을 덧붙이지 않으면, 무슨 말인지 이해하기 어려울 것 같다. 시사 풍속과 밀착된 소재는 이처럼 덧없다. 아무리 큰 사건도 곧바로 잊히고 마니까. 그래서 나는 뉴스거리 같은 소재에서 점점 더 멀어지고 싶어진다.

여담이지만, 위 사건을 영국인이 맞닥뜨렸다면 어땠을까? 그들은 이 경우, 개들을 사살해 버리는 모양이다. 더 이상 반려동물을 돌볼 수 없는 상황이 되면, 죽여야 한다는 것이 영국인의 상식인 걸까. 일본인에게는 사살이 잔혹하지만, 영국인에게는 그냥 남겨 두고 떠나는 쪽이 더 잔혹한 것이다.

인간의 사고는 이처럼 다양하다. 그렇기 때문에 세상에는 사건이 끊이지 않고, 소설의 소재도 바닥나지 않는다. 또한 일본의 매스컴도, 영국인도 당연하다는 듯이 개를 펭귄보다 우위에 놓는데, 나처럼 펭귄에게 동정이 가는 마음이 있어도 괜찮지 않을까.

하지만 그렇다면 거대한 펭귄 떼가 몰려와 개를, 혹은 인간을 잡아먹는 광경이 바람직하냐고 반론한다면, 나는 역시 침묵할 수밖에 없다. 감정과 논리는 반드시 일치하지는 않으며, 이렇듯 엇갈린다. 인간의 이런 애매모호한 부분이 재미있는 게 아닐까.

사건은 사건으로만 보면 참으로 덧없다. 그러나 모순된 인간성의 발현으로 보면 절대 고리타분하지 않다. 수천 년 전이나 수천 년 후나 큰 차이는 없다.

왠지 전에도 이런 말을 쓴 것 같은 기분이 들어서 이쯤에서 접을까 한다.

이 책에 실린 「섹스트라」는 처음으로 상업지에 발표한 작품이다. 1957년에 에도가와 란포가 편집한 『보석』 11월호에 게재되어, 내가 작가가 되는 계기를 마련해 주었다. 또한 「작은 십자가」는 그보다 훨씬 이른 시기에 발표할 지면도 없이 만든 이야기로, 이 작품만 어딘지 모르게 느낌이 다른 것은 그런 이유 때문이다.

이렇게 하나하나 언급하기 시작하면 끝도 없을 테고, 의미도 없다. 작품은 이미 작가의 손을 떠난 곳에 있고, 그래야 한다고 생각한다. 따라서 독자가 어떻게 읽든 그것은 독자의 자유이며, 그것이 바람직한 일이다. 문장을 어느 정도 손보긴 했지만.

마지막으로 한 가지만 더 덧붙이자면, 이 책의 작품들은 모두 1961년 6월 이전에 쓴 것으로, 나의 초기 단편들을 모은 것이라고 할 수 있다.

1972년 3월 호시 신이치

호시 신이치 쇼트-쇼트 시리즈 02.

사색 판매원

1판 1쇄 인쇄	2023년 2월 13일
1판 1쇄 발행	2023년 2월 27일

지은이	호시 신이치
옮긴이	이영미

발행인	황민호
본부장	박정훈
책임편집	김사라
기획편집	김순란 강경양
마케팅	조안나 이유진 이나경
국제판권	이주은 김준혜
제작	최택순

발행처	대원씨아이㈜
주소	서울특별시 용산구 한강대로15길 9-12
전화	(02)2071-2019
팩스	(02)749-2105
등록	제3-563호
등록일자	1992년 5월 11일

ISBN	979-11-6979-472-5 04830
	979-11-6979-492-3 (SET)